KB241983

이름 없는 너에게

이름 없는 너에게

벌리 도허티 장편소설 ● 장영희 옮김 ● 김진이 그림

창비

DEAR NOBODY by Berlie Doherty
Copyright © 1991 by Berlie Doherty
All rights reserved.

Korean translation copyright © 2004 by Changbi Publishers, Inc.
Korean translation rights arranged with David Higham Associates.
through Eric Yang Agency, Seoul.

이 책의 한국어판 저작권은 에릭양 에이전시를 통해 David Higham Associates.사와
독점계약한 (주)창비에 있습니다.
저작권법에 따라 한국 내에서 보호를 받는 저작물이므로 무단전재와 무단복제를 금합니다.

우리 삶에서 가장 중요한 것

2002년에 저는 한국에 초대받은 적이 있습니다. 정말 멋진 경험이었지요. 대학교수와 중고등학교 교사, 여러 학자와 도서관 사서 분들과 함께 이야기를 나눌 기회가 있었고, 그리고 무엇보다도 한국의 학생들과 독자들을 만나 청소년을 대상으로 글을 쓰는 것에 대한 어려움과 보람을 나누는 기회가 되었습니다. 그런데 창비사에서 『이름 없는 너에게』(Dear Nobody)를 한국어로 출판하고 싶다고 제안해 왔습니다. 너무나 기쁜 일이었지요. 내 작품이 다른 문화와 언어로 번역되어 지구 맞은편에 있는 독자들이 나의 작중 인물들의 생각과 느낌을 공유할 수 있게 된다는 것은 작가로서 참으로 보람된 일입니다. 『이름 없는 너에게』는 영국의 대도시에 사는 보통의 소년과 소녀에 관한 이야기입니다만, 그들이 처한 상황은 세계 어디에서나 있을 수 있는 일입니다. 그들은 서로 사랑하지만, 모든 일이 예측하지 않았던 방향으로 흘러가게 됩니다.

『이름 없는 너에게』는 낭만적인 의미에서의 '러브 스토리'가 아닙니다. 서로 사랑하는 두 젊은이의 이야기지만 동시에 가족 사랑에 관한 이야기이기도 합니다. 때로는 어떻게 사랑 때문에 우리가 비논리적으로 행동을 하고 서로 상처를 주는가, 어떻게 사랑이 미움으로 변하고 가족들이나 다른 사람들을 서로 멀어지게 만들 수 있는가에 관한 소설입니다. 『이름 없는 너에게』에서 헬렌과 크리스는 서로의 사랑을 통해 더욱더 성숙해질 뿐 아니라, 자신의 아버지 어머니에 대해 좀더 잘 알게 되는 계기를 맞습니다.

이 소설을 쓰면서 많은 고등학교 학생들과 대화를 나누었습니다. 그땐 이미 이야기 줄거리와 인물들이 내 마음속에 있었기 때문에 그들의 개인적 경험이 궁금한 것은 아니었습니다. 그러나 젊은이들의 사랑과 우정, 부모와의 관계, 책임과 성실성에 관한 의견을 듣고 싶었습니다.

이 소설은 발표된 후 여러 나라 언어로 번역되었고 소설이 아닌 다른 형태로 각색되기도 했습니다. (연극이나 라디오, TV 드라마, 또는 학교 연극으로 만들어지기도 했지요.) 그렇게 큰 호응을 얻은 이유는 이 이야기의 주제가 사랑이기 때문이라고 생각합니다. 사랑의 문제는 어떤 방식으로든 우리 모두에게 영향을 주는 것이고 매우 중요하기 때문입니다. 육체적인 사랑이든 감정적인 사랑이든, 사랑에 관해서 이야기하는 것은 때로 조금 부끄럽고 민망하기도 합니다. 그래서 이런 소설이나 연극이 그런 어려운 문제를 이해하고 해결하는 것을 도와주기도 합니다. 어떤 의미에서 소설을 읽는다는 것은 여행을 하는 것입니다. 우리 내부로부터 우리가 잘 알지 못하는 낯선 세계로 떠나는 여행 말입니다. 그러나 때로 그 여행은 우리가 깨닫지 못했던 스스로의 감정 속으로 우리를 이끌기도 합니다.

『이름 없는 너에게』를 쓰면서 많은 어려운 문제에 부딪혔습니다. 우선 아주 민감한 주제라서 구성에서 최선책을 찾아야 했습니다. 크리스가 이야기를 하게 하고 그 이야기를 통해 자신의 감정을 탐색해 볼 뿐만 아니라 자신과 헬렌 가족들의 감정을 표현하고 분석하게 했습니다. 내가 여자면서 남자의 목소리를 통해 글을 쓰는 것이 어려움에도 불구하고 이것은 아주 중요했습니다. 왜 그런 식으로 썼을까요? 나는 여자뿐만 아니라 남자 입장에서도 이야기를 쓰고 싶었습니다. 아기를 만드는 데는 둘이 동등한 책임과 의무를 갖고 있기 때문입니다. 나는 아직 고등학교에 다니고 있는 남학생이 이런 상황에 처한다면 감정적으로 얼마나 힘들까 상상해 보고 싶었습니다. 그러나 크리스의 시점에서 이야기를 쓰기로 결정한 다음 중요한 문제에 당면했습니다. 정작 임신을 한 것은 헬렌이니까요. 그럼 어떻게 그녀가 겪는 감정적, 육체적 혼돈을 표현할 수 있을까? 헬렌은 누구에게 도움을 청할 것인가? 그때 헬렌이 느끼는 모든 공포와 외로움, 그리고 경이로움을 아직 태어나지 않은 아기에게 주는 편지에서 토로하게 하자는 생각이 떠올랐습니다. 처음엔 자신이 임신한 사실에 대해 확신이 없으면서도 악몽 같은 의심과 고민을 덜기 위해 헬렌은 '이름 없는' 이에게 편지를 씁니다. 그리고 헬렌이 쓰는 편지에 '이름 없는 너에게'라는 말을 쓰자마자, 나는 이 말이 이 소설의 제목이 될 것이라는 걸 알았습니다.

『이름 없는 너에게』를 읽고 독자 여러분이 공감하고 사랑해 주기를 바랍니다. 이 책은 바로 여러분을 위해 씌어졌으니까요. 특히 이렇게 한국 독자를 만나게 됨을 아주 기쁘고 보람되게 생각합니다. 그리고 제 홈페이지 주소를 알려 드립니다. www.berliedoherty.com에서 한국 독자들하고도 만나고 싶습니다.

2004년 9월
벌리 도허티

이 책을 쓰는 동안 나는 많은 젊은이들과 이야기를 나누었다.

이 책은 그들 모두를 위한 것이다.

아마도 우리는 모두 한번쯤 지평선 너머로 소멸되어 우주 속 어느 알 수 없는 공간에서 문득 우리 자신과 맞닥뜨려 보기를 바라고 있는지도 모른다. 이 책은 일종의 여행과 같은 이야기이다. 어디에서 끝날지 모르는 여행.

모든 것은 지난 1월, 온통 진눈깨비가 내리던 어두운 저녁에 시작되었다. 까마득하게 여겨지지만 새삼 따져보면 그리 오래된 일도 아니다. 그때 나는 정말 어린애였다. 오늘은 10월 2일이고, 이제 나는 이 글을 쓰면서 과거로 향한 문을 열려고 한다. 여행이 시작되는 곳은 시내 중심에서 멀지 않은 뒷골목에 자리잡은 우리 집이다. 창문을 열면 셰필드의 언덕과 계곡을 점점이 수놓은 수천 가구의 불빛이 보이는 내 방. 방은 온갖 잡동사니들로 가득하다. 상자에 넣은 기차 선로 모형은 침대 밑에 들어가 있고, 포스터와 사진들은 유년시절의 황량한 깃발들처럼 벽에 붙어 있다. 옷장 속에는 티셔츠 몇 장과 이제는 아주 작아진 점퍼 하나, 그리고 낡은 운동화 한 켤레가 있을 뿐이다. 벌써부터 남의 방에 들어온 듯한 느낌이 든다.

뉴캐슬로 가져갈 짐을 다 싼 후 나는 아래층 거실로 내려가 가방을 벽에 기대어 놓았다. 잠자리에 들기에는 이른 시각이었는데, 그날과 그 다음날 — 그러니까 나의 과거와 미래 사이에 존재하는 그 어마어마한 시간의 간격을 어떻게 메워야 할지 몰라 초조했다. 또 한편으로는 그 시간이 두려웠다. 나는 내 모든 것을 뒤로 하고 떠나려 하고 있었고, 이제 떠나면 모든 것이 다 변할 것이라는 걸 알고 있었다. 나는 작별 인사라는 절차를 거쳐야 한다는 게 싫었다. 아무런 절차 없이 그냥 떠나는 것이 훨씬 더 쉬울 것 같았다. 그냥 내 방문을 나가서, 내 포스터들이 벽에 붙어 있고 침대맡에는 기타가 세워져 있는 기숙사 방으로 걸어 들어갈 수만 있다면 좋을 텐데.

8시쯤 아버지가 내게 온 꾸러미를 들고 위층으로 올라왔다. 아버지는 방문 곁에 서서 빈 서랍들이 여기저기 널려 있는 방 안을 훑어보았다.

"크리스, 짐은 다 쌌냐?"

무엇보다도 나는 아버지에게 작별 인사를 해야 하는 것이 싫었다.

"짐을 다시 풀어야 할지도 모르겠구나. 자, 이건 네 작별 선물인가 보다."

꾸러미를 침대 위에 올려놓으며 아버지는 내 어깨를 가볍게 두드렸다. 내가 집을 떠나는 것이 아버지에게도 힘들다는 걸 나는 알고 있었다. 아버지가 방을 나간 후, 다리를 약간 절기 때문에 난간에 기대어 한 걸음씩 옮길 때마다 삐걱거리는, 귀에 익숙한 소리가 들렸다. 침대에 놓인 꾸러미를 보자마자 나는 겉봉의 글씨체를 알아보았다. 헬렌이었다. 헬렌을 마지막으로 보았을 때의 얼굴 표정과 내가 느꼈던 참담함이 떠올랐다. 나는 꾸러미를 뜯어서 내용물을 침대 위에 쏟아 놓았다. 한 묶음의 편지 다발뿐이었다. 하나하나 들고 살펴보았지만 도대체 이것들을 왜 내게 보냈는지 이해할 수 없었다. 편지들은 모두 똑같은 말로 시작하고 있었다. '이름 없는 너에게(Dear Nobody).' 나는 가슴속에 차오르는 슬픈 응어리 같은 것을 느끼며 쓸쓸하게 침대에 앉았다. 한때 헬렌과 나는 우리만의 세상을 만들고 그 세상을 함께 독차지한 적이 있었다. 그런데 이제 난 헬렌에게 '이름 없는' 존재가 되어 버린 것일까? 나는 헬렌이 내게 무슨 말을 하고 싶은 건지 궁금해하면서 편지를 한 통씩 읽어 내려갔다. 헬렌의 편지는 1월부터 시작되고 있었다. 앞에서 말했듯이, 이 여행이 시작되는 것은 바로 그때부터다.

1월

　지난 1월. 마치 하루를 시작하는 것이 내키지 않는다는 듯 하늘이 그물거리다가 오후쯤부터 날이 저물기 시작해서 온 세상이 숨을 죽이고 모든 것을 다시 잠으로 몰아넣는 듯한, 그런 날이었다. 나는 헬렌과 단둘이 그 애 집에 있었다. 긴 소파에 기대앉아 계속 입을 맞추면서 함께 책을 읽고 음악을 들었다. 헬렌은 가지러 갈 것이 있어서 위층에 올라가겠다고 하고는 일어서서 살며시 내 손에서 자기 손가락을 빼며 나를 내려다보곤 미소 지었다. 나는 단 한순간도 그 애와 떨어지고 싶지 않아서 뒤따라 헬렌의 방으로 올라가 조용한 음악을 틀었다. 헬렌의 방에는 파란색과 녹색의 실크 스카프들이 벽에 길게 늘어뜨려져 있었는데 바람이 살짝만 불어도 마치 날아가는 새들처럼 크게 파도쳤다. 바로 그 음악 때문이었는지, 커튼이 열려진 채 그 기다란 스카프들이 나방 날개처럼 펄럭이는 사이사이 비치는 희미한 빛 때문이었는지, 아니면 헬렌이 다가오면서 무엇인가 묻는 듯 미소 짓는 그 표정 때문이었는지 나는 지금도 알 수가 없다. 감히 입밖에 내지는 못했지만 우리의 마음속에 점점 커져 가고 있던 무엇이 갑자기 우리를 덮쳐 버린 것 같았다. 절대로 계획된 행동이 아니었다는 것만은 확실하다. 우리 둘 다 그런 일이 일어나리라곤 생각지도 않았었다. 하지만 그 1월의 어느 날, 헬렌의 집에 단둘이 있게 된 저녁, 희미한 달빛이 물 흐르듯 방 안에 들어와 하얀색 어스름을 드리우고 우리가 제일 좋아하던 음악이 흘러나오고 있을 때, 헬렌과 나는 서로를 새롭게 느끼며 사랑을 나누었다.

그 일이 있은 후에 헬렌을 보면 미소 짓지 않을 수가 없었다. 쇼핑을 갔던 헬렌의 부모님은 그날 저녁 식사 때 필요한 물건을 잊고 사지 못한 것이 누구 탓인지 말다툼을 하면서 돌아왔고, 잔뜩 허기진 채 땀에 흠뻑 젖어 돌아온 로비는 늦게 들어왔다고 야단을 맞고 있었다. 헬렌과 나는 애써 서로 쳐다보지 않으면서, 부엌에 앉아 손을 잡은 채 커피를 마시고 있었다.

"아무도 못 알아채겠지?"

내가 입 모양으로만 말했다. 헬렌은 눈에 웃음기를 담은 채 일부러 나를 외면하더니 장바구니에서 세제와 자몽 등을 꺼내는 엄마를 돕기 위해 일어났다. 나는 물건들을 부엌 싱크대 위에 쌓아 놓는 헬렌을 바라보고 있었다. 창문에 그 애의 모습이 비쳐서 두 명의 헬렌이 식탁과 싱크대를 오가면서 겹쳤다 떨어지고, 다시 겹쳤다 떨어지기를 반복했다. 나는 헬렌이 몸을 돌려서 내게 미소를 지어 주었으면 싶었다. 저렇게 다른 이야기를 하는 중에도 마음 한가운데에는 내가 자리잡고 있다는 것을 알듯이, 헬렌도 내가 자기를 계속 바라보고 있다는 것을 알고 있을 터였다. 헬렌을 그렇게 바라보는 동안에 나는 내 삶의 중심축이 바뀌었다는 것을 깨달았다. 지금까지는 아버지가 내 모든 것의 중심부에 있었다. 그런데 이제 아버지 특유의 그 모습, 해야 할 일을 기억해 내려 할 때 손을 입가에 가져가며 생각에 잠기는 그 모습으로 사라져 버리고, 그 빈 자리에 헬렌이 미소 지으며 걸어 들어온 것이다.

"배고파 죽겠네. 우리 차 마실 때 뭐 먹어요?"

로비가 물었다.

"아무것도 안 먹는다."

가튼 부인이 퉁명스럽게 대답했다.

"네 아빠가 관심 있는 건 그 잘난 밴드 연습 때 마실 뉴캐슬브라운 맥주 몇 병 사는 것뿐이잖니."

"화장실 휴지……"

로비가 장바구니를 뒤지기 시작했다.

"표백제…… 창문 세척제! 나 배고파 죽겠단 말이에요!"

"편지는 다 썼니, 헬렌?"

가튼 씨가 갑자기 묻자 헬렌이 얼굴을 붉히며 손을 입에 갖다 댔다.

"어머! 깜빡하고 있었어!"

"깜빡했다고?"

가튼 씨가 믿을 수 없다는 듯 목청을 높였다.

"잊어버릴 게 따로 있지!"

"그 애가 무얼 잊었다는 거예요?"

가튼 부인이 물었다.

"자기 인생에서 제일 중요한 일. 대학에 입학을 수락하는 답장 보내는 것 말이야. 넌 어떻게 그런 걸 잊어버릴 수가 있는 거냐, 응?"

헬렌은 살짝 내게 비난의 눈초리를 보냈다. 그러고는 다시 아버지를 보며 대답했다.

"지금 바로 쓸게요. 아직 시간이 있어요."

"무슨 일인데?"

나는 헬렌에게 물었다. 내가 알 수 있는 것은 헬렌이 자기 아버지를 화나게 했고, 가튼 씨의 충격과 실망이 꽤 큰 것 같다는 것, 그리고 어찌된 영문인지는 몰라도 그것이 내 잘못이라는 것뿐이었다.

"별일 아니다."

가튼 씨가 화가 가라앉지 않은 목소리로 말했다.

"로열 노던 음대에서 작곡 공부를 할 수 있도록 장학금까지 받았는데, 저 애가 글쎄, 답장 보내는 것을 잊어버리고 말았다는 거야. 그게 전부다."

"지금 한다니까요. 기한은 내일까지잖아요."

헬렌이 거의 울먹이다시피 하며 말했다.

"저는 이만 가 볼게요."

내가 일어서며 말했다.

"그래야 할 것 같구나."

가튼 부인이 팔짱을 끼고 우리를 번갈아 보며 말했다. 헬렌이 현관까지 배웅해 주었다.

"미안해."

내가 속삭였다.

"괜찮아. 이번 일이 아빠한테는 많이 중요한 일이라서 그래. 당사자인 나 못지않게."

나는 헬렌을 끌어안았다. 헬렌이 로열 노던 음대에서 입학 허가를 받았다는 것은 10월이 되면 우리 둘이 각자의 길로 헤어져야 한다는 것을 의미했다. 나는 뉴캐슬로, 헬렌은 맨체스터로. 하지만 10월은 우리에게는 아직 먼 미래였다.

"비가 오네. 우산 가져갈래? 크리스마스 때 할머니가 선물로 주신 노란 우산 빌려 줄게. 아니, 그냥 가져도 돼. 내가 그걸 쓰면 노란 수선화가 걸어다니는 것 같아서 말이야."

"아냐, 됐어. 난 비 맞고 걷는 것 좋아해."

나는 목소리를 가다듬었다.

"사랑해."

"헬렌, 문 좀 닫아라! 날씨가 춥잖니!"

가튼 부인이 안에서 외치는 소리가 들렸다.

헬렌은 나를 현관 계단 쪽으로 밀고 나와서는 등 뒤로 문을 닫아 버렸다. 헬렌이 팔을 뻗어서 내 목에 둘렀다. 그녀의 머리 냄새를 맡을 수 있었다.

"아까 그것 다시 했으면 좋겠다. 지금 말이야."

내가 말했다.

"어서 가."

"가기 싫은걸."

"그럼 여기서 이대로 함께 밤새 빗속에 서 있을까? 하지만 내 머리카락이 꽁꽁 얼어 버려서 미워지면 넌 날 버리고 갈걸?"

그녀가 장난스레 말했다.

"내가 졌다. 전화할게."

헬렌이 문을 열었다. 등 뒤로 열린 문에서 새어 나오는 네모난 빛의 액자 속에서 그 애가 손을 흔들며 잠시 서 있는 동안, 나는 현관 밖으로 뛰어나가 춤추며 뒷걸음질을 쳤다. 그 애의 자세는 마치 사진을 찍히려고 취한 포즈 같았다. 그 모습은 아직도 가끔씩 내 눈에 어른거린다.

그러고 나서 헬렌이 문을 닫자 완전한 어둠이 몰려왔다. 비스듬히 내리는 진눈깨비가 섞인 작은 빗방울들이 가로등에 비쳐서 날카롭게 쪼개진 가느다란 유리 조각들처럼 보였다. 나는 웃옷 지퍼를 열어 옷자락이 뒤로 펄럭이게 하고, 입을 벌린 채 얼굴을 위로 젖히고 달렸다. 길을 건너 공원으로 달려가서 벌거벗고 진눈깨비 속에 서 있고 싶은 충동이 밀려왔다. 완전히 벌거벗은 채 엔드클리프 공원을 지나 와이어밀 댐과 포지 댐이 있는 곳까지 올라가서는, 어릴 때 자주 타고 놀던 그네와 미끄럼틀을 지나쳐서 어두운 벌판까지 한걸음에 내달릴 수 있을 것 같았다.

'언젠가 헬렌을 저 위 벌판에 데려가야지. 눈 올 때가 좋을 거야. 헬렌과 거기에 가면 눈 속 깊이 푹 파묻혀서 함께 따뜻하게 꼭 껴안고 누워 있는 거야.'

갑자기 차 한 대가 바지에 흙탕물을 뿌리면서 옆에 섰다. 경적이 울렸고, 나는 욕을 하며 웃옷 지퍼를 올리고는 뒤를 돌아보았다. 운전석에 앉은 여자는 다시 경적을 울리더니 몸을 기울여 조수석의 문을 열어 주었다.

"어서 타라. 물에 빠진 생쥐 같구나."

나는 비를 피하게 된 것을 반가워하며 차에 올라탔다.

"모르는 여자가 차 태워 준다면 타지 말아야 하는데 말예요."

"크리스, 너 같은 말라깽이 남자애를 납치할 생각을 할 정도로 내 팔자가 나쁘진 않다."

그녀는 싸이드 미러를 주시하면서 천천히 다시 차들 사이로 끼어들었다. 퇴근 시간이라 교통량이 많았다. 진눈깨비가 자동차 앞 유리창에 부딪혀 깨지면서 반짝거렸다.

"괜히 저 때문에 일부러 집까지 가실 필요 없어요."

"나도 너 때문에 그럴 생각은 꿈에도 없다. 그럼 뒤쪽 짐칸에 네 아버지 갖다 드릴 거름이 좀 있으니까 걸어서 나 대신 좀 날라다 드릴래? 그러면 나야 휘발유 절약되고 좋지."

나는 의자에 머리를 기대고 눈을 감았다. 갑자기 노래를 부르고 싶은 이상한 충동이 일었다. 이모에게 헬렌에 대해 이야기하고 싶었다.

"이제 이모를 그냥 질이라고 이름을 부를까요?"

"나도 그랬으면 좋겠구나. 난 늘 그 '이모'라는 말 속에 들어 있는 이미지들이 맘에 들지 않았어. 이모는 말이다, 어쩐지 스웨터를 떠 주고 예쁘게 찻상 차려 놓고 차 마시러 오지 않겠느냐고 초대해야 할 것 같은 느낌을 받거든."

"그럼 난 이모가 없는 불쌍한 사람이네요. 뭐, 내 인생에 뭔가가 잘못되어 있다는 건 이미 알고 있었지만요."

나는 늘어지게 하품을 하고 중얼거렸다.

"아, 피곤하다."

머릿속이 멍하고 졸음이 쏟아졌다. "정말 피곤하네."라고 말하고 나서 나는 눈을 감았다.

집에 와서 기회가 생기자마자 나는 헬렌에게 전화를 걸었다. 단지 목소리가 듣고 싶을 뿐이었다. 나는 아무 말도 않고 미소만 짓고 있었는데 헬렌도 수화기에 대고 미소를 짓고 있는 것을 짐작할 수 있었다.

"뭐하고 있어?"

내가 물었다.

"그냥 웃고 있어."

"그럴 줄 알았어."

"넌 뭐하고 있는데?"

"나도 웃고 있지."

"헬렌, 엄마 전화 좀 쓰자."

가튼 부인의 목소리가 들렸다. 우리가 통화할 때마다 항상 이런 식이었다.

"크리스, 그만 끊어야 해. 내일 보는 거지?"

"우리 학교에서 내일 로더햄으로 여행 가."

"로더햄? 우리 학교는 부활절에 제네바에 가기로 했는데."

"우리는 셰익스피어의 '헛소동' 공연 볼 거야."

"헬렌!"

가튼 부인의 목소리였다.

"알았어요, 엄마. 내일 봐, 크리스."

전화를 끊고 나서도 나는 한참 동안이나 수화기를 들고 그대로 서서, 헬렌이 녹색 양탄자가 깔린 계단을 밟고 자기 방으로 올라가 커튼을 치다가 가로등 불빛에 비치는 진눈깨비를 보느라 창가에 서 있는 모습을 상상했다.

"너무 멋지고 사랑스러워."

나는 수화기를 내려놓으며 중얼거렸다.

"그래, 고맙다."

내 말을 들은 아버지가 뒤에서 계단을 내려오며 말했다.

"네가 그걸 알고 있으리라곤 생각지 못했는데 말이야. 그건 그렇고 크리스, 설거지 좀 하는 게 어떠냐?"

나는 부엌에 있는 동생에게 갔다. 가이는 설거지통을 온통 비눗물 범벅이 되게 해 놓고는 내가 다가가자 나를 향해 비누 거품을 튕겼다.

"그만해."

내가 비눗방울을 되받아쳐 가며 말했다. 나는 비누 거품을 손에 가득 떠서 행주를 가지러 가는 가이의 머리 위에 부었다.

"형이 팬을 닦아. 다 타 버렸거든. 몇 시간 동안 전화로 수다 떤 벌이야."

가이가 말했다. 머리에는 하얀 레이스 같은 비누 거품 고깔을 쓰고, 안경 쓴 얼굴에 아주 진지하고 지적인 표정을 짓고 부엌을 돌아다니는 가이의 모습은 정말 우스꽝스러웠다.

"아버지, 와 보세요. 부엌에까지 눈이 들어온 것 아세요?"

내가 소리쳤다.

"가이야, 그 모자 아주 귀엽구나."

지나는 길에 부엌을 들여다보며 아버지가 말했다.

가이는 행주를 어깨에 걸친 채 아버지를 지나쳐 가서 거울을 보았다. 그러고는 행주를 돌돌 말아 공으로 만들어서 나를 향해 던졌다. 나는 또 거품을 손으로 퍼서 가이를 쫓아가 목 밑으로 집어넣었다. 우리는 같이 집이 떠나갈 정도로 소리를 질렀다. 가이는 너무 말라서 무릎과 팔꿈치, 턱이 삐죽삐죽 나와 마치 옷걸이가 잔뜩 든 포대와 싸우는 것 같았다. 고양이가 현관문에 난 고양이 출입구로 잠깐 밖에 나가 보더니 진눈깨비를 보고 다시 들어와서는 쏜살같이 위층으로 올라갔다.

"둘 다 그만 좀 해라!"

아버지가 소리쳤다.

"차라리 두 살배기 쌍둥이가 있는 것이 낫겠다."

가이가 거품을 두 손 가득 담아 내 턱에 붙여 놓자 턱 끝에 볼품없이 매달린 수염 같아 보였다.

"다 했냐, 가이?"

나는 말할 때마다 거품이 흔들리는 것을 느꼈지만 가만 내버려 두었다. 우리 둘 다 숨을 몰아 쉬고 있었다. 나는 가이와 이렇게 노는 것이 너무 즐겁다.

"하지만 이제 난 어린애가 아니라고."

"언제부터 어린애가 아니신데?"

가이가 물었다. 나는 코를 만지작거리다가 대답했다.

"네가 상관할 일이 아니지."

윙크를 하고 싶었지만 나는 윙크를 할 때마다 두 눈을 다 감아 버리고 만다. 가이가 대신 내게 윙크를 했고 나는 다시 가이에게 달려들었다.

"설거지 빨리 끝내라."

거실에서 아버지가 소리쳤다.

"숙제도 있잖니!"

내가 가이를 놓아 주자, 가이는 작문 숙제를 하기 위해 계단을 껑충 껑충 뛰어 올라갔다. 나는 리듬에 맞춰 프라이팬을 두드렸다. 위층에서는 가이의 카세트에서 꽝꽝 울리는 요란한 음악이 흘러나왔다. 음악에 대한 가이의 기호는 젬병이었다. 언젠가 내가 음악에 대해 좀 가르쳐 주어야 할 것 같다. 나는 제일 많이 탄 프라이팬을 다시 물에 담가 놓고 설거지를 끝냈다. 내가 강낭콩 카레를 만들다가 완전히 태운 이후 사흘 동안이나 물에 담가 두었었지만 아직 더 불려야 닦을 수 있을 것 같았다. 헬렌은 지금쯤 자기 방에서 책을 펼쳐 놓은 채 턱을 괴고 수학 숙제를 하고 있겠지.

아버지 옆에 잠시 앉아서 9시 뉴스를 보았다. 조금 전에 질 이모와 내가 방을 통해서 마당까지 거름 포대를 옮겨와서인지, 방에서 거름 냄새가 약간 났다. 좀 전에 차를 마시는 동안 나는 아버지에게 무슨 이야기를 하고 싶은 생각이 들었었는데, 이제 단둘이 있게 되자 어디서부터 말을 꺼내야 할지 알 수 없었다.

"요즘엔 온통 정치 얘기뿐이네요."

"저런 것들도 다 알아 두어야 해."

아버지가 대답했다. 아버지는 뉴스를 볼 때 아랫입술을 내밀고 손가락 끝으로 쓸어내리는 버릇이 있었다. 온통 정치 얘기뿐이라 가이는 뉴스를 보기가 싫다고 말했었다.

"이것들은 다 네 일반사회 시험에 나올 수 있는 내용이란다. 이게 다 역사니까."

나는 불만스럽게 끙 신음 소리를 냈다.

"이거야말로 바로 지금 일어나고 있는 일들이고, 그게 바로 역사잖니, 크리스."

"그만해요, 아버지. 그런 건 학교에서도 다 배운다고요."

"물론 그래야 되겠지. 제일 중요한 것은 결국 사람들에게 무슨 일이 일어나는가라고. 이제 네가 좋아하는 가요 프로를 보려무나."

"그냥 올라갈래요."

내가 말했다.

"벌써?"

"많이 피곤해서요."

난 결국 아버지에게 물어보지 못했다. 나 자신이 무척 실망스러웠다. 왜 그런지 모르지만 무언가 정말 중요한 말은 오히려 꺼내기가 어렵다.

"식기 세척기를 사야겠구나."

아버지가 중얼거렸다.

나는 헬렌을 위한 노래를 만들었다. 몇 개의 기타 코드를 골라 가사에 맞춘 다음, 단조 키로 다시 한번 불러 보았다. 그러고는 다른 가사를 써서 침대에 한 다리를 걸치고 무릎에 올려놓은 기타를 치며 노래를 불렀다. 두 번째 가사를 붙인 곡을 좀 더 큰 소리로 다시 불러 보니 썩 마음에 들었다. 그러는 동안 가이는 내 방 쪽 벽을 향해 책을 던졌고 고양이는 아래층으로 뛰어 내려가 머리로 고양이 출입구를 밀치고 나가 버렸다. 나는 잊어버리지 않게 기타 코드를 적어 놓고 카세트테이프에 노래를 녹음했다. 엄지손가락으로 베이스음 몇 개를 잡아 잔잔하게 기타를 연주하면서 노래를 불렀다. 다섯 손가락을 다 써서 기타를 칠 수 있도록 연습해서 내일 다시 녹음하는 게 좋겠다는 생각을 했지만 그러려면 새 피스가 필요했다. 내가 쓰고 있던 것은 식빵 봉지를 조이는 플라스틱 조각인데 그게 부러져 버렸기 때문이었다. 내가 알고 있는 기타 코드는 모두 헬렌이 가르쳐 준 것이었다. 한때는 지미 헨드릭스처럼 기타를 연주할 수 있으면 얼마나 좋을까 하고 바란 적도 있었다. 나는 학교 가는 길에 그 카세트테이프를 헬렌의 집 우편함에 넣어 두기로 했다.

그러고 나니 한밤중이 되어 있었다. 나는 다시 아래층으로 내려갔다. 아버지가 소파에 앉아 발을 커피 테이블에 올려놓고 심야 영화를 보고 있었다.

"그런 영화 보지 마세요. 형편없는 것들이에요."

내가 말했다.

"안 좋은 장면이 나오면 눈을 감으면 돼."

"아버지, 도대체 두 분 사이에 무슨 일이 있었던 거예요?"

바로 그때 내가 이 말을 하게 되리라고는 생각지 못했다. 텔레비전 화면 속의 여자가 무엇이든 다 알고 있다는 듯, 회심의 미소를 지으며 내게 뭐라고 중얼거렸다. 처음에는 그렇게 불쑥 한 말을 아버지가 못 들었을 거라고 생각했다. 만약 아버지가 다시 한번 말해 보라고 했다면 절대로 그렇게 말할 수 없었을 것이다.

"무슨 일이 있었는지는 너도 알잖니."

아버지는 마치 텔레비전 속의 여자가 무슨 대답을 하기를 기다리는 듯, 잠시 침묵을 지키다가 다시 말했다.

"네 엄마가 집을 나가 버렸지."

"그러니까 제 말은, 왜 그렇게 됐냐고요."

아버지는 네가 상관할 바 아니라는 듯, 나를 날카로운 눈초리로 쳐다보았다. 아버지가 그렇게 말한다고 해도 내가 할 말은 없었다. 아버지는 얼굴을 찌푸리더니 요통에 시달려 몸이 불편한 노인들이 하듯이 힘겹게 몸을 돌려 자세를 바꾸어 앉았다.

"너희 엄마는 어떤 남자를 만났어. 나보다 젊고 머리숱도 많고 말쑥한 점퍼를 입고 책도 많이 읽은 남자였어. 네 엄만 나보다 그 남자를 더 사랑한다면서 그냥 떠나 버렸지."

우리는 잠시 동안 텔레비전 화면을 응시했다. 뱀처럼 갸름한 얼굴의 여자는 웃을 때마다 혀를 날름거렸다.

"그렇게 떠났지. 그냥 그렇게."

아버지는 조용하게 말을 이어갔다.

"야간 근무를 하고 오는 길이라 죽을 만큼 피곤한 날이었지. 집에 돌아오니 너희 엄마가 코트를 입고 그 남자와 함께 거실에 서 있더구나."

아버지는 몸을 굽혀 벗고 있던 한쪽 신발을 신었다.

"신발 끈을 매느라 그랬는지 어쨌는지, 그 남자는 고개를 숙이고 무얼 하고 있었고. 그리고 네 엄만 내게 집을 나가겠다고 했어."

"그 사람, 아버지가 아는 사람이었어요?"

아버지는 나직하게 한숨을 쉬고 말했다.

"사실, 그랬지. 물론 잘 아는 건 아니었지만. 전에 몇 번 집에 온 적이 있었어."

우리는 다시 텔레비전을 응시했다. 나는 차마 아버지의 얼굴을 쳐다볼 수가 없었다. 아버지는 한번 이야기를 시작하니 스스로 멈출 수 없는 듯했고, 거의 혼잣말을 하는 것 같기도 했다. 곁눈으로 흘끗 보니 손으로 계속 아랫입술을 쓸어내리고 있었다. 나는 감히 움직일 수가 없었다. 텔레비전에서 나오는 목소리들도 여전히 응얼거리고 있었다.

"난 전혀 상상도 못한 일이었지. 바로 그게 네 엄마가 나에 대해 제일 싫어했던 점이야. 늘 말하길, 나에겐 상상력이라곤 눈곱만치도 없다고 했거든."

아버지는 큰 소리로 짧게 웃었다. 영화 속의 남녀가 이제는 말다툼을 하고 있었다. 화면에는 울고 있는 여자의 얼굴이 클로즈업 되었다.

"저게 진짜 눈물일 것 같니?"

30

아버지가 말했다.

"분명히 무슨 오일 종류일 거야. 조명 때문에 두껍게 화장을 했을 텐데도 화장이 지워지지 않잖아."

"화장 외에 몸에 걸친 거라곤 별로 없네요."

어색하게 키득거리며 웃는 와중에 내 목소리가 갈라져 나오는 것을 느꼈다.

"우습게도, 난 너희 엄마가 떠나겠다고 말하기 전까지는 내가 네 엄마를 얼마나 사랑하는지 몰랐단다. 넌 아마도 내가 엄마를 미워했을 거라고 생각했겠지. 사실 나중엔 그랬어. 세상 누구도 버림받는 걸 좋아하지는 않으니까. 난 네 엄마가 미웠어. 나를 원하지 않았기 때문에, 또 가정을 깨뜨렸기 때문에. 난 정말 그런 일이 일어나지 않기를 바랐지만, 어쩔 수가 없었어. 그때 네가 몇 살이었지?"

"열 살이요. 가이는 여섯 살이고."

"그래. 가이는 매일 밤 엄마를 찾으며 울어 댔어. 그렇게 어린 애에게 무슨 설명을 할 수 있었겠니? 그리고 너는…… 5분에 한 번씩 엄마는 어디 갔냐고 물어 댔지. 엄마가 다신 돌아오지 않으리란 걸 알아듣도록 설명할 수가 없었어. 그래, 네 엄마를 싫어할 수 있다는 게 도움이 되었다. 어떤 생각까지 했었는가 하면, 네가 들으면 충격을 받을지도 모르지만, 난 차라리 너희 엄마가 죽었다면 하고 바라기도 했었다."

영화가 잠시 중단되고 갑자기 시끄러운 광고가 나왔다. 버섯들이 웃고 춤을 추면서 탁자 위를 가로질러, 수프 그릇 속으로 뛰어들었다.

아버지는 버섯을 더욱 자세히 볼 양인지, 몸을 앞으로 기울였다. 갑자기 시곗줄이 조이는 듯 자꾸 손목 주위로 시계를 돌리고 있었다.

"차라리 너희 엄마가 죽었다면 다 감당할 수 있을 것 같았어. 죽음에 대해선 어떻게 대처해야 하는지 알고 있으니까. 장례식을 하고 꽃다발을 받고, 통곡을 하고…… 그런 절차가 있잖니. 물론 끔찍하게 슬픈 일이었겠지만, 너희 엄마가 다신 돌아오지 않을 것이고 다신 볼 수 없을 거라는 것, 그리고 어찌 됐든 이제 두 아이들과 내 삶을 꾸려 가야 한다는 사실을 받아들이는 게 어렵지는 않았을 거야. 하지만 누군가가 살아 있는 동안에는 언젠가 돌아올 가능성이 항상 있는 법이라, 그 사람에 대한 미련을 버릴 수 없는 거야. 내가 아무리 미워한다 해도, 네 엄마가 돌아와 주기를 죽도록 바랐다."

목이 조이는 것 같은 느낌이었다. 아버지가 그만 이야기를 멈춰 주기를 바랐다. 이젠 제발 그만 이야기했으면. 나는 텔레비전을 끄고 싶었지만 감히 그럴 용기가 나지 않았다. 텔레비전을 끈 후에 찾아올 침묵과, 아버지를 다시 쳐다보며 마치 아무 일도 없었다는 듯 다시 이야기를 해야 하는 상황이 두려웠다. 나는 머리를 의자 등받이에 기대고 눈을 꼭 감았다. 그래도 번쩍거리는 텔레비전 화면의 불빛이 눈앞에서 춤추는 것이 보였다―번쩍, 번쩍, 또 번쩍. 단조로운 아버지의 목소리는 계속되었다.

"난 때때로 너희 엄마가 그 옷 잘 입은 멋쟁이 남자와 이런저런 책들을 보면서 아주 행복한 나날을 보내리라 생각하곤 했지. 그렇지만 아마도 그 사람은 행복할 수 없었을 거야. 그래, 아마도 지옥에 사는 것처럼 괴로웠을 거야. 어떤 여자도 자기 아이들을 버리고 떠나서 아무렇지도 않게 잘 살 순 없을 테니까. 너희 엄마도 무척 힘들었을 거야."

텔레비전에서 아름다운 기타 연주곡이 흘러나왔다. 아까의 그 남녀가 이제는 손을 잡고 해변을 거닐고 있었다. 내 짐작에 그곳은 브라이튼 해변가인 것 같았다.

"이 세상에서 이런 기막힌 일이 내게만 일어났을 거라고 생각하지만, 술집에 가서 다른 사람들과 이야기를 해 보면 그렇지 않다는 걸 알게 되지. 이게 다 무엇 때문이지? 사랑? 사랑이 뭘까? 단지 속임수일 뿐이야. 어떻게든 인생을 살아가게끔 만드는 속임수일 뿐이라고."

"왜 재혼하거나 다른 뭐라도 하지 않으셨어요?"

"아얏!"

아버지가 마치 손가락을 데기라도 한 듯이 손을 흔들었다. 뱀 같은 그 여배우가 다시 키스를 받기 위해 입술을 내밀자 아버지는 갑자기 텔레비전을 끄고 부엌으로 들어갔다. 찻주전자에 물을 받는 소리가 들렸다.

"오벌타인 차 마실래?"

나는 어슬렁어슬렁 부엌으로 들어가서 주머니에 손을 찔러 넣고 문기둥에 기대섰다.

"궁금한 게 있는데요, 혹시 엄마 주소 알고 계신가 해서요."

아버지는 머그잔 두 개를 꺼내어 놓았다. 지하 작업실에서 아버지가 직접 만든 것들이었다. 아버지는 옛 직장을 그만두고 아버지 스스로가 말하듯이 '이런저런 도자기를 만들면서' 생활을 꾸려 나가기로 했었다. 오벌타인 차 분말을 머그잔에 떠 넣다가 조금 흘리자 아버지는 그것을 조심스럽게 닦아 내고 주전자 곁까지 말끔하게 닦고 나서야 대답했다.

"글쎄, 아마 어디엔가 있긴 있을 텐데."

나는 냉장고에서 우유병을 꺼내 아버지에게 건네주었다. 고양이가 어슬렁거리며 다가오더니 아버지를 빤히 쳐다보았다.

"주소는 알아서 뭐 하려고?"

아버지가 물었다. 아버지는 발로 고양이를 옆으로 밀어 놓더니 우유병을 도로 냉장고에 집어넣었다.

"엄마를 한번 만나러 가 볼까 해서요."

나는 별로 중요한 일이 아니라는 듯, 일부러 명랑하고 진중하지 않은 목소리로 말했다.

"안녕히 주무세요, 아버지."

나는 내 컵을 들고 차를 조금씩 마시면서 천천히 위층으로 올라갔다. 오랜 세월이 흐른 후 이제 와서 왜 갑자기 엄마를 만나고 싶어하는지 설명할 수가 없었다. 아마 헬렌과 함께 엄마를 찾아가서, 엄마에게 헬렌을 소개하고 싶어서일지도 모르겠다.

나는 아까 만든 그 테이프를 다시 들어 보았다. 내 머리는 헬렌 생각으로 가득해 넘쳐흐를 정도였다. 침대에 누웠지만 헬렌 생각으로 잠을 이룰 수가 없었다. 새로운 가사가 머릿속에서 윙윙거리기 시작해서 아래충으로 내려가 오렌지 잼 바른 토스트를 먹으며 생각난 것을 적어 두기로 했다.

아버지는 여전히 아래층에 있었다. 거실에 앉아서 차갑게 식은 오벌타인 찻잔을 들고 창문 유리에 부딪혀 미끄러지는 진눈깨비를 가만히 바라보고 있었다.

2월

헬렌만 아니었어도 감히 아버지에게 엄마에 대해 물어보지 못했을 것이다. 나는 마치 내 삶의 다른 방 속을 몰래 엿보고 있는 것 같았다. 이제 나는 엄마가 어떤 사람이었는지 알고 싶었다. 결국은 마음에 상처로 남는다 해도 알고 싶었다. 아주 옛날, 아버지가 청년이고 어머니가 소녀였을 때 둘은 서로 사랑을 했다. 우리가 살고 있는 이 집이 아버지가 태어난 곳이고, 아버지는 할아버지 할머니가 돌아가실 때까지 이곳에서 함께 살며 돌보았다는 것을 나는 안다. 갓 시집온 색시로서 이 집에 들어왔을 때 엄마의 느낌은 어땠을까? 마치 유령들만 사는 집처럼 느껴지지는 않았을까? 낡은 가구, 색 바랜 카펫, 오래된 사진들, 할아버지의 팔걸이의자, 할머니의 찻잔 세트, 닳아서 반질반질 윤이 나는 목제 그릇들, 차임벨이 울리는 시계. 나는 할머니 할아버지를 보지 못했지만 여전히 곳곳에 두 분의 자취는 남아 있었다. 이 집에 엄마가 있는 것을 상상하자 마치 깜깜한 방에서 촛불을 높이 쳐드는 것처럼, 마치 처음 보는 집처럼 모든 것이 색다르게 보였다. 그러나 그 어디에도 엄마의 흔적은 없었다.

며칠이 걸려서 엄마에게 편지를 썼다. 헬렌이 도와줬지만 그래도 몇 번이고 다시 쓰고 나서야 겨우 완성했다.

"후회할 일을 하고 있는 거 아냐?"

헬렌이 물었다.

"이런다고 엄마가 돌아오지는 않아. 세월이 한두 해 흐른 게 아니잖아."

나는 엄마를 다시 돌아오게 하려는 게 아니었다. 그저 다시 한번 엄마를 보고 싶을 뿐이었다. 어쩌면 엄마의 존재를 확인하고 싶었는지도 모른다. 기억 속의 엄마는 밤에 이야기를 읽어 주고 길을 건널 때 내 손을 잡아 주는 사람이었다. 지금은 어떻게 엄마를 상상해야 할지조차 모르겠다. 아니, 아예 이 세상에 없는 존재 같았다.

내가 며칠 동안이나 그 편지를 주머니에 넣고 다니자 마침내 헬렌이 나 대신 부쳐 주었다. 몇 주일 기다려도 답이 없자 나는 매일 우편함에서 편지 찾는 일을 포기했다. 결국 나는 엄마에게 아무런 존재도 아니었던 것이다. 그저 무심히 털어 버린 먼지 한 점에 불과했다. 그러나 한 달이 지나서 마침내 답장이 왔을 때 나는 온통 헬렌에게 보여 주어야 한다는 생각뿐이었다.

그날 저녁 우리는 깜깜한 황야에 단둘이 갔다가 돌아와서는 함께 차를 마시기로 했었다. 편지는 내 주머니 속에서 얌전히 때를 기다리고 있었다.

그날 밤 6시 52분에는 개기 월식이 있을 예정이었다. 하지만 우리의 만남은 내 기대와 전혀 딴판이 되어 버렸다. 우선 하늘에는 구름이 잔뜩 끼어 있었고 가랑비가 오는 데다가 헬렌의 기분이 영 좋지 않아 보였다.

우리는 오렌지색으로 휘황찬란한 도시의 불빛에서 멀리 떨어져 월식을 보기 위해서 폭스 하우스로 가는 버스를 탔다. 스태니지 야산 아래에 위치한 황야로 이어지는 산책길을 따라 올라가는데 젖은 고사리 사이에서 양들이 바스락거리는 소리가 어둠 속에서 들려왔다.

"어디가 어딘지 전혀 모르겠어."

헬렌이 불평하듯 투덜투덜 말했다.

"위를 봐."

나는 한쪽 팔로 헬렌의 어깨를 감쌌다.

"25만 킬로미터 위를 보라고."

헬렌의 몸이 긴장하는 듯하더니 내 팔에서 빠져나갔다. 무엇 때문에 화가 났는지 모르지만 평소의 헬렌 같지 않았다.

"난 춥고 짜증나. 이것 때문에 차도 못 마시고 나오다니."

"여기선 달이 피같이 새빨간 공처럼 보인대. 볼 만할 것 같지 않니?"

"뭐, 피라고? 아니, 볼 만할 것 같지 않아."

그러면서 헬렌은 산책길 아래로 내려갔는데 길이 험하고 돌이 많아서 자꾸 발을 헛디뎠다.

"여기 밤새도록 있을 작정이야?"

헬렌이 잔뜩 볼멘소리로 말했다.

나는 뒤쫓아 가서 헬렌의 손을 따뜻하게 감싸 내 주머니에 넣었다.

"이렇게 높은 데서 새벽을 본다고 상상해 봐! 언제 밤에 한번 와서 그렇게 해 보자, 응?"

나는 생각만 해도 기분이 좋았다. 헬렌은 고개를 숙이고 걷고 있어서 내가 앞질러 가서 마주 서자 하마터면 나와 부딪힐 뻔했다.

"텐트를 가져오는 거야, 헬렌. 그리고 해가 지는 것을 보고, 달과 별들이 나오는 것을 보자. 그 다음날엔 새벽을 보는 거야. 새벽이 하늘 가득 분홍색으로, 금색으로 퍼지는 것을 본다고 상상해 봐."

"그리고 학교에는 비틀비틀 기어가서 간신히 등록하고 엄마한테는 마지막 버스를 놓쳤다고 한단 말이지."

"6월에 오면 되잖아. 히스풀 사이에서 자면 돼. 그럼 텐트도 필요 없겠네. 우리 둘 외에 아무도 없고……"

"그리고 양들이 우릴 물어뜯고."

"하짓날에 오면 하루가 길지. 저기 언덕에 동굴이 하나 있으니까 거기서 자면 돼."

"이러고 있느니 집에 가서 콩 수프나 먹자."

헬렌은 나를 밀며 혼자 앞으로 갔다.

"배고파 죽겠어, 크리스. 몸도 안 좋고, 너무 배가 고파."

버스에 타자 나는 헬렌에게 그 편지를 보여 주었다. 분위기가 무르익을 때를 기다렸지만 기회가 오지 않았다. 나는 헬렌을 쳐다보며 내가 그날 아침에 편지를 봤을 때의 그 흥분이 그녀 얼굴에도 살아나기를 기다렸다. 겉봉의 주소를 보기도 전에 나는 이미 그 편지가 엄마에게서 온 것임을 알았다. 필체도 낯이 익은 듯했다. 거리를 두고 보면 아주 예술적으로 보이는데 가까이서 보면 알아보기 힘든, 그런 글씨였다. 학교에 가려고 막 집을 나오는데 편지가 왔고, 나는 아버지가 보기 전에 얼른 주머니 속에 넣었다. 무슨 일이 있어도 아버지의 마음을 상하게 하고 싶지는 않았다. 학교에서 쉬는 시간에 읽고 있는데 아니나다를까 내 단짝친구 톰이 편지를 낚아채 갔다. 톰은 가끔 그렇게 유치한 짓을 잘했다.

"크리스가 연애편지를 받았대!"

톰이 공중에 대고 편지를 흔들며 말했다.

"어서 내놓지 못해!"

톰은 내가 편지를 빼앗으려 덤벼들면 한판 해보겠다는 생각이었지만, 자기를 보는 내 눈빛에서 뭔가 심상치 않은 것을 느낀 듯했다. 난 그때 정말 톰이 싫었다. 나는 웃지 않고 정색을 했다.

"지금 내놔, 톰 윌슨."

"어차피 읽지도 못하겠는데, 뭐."

톰은 내가 집을 수 있도록 그냥 바닥에 편지를 떨어뜨렸다. 편지는 좀 구겨져 있었고, 내 기분도 편지처럼 구겨져 버렸다. 나는 하루 종일 몇 번이고 편지를 꺼내 슬그머니 읽었다. 정말 엄마의 필체는 지독한 악필이었다. 모든 글자를 겨우 짐작으로 알아봐야 했다. 나는 엄마의 얼굴을 마음속에 그려 보려고 했지만 그려지지 않았다. 아주 작은 벨벳 단추가 달린 파랑색 코트와, 엄마가 밤에 집에 들어올 때 옷에 배어 있던 찬바람 냄새만 기억날 뿐이었다.

"이것 볼래?"

이렇게 말하면서 나는 헬렌에게 편지를 건넸다. 읽든 말든 상관 안한다는 듯이 편지를 건네고, 표정이 어떻게 변하는지 지켜보았다. 헬렌은 대충 훑어보더니 다시 내게 돌려주었다.

"너희 엄마 의사나 뭐 그런 직업이야? 한 글자도 못 읽겠다."

"거기 '크리스토퍼에게'라고 써 있잖아."

"크리스토퍼라고? 좀 딱딱하게 들리지 않니?"

편지를 읽을 때 내 목소리는 떨려 나왔다. 나는 목청을 가다듬고 숨을 한 번 크게 들이쉬었다.

"이렇게 씌어 있는 것 같아. '편지 해 줘서 고맙구나. 많이 놀랐단다.

답장이 늦어져서 미안하지만, 알프스에 다녀온 지 얼마 되지 않았다. 네가 이미 알고 있는지 모르지만 나는 전문 사진작가란다. 등산에 관한 책의 일러스트레이션을 의뢰받아 일하고 있기 때문에 자주 촬영을 나가고 있지. 물론 던과 함께 등산을 하기도 하고.'"

나는 잠시 편지를 내려놓았다. 숨이 꽉 막히는 것 같았다. 나는 크게 한숨을 내쉬고 다시 읽어 내려갔다.

"'이번 작업은 내게 아주 좋은 기회이고, 아마 몇 달은 더 가야 끝날 것 같다. 그래, 언제 한번 오려무나. 그럼 아주 좋겠지. 잘 있어라. 조운.'"

"조운?"

"그럼 뭐라고 하겠어? '사랑하는 네 엄마가'?"

나는 다시 편지를 보았다. 헬렌과 함께 그 편지를 읽는 것을 기대하고 있었는데. 하루 종일 그 편지를 헬렌에게 보여 주는 상상을 했었는데.

"그래서 어떻게 생각하냐니까?"

내가 헬렌에게 물었다.

"난 좀 별로인데. 호감이 안 가."

헬렌은 내게서 편지를 다시 가져갔다. 정말로 무언가에 단단히 화가 나 있었다.

"넌 우리 엄마를 한 번도 본 적 없잖아."

"우선 널 크리스토퍼라고 부르는 게 마음에 안 들어. 크리스라고 부르면 뭐가 어때서? 크리스토퍼는 너무 격식을 차리는 이름이잖아. 마치 널 한 번도 만난 적이 없는 사람처럼. 게다가 마지막에 자기를 '조운'이라고 부르잖아."

"난 그게 썩 괜찮은 생각인 것 같은데. 이제 너와 나의 관계는 다르다, 그저 친구나 하자, 뭐 그런 뜻 아니겠어?"

"그게 웃긴다는 거지. 자기 애가 칭얼대고 보채는 어린애일 때는 8년간 사라졌다가 이제 다 자랐으니 친구나 하자고 한다니 말이야."

나는 버스 창밖을 내다보았다. 얼굴이 달아오르는 것을 느꼈다.

"이왕 내친 김에 또 다른 거 마음에 안 드는 것 있니?"

"자기가 전문 사진작가라는 둥, 의뢰받아 일한다는 둥 어쩌고저쩌고 계속 떠들어 대는 것도 마음에 안 들어."

"계속 떠들어 대지는 않았지."

"잘난 척하는 것처럼 들린다, 이거야. 어떻게 너에 대해 한마디도 안 할 수 있어? 학교 생활은 어떠니? 아버지 잘 계시니? 가이는 잘 있니? 아직도 고양이 키우니? 이런 건 전혀 관심 없고, 그저 자기에게만 관심이 있잖아."

나는 편지를 다시 받아 공들여 잘 접었다. 손에 편지를 쥔 채 차창에 비친 내 모습, 그리고 그 너머로 밖의 어둠을 바라보았다.

"사랑스러운 나의 투정쟁이 여인이여."*

내가 중얼거렸다.

"'너를 볼 시간적 여유가 없다.'고 말하는 거라고."

---

* 원문은 "My dear Lady Disdain."으로 셰익스피어의 희곡 「헛소동」에 나오는 대사—옮긴이.

"그래, 알았다니까. 이제 그만해."

"네가 물었잖아. 네가 물었으니까 답을 할 뿐이야."

"편지를 보여 주지 말 걸 그랬다."

헬렌이 내 손을 만졌다.

"크리스, 내 생각엔 엄마를 만나지 않는 게 좋을 것 같아. 네가 상처받게 될 거야. 난 계속 그렇게 생각해 왔어."

"내가 알아서 할 테니까 걱정 마."

버스가 갑자기 불빛이 환한 동네 어귀 쪽으로 방향을 틀었다. 나는 일어섰다.

"내가 바래다줄게."

"그럴 필요 없어."

"바래다준다니까."

우리는 손을 잡고 아무 말 없이 걸었다. 헬렌은 자칫하면 싸울 태세였고 나는 속이 상하고 기분이 언짢았다. 헬렌의 머릿속에 무엇이 있는지 알고 싶었다. 간혹 정말 헬렌을 이해할 수 없을 때가 있다. 사실 그게 헬렌의 매력이기도 하지만, 보통땐 이 정도는 아니었다. 마치 마음속의 따뜻함이 밖으로 다 흘러나와 버린 사람 같았다. 지난달에 처음으로 말다툼이라는 것을 해 보긴 했지만 그때도 이렇지는 않았다. 그리고 그때는 인정컨대, 내 잘못이었다. 우연히 헬렌의 단짝 친구 루슬린을 길에서 만났는데, 루슬린이 헬렌에게 귓속말로, 그러나 다 들리게 말했다.

"이번엔 좀 자제들 하셔!"

"쟤, 왜 저래? 뭔데 그래?"

내가 물었다. 루슬린은 장난을 쳐서 다른 사람이 당황해하는 것을 즐기는 아이다.

"뭐긴 뭐겠어?"

헬렌이 장난기 섞인 목소리로 말했다.

"설마 루슬린에게 말한 건 아니겠지?"

"당연히 말했지."

나는 정말 믿을 수가 없었다. 뒤통수를 맞은 느낌이었다.

"전부 다?"

"나랑 제일 친한 친구잖아."

그것이 모든 일을 정당화시킨다는 듯, 헬렌은 태연하게 말했다.

"그게 우리 일이랑 무슨 상관인데?"

"넌 네 친구들에게 말했을 거 아냐. 남자 애들은 자기 여자 친구랑 무슨 일을 했는지 다 말하고 다닌다며."

나도 친구들에게 거의 할 뻔했다고 자랑한 적은 몇 번 있었다. 사실 내가 실제로 한 일보다 훨씬 과장해서 말한 적도 많다. 그렇지만 그 특별한 날 저녁에 관해서는 아무에게도 말할 수 없었다. 우리가 한 일을 농담거리로나 삼아 다른 친구들에게 소문을 퍼뜨릴 게 뻔하니, 톰에게조차 말할 수가 없었다. 절대로 말할 수 없었다. 그렇게 함부로 이야기하기에 그 일은 너무나 소중했다.

"아니, 틀렸어. 날 잘 모르는구나. 난 네가 그렇게 아무에게나 말하고 돌아다니는 줄 몰랐는데."

내가 말했다.

"내가 '아무에게나' 말했다고 했어? 제일 친한 친구에게 말했다고 했지."

나는 뼈에 남은 고기를 남김없이 발라먹는 강아지처럼, 맛이 없어 더이상 먹을 수 없을 때까지 이리저리 흔들고 끝까지 물고 늘어졌다.

"그럼 너희 엄마에게도 말했겠구나."

내가 말했다. 우리는 각자 손을 주머니에 넣고 서로 쳐다보지 않으면서 떨어져 걸었다. 헬렌을 안고 싶은 생각이 간절했지만 어떻게 해야 할지 몰랐다.

"아니, 우리 엄마에겐 말 안 했어. 우리 엄마는 그런 말을 쉽게 할 수 있는 사람이 아니잖아. 그랬으면 좋겠지만. 너도 알잖니, 좀처럼 가깝게 다가가기 힘들다는 거. 루슬린은 자기 엄마에게 무엇이든 다 얘기한다지만."

"그럼 지금쯤은 루슬린 엄마도 우리에 대해 다 알겠군."

"아마 그렇지 않을 거야. 물론 아니지. 그 아줌마가 우리에 대해 알 필요가 없잖아. 크리스……"

헬렌은 말을 멈추고 손을 내 팔에 얹었다. 마치 전기가 흐르는 것 같았다.

"화내지 마, 응?"

"내 마음이야."

사실 이제 위험한 단계는 지난 것 같아서 나는 그 기분을 즐기고 있었다. 아직은 쉽게 화를 풀고 싶지 않았다.

그때 헬렌이 말했다.

"우리가 그런 일을 했다고 해서 네가 날 소유한 것은 아냐."

너무 작은 목소리로 말해서 거의 들리지 않을 정도였다.

"네가 내게 이래라저래라 할 권리가 없다고."

그 조용한 목소리는 너무나 차가워서 마치 얼음 손이 나를 만지는 것처럼 느껴졌다. 헬렌이 나보다 훨씬 나이도 많고 아는 것도 많아 보였다. 아무런 미련 없이 나를 보낼 준비가 되어 있는 듯한 태세였다. 그때의 그 분위기, 마치 살얼음판 위를 걷는 듯 위태로운 분위기가 다시 돌아온 느낌이었다. 언제라도 얼음이 갈라져서 서로 다른 길로 갈 위험이 도사리고 있는 것 같았다.

"너 요새 왜 그래?"

내가 물었다.

"아무것도 아냐."

"나한테 무슨 불만이 있는 것 같은데."

"아무에게도 불만 없어. 집에 가, 크리스. 신경 쓰지 마."

나는 그냥 어깨를 으쓱하고는 계속 걸었다. 그녀의 말에 상관하지 않겠다는 듯, 머리를 쳐들고 작은 소리로 휘파람을 불었다.

"너 때문이 아냐, 크리스. 오늘 아침부터 기분이 안 좋았어. 그냥 집에 있는 게 좋았을 텐데 오늘 밤 만난다고 약속했기 때문에 할 수 없이 나온 거야."

나는 헬렌을 위로하고, 나도 위로받고 싶었다. 시간을 되돌려 오늘 저녁 만남을 다시 시작하고 싶었다. 헬렌을 곁눈질로 슬쩍 보았지만 그 애는 외면했다. 헬렌의 얼굴은 가로등 불빛에 동상처럼 청동색으로 굳어 있었고 눈만이 빛나고 있었다.

우리는 어느덧 헬렌의 집이 있는 길모퉁이에 와 있었다. 정원이 딸린 커다란 주택들이 있는 동네였는데, 창문마다 커튼이 쳐 있고 불이 켜져 있었다. 나는 집집마다 제각기 다른 삶을 살아가는 가족들, 아니 서로 사랑하고 서로 상처 주며 자신의 주위에 커튼을 치고 살아가는 이 세상 모든 사람들을 생각했다.

헬렌의 집에 도착하자 헬렌이 앞장서서 열어 놓은 문 안으로 따라 들어갔다. 집에서는 페인트 냄새가 났다. 헬렌은 신발을 벗고 슬리퍼로 갈아 신었고, 나도 현관에 깔린 깔개에다 내 신발을 닦고 들어가야 한다는 것을 기억했다. 우리 집에서는 전혀 하지 않는 일이었다.

헬렌의 아버지 테드 가튼 씨는 부엌에서 큰 소리로 노래를 부르고 있다가 우리가 들어가자 민망한지 새로운 노래를 연습하는 척, 콧노래 소리로 바꾸었다.

"기타는 잘 치고 있니, 크리스?"

그는 항상 같은 질문을 했다. 내게 무슨 말을 해야 할지 모르는 것이다. 내가 그나마 기타라도 치는 게 다행이다.

"그냥 그래요. 전자 기타였으면 좋겠는데요."

"그래, 내 밴드에는 언제 들어올 생각이냐?"

"재즈는 너무 어려워서요."

나는 헬렌이 창가에 서서 머리를 쓸어 올렸다 다시 내려뜨리는 것을 바라보고 있었다. 유리창에 비치는 그 애의 모습이 보였다. 아득히 먼 곳에 있는 사람처럼 느껴졌다. 헬렌, 도대체 무슨 생각을 하고 있는 거야?

가튼 씨는 끙, 하고 신음 소리를 내며 의자에 앉았다. 얼굴에 미소를 띠며 우리 둘 중에 누구라도 무슨 얘기를 하면 들어 줄 태세를 취하고 있었다. 그러나 우리는 아무 말도 안 했다. 헬렌은 여전히 창가에 서서 머리를 만지고 있었고 나는 그 애에게서 눈을 뗄 수가 없었다. 내가 계속 쳐다보고 있으면 헬렌도 나를 쳐다봐 줄 것만 같았다. 나는 철저하게 무력감을 느꼈다. 가튼 씨는 몇 번 목청을 가다듬더니 마침내 자신이 방해가 되고 있다는 것을 깨달은 모양이었다. 얼마 있다가 큰 소리로 다시 콧노래를 부르더니 뒷방으로 가서 피아노를 치기 시작했다. 이제 곧 부인 앨리스가 들어와 불평을 해도 모를 정도로 피아노에 열중해서, 그의 밴드 단원들이 초인종을 눌러도 듣지 못하고 누구든 다른 사람이 문을 열어 줘야 할 것이었다.

"말 좀 해 봐, 헬렌,"

내가 말했다. 나는 헬렌에게 가서 내 쪽으로 몸을 돌려 나와 눈이 마주치도록 손으로 그녀의 턱을 잡았다. 헬렌은 눈을 꼭 감고 무언가에 마음이 아픈 사람처럼 입을 꼭 다물고 있었다. 키스를 해서 그 슬픔을 지워 주고 싶었지만 헬렌은 다시 고개를 숙였고, 곧 헬렌의 엄마가 방 안으로 들어왔다. 손을 떼기 전에 잠시 본 헬렌의 얼굴은 겁에 질려 있었다.

헬렌의 엄마는 머리와 코, 손, 그리고 안경에까지 흰색 페인트 점이 묻어 있었다. 그녀는 헬렌 아버지의 낡은 셔츠를 입고 있었다. 그녀는 식탁 의자에 털썩 앉더니 신발을 벗고는 한쪽 스타킹 엄지발가락 쪽에 구멍이 난 것을 감추기 위해 발가락을 옴츠렸다.

"아, 피곤해 죽겠다. 찻주전자 좀 올려놓아라, 헬렌."

그녀가 말했다.

"제가 할게요."

내가 말했다.

헬렌은 여전히 어두운 창밖만 물끄러미 내다보고 있었다. 싱크대 쪽으로 가기 위해서는 그 애의 몸을 스치면서 빠져나가야 했다.

"저녁 차려 주기를 기다리고 있다면 오산이다. 오늘 저녁은 각자 알아서 해결했다. 하루 종일 내가 바빴으니까."

헬렌의 엄마가 말했다.

"난 저녁 생각 없어요."

헬렌이 말했다.

"콩 수프 끓여 줄까?"

내가 물었지만 헬렌은 어깨를 으쓱해 보이면서 말했다.

"별로 배고프지 않아."

헬렌은 자기 엄마 맞은편에 앉더니 식탁 위에 놓여 있는 짚으로 엮은 그릇 깔개 한 귀퉁이를 잘근잘근 씹기 시작했다. 헬렌의 어머니는 앞으로 몸을 기울여 딸한테서 깔개를 빼앗았다.

나는 커피 두 잔을 식탁 위에 올려놓고 내 커피를 따르기 위해 다시 싱크대로 갔다. 헬렌은 손으로 자기 커피를 옆으로 밀어냈다.

"커피가 잘못 되기라도 했니? 왜 그러니?"

가튼 부인이 엄한 어조로 물었다.

"마시고 싶지 않아요. 커피 좋아하지 않는다고요."

헬렌이 말했다.

"처음 듣는 소린데. 커피를 물처럼 많이 마시잖아."

내가 놀라서 웃으며 말했다.

"애당초 커피 달라고 하지도 않았잖아."

"그럼 아빠에게 갖다 드려라. 지금 완전히 무아지경에 빠져 계시니까, 커피라도 마셔야 밴드 단원들이 오기 전에 깨어날 것 아니겠니."

헬렌은 한숨을 쉬고는 엄마가 시키는 대로 했다. 가튼 부인은 커피 잔 너머로 나를 뚫어져라 바라보았다. 나는 심히 마음이 불편했다. 마치 내 마음을 꿰뚫어보려는 듯했다. 가튼 부인과 단둘이 있을 때는 늘 이렇게 어색한 분위기였다.

"둘이 다퉜니?"

"글쎄요, 제가 알기론 아닌데요."

"넌 모를지 모르지만 내가 보기엔 다투었는데, 뭘. 헬렌 아빠랑 다투어도 그 사람은 영 모르는 것 같거든."

그녀는 길게 하품을 하고는 계속 말을 이었다.

"남자들이란! 하여간 다들 형편없이 둔감하다니까."

그러고는 몸을 돌려 다시 부엌으로 들어오고 있는 헬렌을 바라보았다.

"너 몸이 안 좋은 것 아니니? 눈에 물기가 있는 게 감기 기운이 있어 보인다. 약 좀 먹으렴."

"그래야 할까 봐요. 오늘 그냥 일찍 자려고요."

헬렌이 동의했다.

"그래, 그렇게 해라."

헬렌의 말이 썩 마음에 든다는 듯, 가튼 부인이 말했다. 그러고는 나를 보며 고개를 끄덕였다.

"크리스, 네게 가 달라고 말하는 것 같은데?"

나는 불안해서 엉덩이를 들썩하고 말했다.

"이 커피만 다 마시고요."

둘이 합세해서 나를 쫓아낼 심산인 모양이었다.

가튼 부인은 싱크대로 가서 세정액을 짜더니 초록색 행주로 손을 신경질적으로 박박 문질렀다.

"헬렌이 한 말 듣지 않았니?"

우리에게 등을 돌리고 싱크대에 구부정하게 선 채 그녀가 말했다.

"피곤하대잖아. 학교 공부가 오죽 많아야지. 놀면서 졸업시험 공부를 할 수 있겠니? 안 봐도 뻔하지. 이렇게 비가 오는데 애를 끌고 나가면 어쩌겠다는 건지. 월식인가 뭔가 집에서 텔레비전 뉴스로 보면 될 걸 가지고 말이야. 크리스, 헬렌이 너한테 시간을 너무 많이 빼앗기는 것 같다. 안 그래도 학교 일이 많은 앤데 말이야."

나는 도움을 요청하듯 간절히 헬렌 쪽을 바라보았지만 헬렌은 전혀 거들지 않았다. 아까처럼 다시 몽상에 빠진 것 같았다. 어느덧 우리가 걷고 있던 살얼음판이 깨져서 헬렌은 검은색 물 위로, 나로부터 점점 더 멀어져 가고 있었다.

"그렇군요."

내가 마침내 입을 열었다. 갑자기 나에 관한 한 모든 일이 잘못되어 가고 있는 것 같았다. 하다못해 손까지 갑자기 커졌는지, 주머니 속에 잘 들어가지 않았다.

헬렌이 복도까지 나를 따라 나왔다. 부엌으로 가는 문이 열려 있어서 가튼 부인의 모습이 보였다. 그녀는 남편의 피아노 소리 너머로 우리의 이야기를 엿들으려고 애쓰는 듯, 의자에 등을 기댄 채 가만히 앉아 있었다. 마치 헬렌을 다시는 보지 못할 것처럼 나는 필사적으로 말했다.

"잠깐 나와 봐."

우리는 뒤로 살짝 문을 닫았다. 헬렌은 두 팔로 내 목을 감싸고 머리를 내 가슴에 기댔다. 내 심장이 마구 뛰었다.

"무슨 일 있어?"

내가 속삭이며 물었다.

"아니, 정말 아무 일도 없어."

"너 요즈음 이상해졌어. 너무나 속이 상해. 나랑 헤어지고 싶어하는 줄 알았어."

헬렌이 숨을 내쉬었다. 나는 그 애의 온기를 느끼며 적이 마음이 놓였다. 나는 헬렌의 머리를 쓰다듬으며 말했다.

"만약 그런 일이 있으면 말해 주겠지? 혹시 다른 사람이 생겨서 떠나고 싶다면 말이야."

"다른 사람 같은 것 없어. 바보 같은 소리 하지 마, 크리스."

어찌나 낮은 목소리로 말하는지 잘 들리지조차 않았다.

"그럼 왜 그러는데?"

차 한 대가 마당으로 들어오더니 두 명의 남자가 나와서 쾅 소리를 내며 차문을 닫았다. 둘 다 악기 케이스를 들고 있었다.

"말할 수 없어."

헬렌이 여전히 속삭이는 목소리로 말했다.

"와아, 여기서 사랑을 나누는 거냐?"

40대 후반쯤 돼 보이는 턱수염을 기른 남자가 말했다. 우리 옆을 비집고 지나갈 때 불쑥 나온 배가 우리를 스쳤다.

"사랑도 한때다. 옛날 생각나게 하는구나!"

내 팔 안에서 헬렌은 따뜻하고 부드러웠다.

"우리 신경 쓰지 말고 계속해라."

또 다른 남자가 내게 윙크를 하며 말했다.

"네."

나는 중얼거리듯이 대답했지만 그들이 뭐라고 하는지는 안중에도 없었다.

"엄마 말마따나 감기 기운이 좀 있나 봐."

헬렌이 내게서 몸을 떼면서 말했다.

"내일 학교 결석할 거야."

"내가 집으로 올게."

또 다른 밴드 대원 하나가 요란스럽게 오토바이를 타고 마당으로 들어왔다.

"그러지 마. 그냥 수요일에 학교 끝나고 만나."

헬렌이 말했다.

"그렇게 오래 있다가?"

나는 그 애밖에 모르는 바보였다.

"그렇게 오랫동안 어떻게 기다려?"

나는 다른 사람들에겐 비밀인 말을 하고 싶었지만 작업복을 어깨에 걸친 채 문 쪽으로 걸어 나오는 헬렌의 엄마를 보았다. 그녀는 팔짱을 끼고 문간에 기대서서 오토바이 남자를 내려다보았다. 그는 오토바이를 멈추고 받침대를 받치더니 오토바이 옆쪽에 매달린 가방에서 북채 두 개를 꺼냈다.

"오늘은 드럼 못 갖고 왔나 봐요?"

헬렌의 엄마가 물었다.

"차가 정비공장에 들어갔어요. 오늘 밤엔 냄비나 두들기죠 뭐."

"그럼 이웃들은 좋아하겠네요."

그녀가 웃으며 남자를 위해 문을 열고 나서는 닫지 않고 그대로 잡고 있다가 헬렌의 어깨를 치면서 말했다.

"오늘 일찍 잠자리에 드신다더니."

"그럼 수요일."

내가 말했다.

헬렌은 내 손을 한 번 꼭 쥐고는 드럼 친다는 그 키 작은 남자를 따라 자기 엄마와 함께 다시 집 안으로 들어갔다. 나는 현관문이 닫힌 후에도 한참 동안 문 앞에 서 있었다. 밴드가 연습하는 방의 커튼이 쳐지더니, 위층 헬렌의 방에 불이 켜졌다. 생각해 보니 헬렌은 그날 내내 한 번도 내 얼굴을 보지 않은 것 같았다. 네 시간이나 함께 있었는데 내게 한 번도 눈길을 주지 않다니. 헬렌, 도대체 무슨 일이야?

집에 오니 아버지는 지하 작업실에 있었다. 곧 작업복에 손을 닦으면서 올라왔는데 직접 만든 머그잔을 들고 있었다.

"이 디자인 예쁘지 않니, 크리스?"

아버지가 물었다. 나는 제대로 보지도 않은 채 대답했다.

"예, 정말 예쁜데요."

아버지는 실망하는 눈치였다.

"그렇게 형편없다는 말이냐? 내가 보기엔 괜찮은데. 무슨 안 좋은 일이라도 있니?"

"아뇨."

무심히 두 손을 바지 주머니에 찔러 넣는데 엄마의 편지가 잡혔다.

마치 얼음 조각을 만진 것처럼, 섬뜩 놀랄 정도로 차갑게 느껴졌다.

"내일까지 제출해야 할 숙제가 있어요."

나는 위층으로 뛰어 올라가 침대에 앉아 편지를 다시 읽었다.

헬렌의 말이 옳았다. 엄마는 한 달이나 있다가 답장을 했을뿐더러 내 안부는 묻지도 않고 있었다. 8년이나 연락조차 없지 않았는가. 생일 선물이나 크리스마스 선물도 아버지의 은행 계좌로 돈을 보냈을 뿐이었다. 그저 자기 일이 무척 바쁘다는 등, 얼마나 성공했는지에 대해서만 말하고 있었다. 같이 살고 있는 그 남자와 얼마나 잘 지내고 있는지, 그런 이야기 뿐이었다. 그게 나랑 무슨 상관이 있단 말인가. 차라리 편지를 하지 말 걸 그랬나 보다. 엄마가 나를 필요로 하지 않는다는 것, 그것은 확실했다. 집을 찾아갔더라면 정말 바보가 될 뻔했다. 어차피 할 말도 없었는데.

'저기요, 엄마. 아니, 조운이라고 한다는 게 말이 좀 헛나왔네요. 저 크리스토퍼예요.'

이렇게 말했을지도 모른다. 난 큰 소리로 말해 보았다. 가능하면 아무렇지도 않게, 좋은 감정으로 말하려고 노력했다. 일부러 톰을 흉내 내서 목소리를 굵게 내 보았다. 그러고는 높은 고음으로 엄마가 말하는 것을 흉내 내었다.

"어머, 많이 컸구나, 크리스토퍼. 이게 내가 새로 산 등산화란다. 이것은 카메라의 줌렌즈고."

"아주 좋네요, 조운."

"이 사람이 던이란다."

"안녕하세요, 던. 아, 머리 숱이 많으시네요. 집에 책도 많고요."

나는 그 편지를 구겨서 쓰레기통에 던졌다. 엄마가 날 필요로 하지 않는데, 왜 내가 엄마에 연연해하는가.

헬렌에게 전화하려고 애썼지만, 통화를 할 수 없었다. 헬렌 엄마는 마치 내가 헬렌의 공부를 방해하는 주범이라는 듯, 늘 "헬렌은 지금 공부하고 있다."고 답할 뿐이었다. 헬렌이 공부를 열심히 하는 것은 사실이다. 헬렌의 엄마와 아버지는 헬렌의 교육에 대해 야망이 컸다. 헬렌 스스로도 분명히 무슨 꿈이 있을 것이다. 우리 엄마는 내가 무엇이 되기를 바랐을까. 아마 그런 생각조차 하지 않았겠지.

그 후 며칠간은 지독한 강풍이 불었다. 텔레비전을 보고 있는데 바닥에 깔린 카펫이 마치 파도치듯 중간이 한껏 부풀었다 가라앉을 정도였다. 고양이는 그것을 바라보고 꼬리를 흔들면서 등을 잔뜩 구부려 언제라도 달려들 태세를 취했다. 밤에는 가이의 침대 매트리스를 내 방으로 옮겨 와야 했다. 가이의 방 창문을 테이프와 못으로 단단히 고정시켰다고 생각했는데도 거센 바람 때문에 창의 경첩 부분이 떨어져 나가서 덜컹거렸기 때문이다. 나는 다시 가이와 같은 방을 쓰는 게 좋았다. 우리는 새벽까지 자지 않고 이야기했다. 가이는 그렇게 심하게 바람이 부는 것에 오히려 신이 난 듯했다.

"왜 이런 기후가 생기는 줄 알아? 다 온실 현상 때문이야. 우주를 정복하고 컴퓨터 칩을 개발하고, 이제는 인간이 기후까지 바꿔 놓은 거라고! 이건 우리 인간의 힘이 얼마나 대단한지 보여 주는 거야."

"말도 안 되는 소리 작작해. 모르면 가만히나 있으라고. 이건 인간의 힘이 얼마나 미약한가를 보여 주는 거야. 지구가 자멸하고 있는데 우리는 그것을 구할 힘이 없는 거란 말야. 모든 것이 운명에 달려 있어. 다 계획이 짜여 있다고."

"컴퓨터 프로그램처럼?"

잠자리에 들 때 바람이 마치 집 주위를 어슬렁거리는 괴물 같은 소리를 냈다. 밤사이 우리 집 굴뚝의 윗부분이 떨어져 지붕을 타고 내려와 길바닥에 나동그라졌다. 나는 땀에 흠뻑 젖어 잠에서 깼다. 꿈에 헬렌이 나왔는데, 그 애는 내게서 점점 멀어지더니 굴뚝이 길바닥으로 떨어져 요란한 소리가 나는 순간 산산이 부서졌다. 나는 허겁지겁 달려가서 그 자리에 웅크리고 앉아 그 애의 작은 뼛조각을 하나씩 주워 손에 담았다. 그런데 뼛조각을 쌀 것이라고는 벨벳 단추가 달린 파란색 코트밖에 없었다.

학교에 가기 전에 나는 다시 헬렌에게 전화했다. 마치 영화의 한 장면처럼 그 꿈이 아직도 내 마음에 생생했다.

"너 괜찮은 거야?"

한동안 침묵이 흘렀다.

"괜찮으냐니까!"

나는 이렇게 물었고 더럭 겁이 났다.

"모르겠어."

"모르겠다니? 무슨 일이야, 응?"

"수업 끝나고 만나. 끊어야 해. 엄마가 날 벼르고 계셔."

헬렌은 전화를 끊었고 나는 학교에 늦어 뛰어나갔다. 길에 떨어진 굴뚝 조각들이 발밑에서 아작아작 깨지는 소리가 났다. 나는 발로 대충 쓸어서 조각들을 하수구에 넣고 바람을 거슬러 뛰기 시작했다. 헬렌이 나를 다시 보자고 한 것이다. 지금은 그것만 생각하고 싶다.

헬렌의 학교는 우리 학교와 몇 킬로미터 떨어져 있었고 내내 오르막 언덕길이었다. 그 언덕길을 나는 죽을힘을 다해 뛰었다. 학교에 도착했을 즈음에는 숨이 턱까지 차 있었다. 나는 벽에 기대서 숨이 정상으로 돌아올 때까지 헐떡거렸다. 헬렌의 모습은 보이지 않았다. 지금은 수업이 이미 시작되어서 주위에 아무도 보이지 않았지만, 나는 헬렌이 고3 교실이 있는 복도 어딘가에서 갑자기 나타날지도 모른다고 생각했다. 내가 다니지 않는 학교라 그런지 학교 안으로 걸어 올라가면서 좀 쑥스러운 느낌이 들었다. 아주 어릴 때는 축구 경기를 보러 몇 번 왔었고, 그 후에 헬렌과 데이트를 시작하면서 무용 발표회에 몇 번 온 적이 있었다. 지금 생각하니 헬렌에 대해 새로운 감정을 갖게 된 것도 바로 그때다. 헬렌이 여태껏 내가 사귀던 다른 여자애들과 다르다는 것을 깨달은 것은 무대 위에서 춤을 추는 모습을 봤을 때였다. 여러 사람이 보는 무대 위에서 헬렌이 춤추는 것을 보면 좀 민망할 줄 알았는데 전혀 그렇지 않았다. 나는 그 애에게서 눈을 뗄 수가 없었다. 무대 위에 헬렌 혼자만 있는 것처럼 나는 그 애에게만 집중했다. 나는 헬렌이 나만을 위해서 춤추고 있는 것처럼 느껴졌다. 아니, 그녀는 나만을 위해 춤을 추고 있었다. 지금도 어떤 순간에 그런 생각을 했는지 정확히 기억할 수 있다. 그날 밤 나는 관람석에 앉아서 공연이 끝날 때까지 내내 미소 짓고 있었다. 이 이야기도 톰이나 다른 친구들에게는 하지 않았다. 공연이 끝나고 나서 헬렌은 자신만만한 표정으로 내게로 뛰어왔고, 그때 나는 그 애에게 고백하기로 작정했다.

"너한테 말할 게 있어."

나는 용기를 내서 말했고, 그녀는 내 앞에서 빙그르르 돌아 멀어지더니 다시 내게로 다가왔다.

"나도 말할 게 있어."

헬렌이 말했다.

"선생님이 나보고 졸업시험 과목 중에 무용을 추가하래. 우리 학교에서 졸업시험으로 무용을 택하는 학생은 내가 처음이래."

빙그르르, 다시 헬렌은 내게서 멀어졌다. 그 애는 마치 어린아이처럼 흥분해 있었다. 나도 덩달아 흥분해서 긴 다리와 팔을 이리저리 뻗으며 헬렌의 동작을 따라 했다. 내가 크게 소리 내어 웃자 헬렌도 따라 웃었다.

"말할 게 뭔데?"

헬렌이 내게 소리쳤다.

"생각이 안 나. 별로 중요한 건 아니었어."

장난 투로 말하며 나는 이마에 흐트러진 머리를 쓸어 올리고 헬렌을 향해 미소 지었다. 그래, 아직은 말하지 말자. 앞으로 말할 기회가 얼마든지 있을 텐데. 게다가 그때 그 말을 하면 바보처럼 보일까 걱정되기도 했다.

"몇 글자인데?"

헬렌이 공작처럼 뽐내며 물었다.

"세 글자."

내가 말했다.

그러자 헬렌은 내가 하고 싶은 말을 알아 듣고 큰 소리로 웃으면서 대답했다.

"나도 세 글자, 크리스!"

헬렌은 고3 건물에 없었다. 대신 친구 루슬린이 벽에 걸려 있는 전임 교장의 초상화 밑에 기대서서 경쾌하게 휘파람을 불고 있었다. 나를 보더니 그녀는 활짝 웃으며 손을 흔들고 나서, 책가방을 시계추처럼 흔들면서 어슬렁어슬렁 걸어왔다.

"무슨 일이지?"

나는 물었다.

"무슨 일은 무슨 일?"

루슬린은 더 활짝 웃으며 말했다.

"왜 무슨 일이 있다고 생각하는데?"

"네 얼굴에 써 있는데 뭘. 헬렌 어디 있니?"

"헬렌? 집에 갔어."

"나하고 만나기로 했는데?"

"헬렌이 오후 수업 시간에 좀 이상해서 클랜시 선생님이 집으로 보냈어."

"이상하다니? 그게 무슨 말이야?"

나는 루슬린처럼 목소리를 태연하게 내려고 애썼다. 그녀는 마치 헬렌에게 정말 재미있는 일이라도 있었던 것처럼 눈을 반짝이며 나를 보고 미소 지었다.

"뭐랄까……"

루슬린은 손을 이리저리 내저으면서 불안정하게 기우뚱기우뚱 걸었다.

"알겠니? 이런 것 말이야."

"술이 취했단 말이야?"

루슬린은 한바탕 크게 웃고는 가방을 옆구리에 끼며 말했다.

"그냥 좀 이상했어. 헬렌이 너에게 사랑한다고 전해 달래. 곧 보자면서 말이야."

"지금 당장 헬렌에게 가 봐야겠어."

난 걱정이 되었다. 루슬린은 터무니없이 나를 약 올리고 있었다.

"나라면 그렇게 하지 않을 거야. 그 애를 좀 내버려 두지 그래."

"그럼 전화라도 할래."

루슬린은 고개를 가로저었다.

"자기가 전화할 때까지 기다리래, 헬렌이."

난 주저앉고 싶었다.

"루슬린, 도대체 무슨 일이야?"

"이러면 어떨까? 헬렌한테 밤에 언제 우리 집에 들르라고 할게. 그때 너도 오고, 그래서 우리 집에서 헬렌이랑 얘기하면 되잖아."

"오늘 밤에?"

"주말까진 헬렌에게 시간을 줘, 크리스. 그냥 좀 쉬고 싶어하는 것 같아. 좀 쉬고 나면 좋아질 거야. 정말이야."

루슬린이 나를 불쌍하게 생각하고 있다는 것을 알 수 있었다. 난 그녀가 그러지 않았으면 했다. 왠지 숨이 막히고 호흡이 고르게 나오지 않았다. 지난 주말까지만 해도 헬렌과 난 몇 달간 하루도 빠짐없이 매일 만났었다.

"넌 헬렌 집에 가서 헬렌을 만날 수 있지? 내 말은, 헬렌 부모님들이 날 왜 그렇게 싫어하는지 모르지만, 뭐 내가 문둥병에 걸리거나 양말에서 지독한 냄새가 난다고 생각하는 것 같다는 거야. 어쨌거나 넌 헬렌에게 못 갈 이유가 없잖아."

"오늘 밤에 가 볼 거야."

루슬린이 말했다.

"다음에 보자, 크리스."

우리는 어느새 루슬린이 살고 있는 길모퉁이에 다다르고 있었다. 그녀의 어린 남동생들 중 하나가 달려오자, 루슬린은 큰 소리로 반기며 동생을 번쩍 안아 올렸다.

"야, 크리스!"

돌아서서 걸어가고 있는데 루슬린이 내게 소리쳤다. "이거 받아!" 하면서 그녀는 내게 작은 꾸러미를 던졌다.

나는 모퉁이를 돌자마자 그것을 풀어 보았다. 그것은 빅토리아 시대 시인 엘리자베스 배릿 브라우닝의 사랑의 쏘네트들이 담긴 시집이었다. 그 안에는 '해피 밸런타인 데이, 헬렌으로부터.'라고 적혀 있었다.

나는 전에 가족 파티 같은 것 때문에 루슬린 집에 몇 번 간 적이 있다. 언제나 요란한 음악 소리가 울리고, 멋진 자메이카 음식이 차려진 다채로운 파티였다. 루슬린의 엄마는 '코럴'이라 불리는 아주 몸집이 크고 마음씨가 다정한 아주머니였는데, 마치 뜨거운 당밀처럼 끈적거리는 낮은 허스키 목소리를 갖고 있었다. 루슬린과 그녀의 동생들은 모두 강한 셰필드 억양이었지만, 코럴 아주머니는 순수 자메이카 억양이었다. 코럴 아주머니처럼 따뜻하고 다정다감한 엄마가 있다면 참 좋을 것 같았다. 하지만, 그녀는 한시도 쉬지 않고 계속 말을 했고 기분이 내킬 때는 노래도 불렀다.

"거미, 어서 오너라!"

약속한 토요일에 찾아갔을 때, 그녀는 문을 열어 주면서 큰 소리로 말했다.

"은제 그 뼈에 살을 좀 붙이려고? 그래서 은제 살쪄서 멋진 근육맨이 될라?"

"헬렌 왔어요?"

나는 걱정스럽게 집 안을 둘러보았다. 집 안에는 얼굴에 함박웃음이

핀 아이들로 가득했는데, 아이들 모두가 나를 쳐다보고 있었다.

"헬렌? 루슬린 방에 있지. 걔들 진짜 비밀 너무 많아!"

"늘 그래요."

난 헬렌을 한순간이라도 더 빨리 보고 싶은 마음에 계단을 한 번에 세 개씩 뛰어 루슬린의 방으로 올라갔다. 문 앞에서 잠시 머뭇거렸지만, 곧 노크를 하고 안으로 들어갔다. 내가 들어가자 둘은 대화를 갑자기 멈췄다. 헬렌은 울고 있었던 게 분명했다. 그 애의 얼굴은 창백했고, 어딘가 불안해 보였다. 나는 어찌할 바를 모르고 문간에 그냥 선 채로 물었다.

"좀 괜찮아졌니?"

루슬린이 일어섰다.

"커피 좀 갖고 올게."

"커피는 정말 싫어. 감자 껍질처럼 텁텁한 맛이 난다고."

헬렌이 말했다.

루슬린이 문을 닫고 나가자마자, 나는 헬렌에게 다가가서 그 애가 앉아 있는 의자의 팔걸이에 걸터앉았다. 헬렌은 날 쳐다보지 않았다. 나도 무슨 말을 해야 할지 몰랐다. 헬렌은 입을 살짝 벌리고 눈은 꼭 감은 채 의자에 등을 기댔다. 그렇게 아파 보이고 지쳐 보이는 것은 처음이었다. 내가 손을 잡자 그대로 내게 손을 맡기고 있었다. 헬렌의 손은 차갑고 축 늘어진 채 힘이라곤 없었다.

"무슨 일이니?"

내가 물었다.

"독감에라도 걸린 거니?"

헬렌은 고개를 저었다. 뺨 위로 눈물이 흘러내리고 있었지만 헬렌은 멈추려고 하지 않았다. 나는 지친 듯 천천히, 끊임없이 흘러내리는 작은 흐름을 가만히 지켜보았다. 헬렌은 소리 내지 않고 울고만 있었고, 나는 진공 속에서 울리는 드럼처럼 힘겹게 내 심장이 천천히 조여 오는 것을 느꼈다. 팔다리도 천근만근 무겁게 느껴졌다. 그때 나는 다시 내가 꾼 꿈이 생각났다. 헬렌과 나 사이의 틈, 얼음에 금이 가서 서로 다른 곳으로 떠 가는 꿈이었다. 나는 헬렌의 다른 손까지 잡아 내 두 손으로 감싸 쥐었다. 마치 내가 헬렌의 손에 생명의 온기를 불어넣고 있는 듯했다.

"헬렌, 왜 그래? 응?"

그러자 헬렌이 대답했다. 헬렌의 목소리라고 할 수 없을 정도로 너무나 공허하고 겁먹고 지친 목소리로 한 그 대답은 평생토록 잊지 못할 것이다.

2월 27일

이름 없는 너에게

우리 집 욕실에는 꼭 잠기지 않는 수도꼭지가 있다. 엄마는 새 밸브가 필요할 뿐이라고 말한다. 어떤 때는 그 물소리가 아예 들리지 않기도 하지만, 어떤 때는 똑, 똑, 똑, 느리고 규칙적인 그 뚜렷한 소리 때문에 밤새 깨어 있을 때도 있다.

너에 대한 내 느낌이 바로 그렇다.

꼭 나 자신의 심장 소리를 들으면서 그 소리를 멈출 수 없을 것 같은.

그것은 어둠 속에 울리는 발자국 소리 같기도 하다.

나는 네가 정말 거기에 있는지 모르겠다.

하지만 네가 거기에 있을지도 모른다는 생각이 마치 잠잠해지지 않는 맥박 소리처럼, 멈추지 않는 시계 소리처럼 밤이나 낮이나, 하루 종일, 규칙적으로, 천천히, 그리고 또렷하게 울려온다. 똑, 똑, 똑, 그 생각을 떨쳐 버릴 수가 없다.

임신, 임신…… 내가 만약 임신했으면? 똑, 똑, 똑, 똑……

밤이 되면 나는 너무나 겁이 나서 숨도 못 쉴 정도다.

아무에게도 알릴 수가 없다. 루슬린에게도, 엄마에게도.

너는 단지 그림자일 뿐이다. 아니면 단지 속삭임일 뿐.

너는 수도꼭지다, 밤이나 낮이나 똑, 똑, 거리는.

하지만 결국에는 크리스에게 말했다. 혹시 그렇게 하면 네가 없어질까 싶어서.

나를 좀 내버려 둬.

난 널 원하지 않아.

가 버려. 제발, 제발 가 버리라고!

이것이 '이름 없는 너에게'로 시작하는 헬렌의 편지 중 첫 번째였다. 그것은 마치 악몽으로 인도하는 입구와도 같았다.

3월

    2월의 그날 저녁 내 마음속에 소용돌이친 느낌들을 어떻게 표현할 수 있을까. 나에게 몰아닥친 그 충격, 놀라움, 그리고 헬렌이 아프지 않다는 사실과 나를 떠난 것이 아니라는 데 대한 엄청난 안도감 같은 것들을 말이다. 나는 그날 밤에 헬렌이 말한 것을 믿을 수가 없었다. 그렇지만 책임감과 그 애를 보호해야겠다는 생각으로 전과는 비교도 할 수 없을 만큼 헬렌과 더욱 가까워짐을 느꼈다. 나는 너무나 마음이 아팠고, 루슬린이 커피와 우유, 그리고 토스트를 쟁반에 내오는 동안 헬렌의 손을 잡고 앉아 있었다. 내가 반짝반짝 윤이 나는 헬렌의 부드러운 머릿결을 쓰다듬는 동안 루슬린은 계속 수다를 떨고 있었지만 우리는 아랑곳하지 않았다. 루슬린은 다시 우리만 남겨 두고 방을 나갔다.

우리는 각자 깊은 상념에 잠겨 아무 말 없이 헬렌의 집으로 갔다. 나는 팔을 헬렌의 어깨에 둘렀다.

"아무 일도 없을 거야."

나는 이 말만 계속 되풀이했다.

"그리고 무슨 일이 있어도 난 늘 네 곁에 있을 거야."

나는 내가 하는 말이 무엇을 뜻하는지도 모르는 채 그냥 중얼거리고 있었다. 나중에 내가 한 말의 의미를 생각해 보니 섬뜩할 정도로 겁이 났다. 하지만 그 순간에 내가 할 수 있는 말이라곤 그것밖에 없는 것 같았고, 그래서 그냥 했을 뿐이었다. 헬렌이 한 말을 그대로 받아들일 수는 없었지만, 자신이 너무나 불행하다고 생각하는 헬렌이 죽도록 불쌍했다. 헬렌의 기분을 나아지게 할 수만 있다면 무슨 일이든지 했을 거다.

자기 집 현관에 도착하자 헬렌은 얼른 내 팔에서 빠져나가려고 했지만 나는 조금만 더 함께 있고 싶었다. 그 애를 그렇게 보내기가 싫었다. 그리고 나 스스로도 머릿속이 그렇게 복잡하고 뒤죽박죽인 채, 그렇게 혼자 남겨지고 싶지 않았다. 구름은 거대한 날개를 가진 새처럼 달 위를 미끄러지듯 스쳐 지나갔다. 그 구름에 달이 가려졌다 나왔다 하면서, 헬렌의 얼굴 역시 보였다 안 보였다 했다. 헬렌은 너무나 어려 보였다.

"들어오라고 하지 않을 거야."

헬렌이 말했다.

"그래, 나도 들어가고 싶진 않아. 하지만 너와 떨어지기도 싫어."

"널 너무 힘들게 한 것 같아. 미안해, 난 너무 무서웠어. 너에게 무슨 말을 해야 좋을지 몰랐어."

헬렌이 말했다.

"나 역시 무서웠어. 난 네가 나와 끝내려고 하는 줄 알았어."

"아, 크리스, 무슨 그런 생각을."

그 다음에는 우리 둘 다 말을 잇기가 힘들었다. 그저 집 안의 불이 켜졌다 꺼지고 목욕통의 물이 빠지는 소리, 누군가 아래층으로 내려오는 소리만을 의식하고 있을 뿐이었다.

"들어가 보는 게 좋겠어."

헬렌이 말했다. 말하는 것조차 힘든 듯, 목구멍에서 겨우 기어 나오는 목소리였다. 그런 상태로 헬렌을 들여보내고 싶지는 않았다.

"혹시 잘못 알고 있는 것인지도 몰라. 괜한 걱정일 수도 있어. 정확히 알기에는 너무 이른 것 아냐?"

"모르겠어, 정말 모르겠어."

"내가 좀 더 조심했어야 했는데……"

"네 탓만이 아니야. 내 잘못이기도 해."

"우리가 너무 어리석었어! 우리가 어린애도 아닌데 말이야."

문이 열리더니 헬렌의 엄마가 우유병 두 개를 계단에 내려놓았다.

"난 문간에서 이러는 거 좋아하지 않는다. 전에도 말했잖니, 헬렌."

그러자 헬렌은 당황하고 화가 나서 내게 작별 인사도 없이 안으로 뛰어 들어갔다.

헬렌의 전화를 기다리는 다음 이틀 동안은 마치 감옥에 꼼짝없이 갇혀 있는 거나 마찬가지였다. 혹시 외출중에 전화가 올까 봐 집을 떠나지도 못했다. 그렇다고 내가 먼저 전화를 하거나 헬렌 집에 가 볼 엄두도 나지 않았다. 책을 읽거나, 거울 앞에서 머리를 빗거나, 아니면 고양이를 쓰다듬거나, 뭐라도 하는 척하면서 전화기 옆쪽 계단에 앉아 하루 종일 전화를 기다리며 시간을 보냈다. 아버지는 그런 나를 쳐다보았지만 아무 말도 하지 않았다. 아마 내가 도대체 말 상대가 되지 않으리라는 걸 눈치 챘을 것이다. 우리 집 전화기는 벨이 울리기 전에 작게 그르렁거리는 소리를 낸다. 오랜 기다림 끝에 드디어 그 소리가 나자, 난 금방 헬렌의 전화라는 것을 알았다. 혹시라도 다른 사람이 먼저 받을까 봐 나는 수화기를 낚아채 들었다.

"무슨 소식 있니?"

내가 물었다.

"아니 아직. 하지만, 엄마는 내가 빈혈인 것 같대."

"그래서 어떻게 할 건데?"

"글쎄, 말린 자두를 많이 먹거나 철분이 든 영양제를 타러 병원에 가는 것 정도겠지. 그래서 오늘 저녁에 병원에 가 보려고."

"그러고 나서 좀 볼 수 있니?"

"그래."

난 헬렌의 집 근처에 있는 건강검진 센터로 걸어가 그 애를 기다리면서 담벼락 위에 걸터앉아 있었다. 한 남자가 어린아이 한 무리를 이끌고 도서관에서 나와 길을 건너갔다. 남자는 한쪽 팔로 한 아이를 안고, 또 다른 손으로는 다른 아이 손을 잡고 있었다. 또, 두 아이가 매달리듯 그의 코트 자락을 잡고 걸어가고 있었다. 그들은 모두 도서관에서 빌린 책을 들고 있었는데, 둥지 속의 새끼 새들처럼 다들 목청껏 재잘거리고 있었다. 남자는 면도도 하지 못한 것 같았다. 난 헬렌이 네쌍둥이를 두어서 가는 곳마다 내가 아이들을 데리고 다니고, 최연소 네쌍둥이 아버지로 텔레비전에 나오는 모습을 상상해 보았다. 그때 안겨 가던 아이가 손에 들고 있던 책을 남자의 어깨 너머로 떨어뜨리고 울기 시작했다. 그러자 남자는 걸어가던 여자 아이에게 책을 줍지 않는다고 야단을 쳤다. 여자 아이는 보도 위에 주저앉아 울기 시작했고, 나머지 두 아이 중 한 아이가 그 아이에 걸려 넘어지는 바람에 따라서 울음을 터뜨렸다. 난 몽상을 그만두고 담벼락 위에서 뛰어내려 헬렌을 만나러 갔다.

"괜찮아?"

내가 물었다. 그러자, 헬렌은 고개를 끄덕이면서 내 손을 잡았다. 의사는 헬렌에게 처방을 하면서 그 나이 또래의 여자들은 철분을 많이 섭취해야 한다고 말했다고 했다.

"의사가 그러는데 우리들이 너무 바쁘게 산대. 그래서 건강도 쉽게 나빠지는 거래. 그리고, 내 졸업시험하고 너에 대해 묻더라."

"나에 대해서?"

"응. 남자 친구 있냐고. 그래서 있다고 그랬더니 너와 나의 관계에 대해 상담할 게 있는지 묻더라. 그래서 아니라고 했지."

"상담해 보지 그랬어? 그럼 좀 마음이 나아질지 모르잖아."

"어떻게 그래? 그럼 기록에 남을 거 아냐. 혹시 나중에 엄마랑 같이 왔다가 엄마가 상담 진료 기록을 보게 되면 어떡해? 의사가 가족계획에 관한 이 팸플릿들을 줬어. 그리고 부끄러워하지 말고 무엇이든 물어보라고 했어. 아주 친절하더라고."

"그럼 괜찮은 거야?"

"그런 것 같아. 그냥 의사를 보기만 했는데도 기분이 훨씬 나아졌어."

"그래, 전보다 훨씬 좋아 보인다. 우리가 운이 좋았던 거야."

"글쎄 말이야. 다신 그렇게 위험 부담 있는 일은 하지 말자."

무엇을 간절히 원하면, 정말 그렇다고 믿게 되는 것은 놀라운 일이다. 우리는 그날 밤, 농담을 하고 유령이라도 쫓아 버릴 만큼 큰 소리로 웃고 떠들면서, 어리석을 정도로 행복감에 젖어 있었다. 그렇지만 유령들은 다시 돌아오게 마련이다. 나는 다시 주말까지 헬렌을 볼 수 없었다. 전화를 매일 했지만, 헬렌은 언제나 낮고 단조로운 음성으로 아주 짧게 대답했다. 나는 헬렌의 엄마가 근처에 있어서 자유롭게 말할 수 없다는 것을 알아챘다. 나는 언제나 몸이 괜찮은지를 물었고 헬렌은 똑같이 "모르겠어." 하고 대답했다.

"무슨 말이야, 모르겠다니? 의사가 괜찮다고 했다고 그랬잖아."

"달라진 것이 없다는 말이야, 크리스. 그런 뜻이라고."

난 어찌할 바를 몰랐다. 어디를 보든, 사방에서 날개를 퍼덕이는 거대한 검은 새들이 그림자를 드리우며 광풍을 일으키는 날갯짓으로 주위를 휩쓸고, 날카로운 부리가 돋은 얼굴을 내게 돌려 성난 눈으로 노려보고 있는 것 같았다. 나는 아무에게도 말할 수 없었다. 늘 그렇듯이 입술을 조금 내밀고 저녁 뉴스에 열중하고 있는 아버지를 지켜보면서, 아버지에게도 말할 수 없다는 것을 알았다. 아니, 나는 그것이 사실인지조차 모르고 있었다. 지푸라기라도 잡고 싶은 심정으로 난 어릴 적 무릎을 다쳤을 때처럼 엄마에게 머리를 묻고 안기고 싶었다. 그런 생각이 들자 나는 소리라도 지르고 싶었다. 그런 기억조차 이미 8년 전에 어딘가에, 아마도 베개 속에, 꼭꼭 묻어 버리지 않았는가. 그 기억은 나를 다시 어린아이로 만들기 위해 어디에선가 슬며시 기어 나온 듯했다. 난 엄마에게 화가 났다. 그 누구보다 엄마가 거기에 있어 주었어야 했다. 내 곁에서 내 이야기를 들어주었어야 했다. 그러나 막상 엄마가 있다 하더라도 내 마음속의 말들을 어떻게 전해야 하나, 그러면 엄마는 내게 무슨 말을 할까, 그런 상상을 하면서 나는 꽉 쥔 주먹을 주머니에 찔러 넣은 채 창밖을 내다보며 서 있었다. 상상이 되지를 않았다. 도대체 말은 어디서 나오는 것인가.

어느 날 오후, 톰은 폴리테크닉 대학에 있는 인공 암벽 등반장에 간 다면서 같이 가겠느냐고 물었다. 무감각한 톰도 아마 요새 내가 무슨 일 때문에 고민하고 있다는 것을 눈치 챈 모양이었다. 난 가겠다고 했다. 가장 큰 이유는 엄마와 다시 연락을 취할 수 있는 계기가 될지도 모른다는 생각에서였다. 등반을 시작했다는 것은 엄마에게 말할 좋은 화젯거리가 될 것 같았다. 엄마는 어쩌면 몇 가지 충고를 해 줄지도 모른다. "꽉 잡고 떨어지지 마라, 크리스!" 난 사실 인공 암벽 등반에 대해 들어 본 적도 없었다. 하지만 그것이 더비셔나 요크셔의 능숙한 등반가들이 보는 앞에서 스태니지 절벽에 매달려 있는 것보다는 쉬울 것이라는 생각이 들었다. 엄마라는 사람에 관해 좀 더 알 수 있는 방법이기도 했다.

등반장은 덥고 습했다. 학생들은 몇 명씩 모여서 쭈그리고 앉거나 서서, 보이지 않는 악기라도 연습하듯이 다섯 손가락을 폈다 오므렸다 하면서 유연하게 움직이고 있었다. 암벽은 가파르게 솟아 있었는데, 아랫부분에는 돌출부가 많았지만 올라갈수록 그 갯수가 줄어들고 크기도 작아졌다. 그래도 그다지 어렵지 않게 해 볼 만할 것 같았다. 몇몇 사람들이 너무 조심스러워 하는 것이 이상하게 보일 정도였다.

"어때, 해 볼 거야, 크리스?"

톰이 물었다.

"꼭대기까지 가 볼까?"

"너 먼저 올라가 봐."

내가 말했다.

그리고 내가 속이 메스꺼울 정도로 힘겹게 플라스틱 바위를 움켜쥐고 부들부들 떨리는 다리로 겨우 매달려 있는 동안, 톰은 거미처럼 능숙하게 올라가고 있었다. 헬렌이 그곳에 없는 게 천만다행이었다.

다음에 헬렌을 보았을 때, 헬렌은 주머니에 손을 넣고 몽상에 잠긴 듯 이클레솔 거리를 걸어가는 중이었다. 처음에는 날 발견하지도 못했다. 그처럼 예기치 않게 헬렌을 만나면 나는 너무나 기쁘고 들뜬 기분을 느낀다.

"헬렌!"

난 소리쳐 불러 보았다. 차를 요리조리 피하면서 헬렌이 있는 쪽으로 길을 건너가서 옆에서 따라 걸었다.

"할아버지 댁에 가는 길이야."

"같이 갈게."

난 헬렌의 할아버지가 좋았다. 할아버지는 늘 아무런 거리낌 없이 무엇이든 솔직하게 이야기하시는데, 난 그것이 좋았다. 그런데 헬렌의 할머니는 좀 이상했다. 내가 무슨 말을 해도 대꾸하는 적이 없고, 특유의 눈빛으로 물끄러미 바라보기만 했다. 헬렌의 엄마도 그처럼 아무 말 없이 빤히 쳐다봐서 갑자기 당황하게 만드는 일이 있는데, 비슷한 눈빛을 갖고 있었다.

"그냥 나 혼자 가는 게 좋을 것 같아."

헬렌이 말했다.

"좋아, 그렇게 해. 난 괜찮아."

어깨를 으쓱해 보이며 내가 말했다. 하지만, 사실 괜찮지 않았다. 난 헬렌을 다른 사람과 함께 공유하고 싶지 않았다. 헬렌의 할아버지라도 말이다.

"그건 그렇고 몸은 어때?"

헬렌에게 물었다.

헬렌은 다시 손을 주머니 깊이 찔러 넣었다. 난 헬렌을 팔로 감쌌다. 헬렌을 따뜻하게 함으로써 내 안에서 차가운 안개처럼 퍼지는 두려운 무언가를 잊을 수 있을 것 같았다.

"난 괜찮아, 변한 건 없어, 크리스."

헬렌이 말했다.

이름 없는 너에게

아무것도 변한 게 없다.

수도에서는 여전히 잠 못 이루는 밤마다 물방울이 떨어지고 있다. 똑, 똑, 똑.

내가 임신한 거라면, 내가 정말 그렇다면……

크리스와 멋진 하루를 보냈었다. 그때는 똑딱거리는 소리도 멈출 수 있을 것 같았는데.

하지만, 변한 것이 없다. 아무것도.

내 안 깊숙한 곳에서 잔뜩 겁에 질린 작은 맥박이 뛰고 있다.

사라져 버려, 사라져 버려, 제발 사라져 버리란 말이야.

거기에 있으면 안 돼.

제발 거기 있지 말아 줘.

오늘 일어나서 거울 속의 나를 보았다. 얼굴이 회색 빛깔을 띠었고 잠을 못 잤기 때문인지 눈 아래에 검은색 원이 그려져 있었다. 나도 나 자신을 잘 모르겠다. 난 어디로 가 버린 걸까?

내가 제일 좋아하는 원피스를 입어 보고는 곧 벗어서 바닥에 던져 버렸다. 난 두 손을 움켜쥐고 커다란 검은색 눈만 덩그렇게 걸린 회색빛 얼굴을 바라보면서 침대 위에 앉아 있었다. 내 방은 정말 꼴불견이었다. 아주 오랫동안 치우지를 않았으니까. 옷들은 마치 카펫을 뚫고 올라온 두더지 집처럼 드문드문 쌓여 있고 녹색 곰팡이가 피기 시작한 머그잔도 있었다. 내가 누구인지 나도 모르겠다. 나는 정말이지 너무나 외롭다.

할아버지에게 가기로 했다. 가끔 할아버지가 나의 가장 친한 친구 같다는 생각이 든다. 어릴 적에는 나중에 할아버지에게 말하려고 내 슬픔들을 모두 가슴에 담아 두기도 했었다. 그러면 할아버지는 부엌에 있는 의자에 나를 앉혀 놓고 몸을 내 쪽으로 숙이고는 아주 진지하게 내 말을 들어주시곤 했다. 할아버지에게 내 모든 슬픔을 말하고 나면 마음이 한결 좋아졌다. 내 이야기를 들어주기 위해 일부러 시간을 내 주셨다는 것만으로도 위안이 되었다. 겨우 몇 살밖에 안 되는 꼬마일 때도 할아버지는 늘 진지하게 대해 주셨다. 그렇기 때문에 나는 할아버지에게만은 말할 수 있을 것 같았고, 할아버지만은 날 이해하실 것 같았다.

할아버지께 가는 길에 크리스를 만났다. 함께 가고 싶어했지만, 혼자 가는 것이 좋을 것 같다고 말했다. 크리스가 곁에 있으면 할아버지에게 제대로 이야기를 할 수가 없을 것 같았기 때문이다. 크리스는 이해할 수 없다는 눈치였지만, 어쩔 수 없는 일이었다.

내가 도착했을 때, 할아버지는 계란 프라이, 감자튀김과 함께 차를 만들고 계셨다. 그런데, 그 냄새를 맡으니 갑자기 속이 메스꺼워졌다. 그래서 할아버지에게 물을 좀 달라고 했다.

"괜찮은 거니, 헬렌?"

할아버지가 내게 물었다.

나는 부엌 의자에 앉아 할아버지를 바라보고 있었다. 할아버지는 계란 위에 뜨거운 기름을 얹으면서 낮은 목소리로 세었다.

"하나 둘 셋."

계란 하나에 기름 세 큰술씩. 기름은 노른자위 주위에서 지글지글 소리를 냈고, 흰자위는 두껍게 익어 갔다. 할아버지가 날 힐끗 쳐다보더니 말했다.

"안색이 안 좋아 보이는구나."

그게 이야기를 꺼내라는 신호였지만, 나는 어쩔 수 없이 그냥 유리잔 너머로 할아버지를 보고 웃기만 했다. 할아버지는 날 계속 바라보고 있었는데, 그것은 할아버지만의 질문 방식이었다. 그럴 때면 으레 난 할아버지 목에 팔을 두르고 모든 것을 다 털어 버리고는 했었다. 할아버지는 더 이상 아무 말 없었고, 나도 아무 말 하지 않았다. 할아버지는 돌아서서 무슨 노래인지 모를 곡조로 휘파람을 불면서 다시 요리를 했고, 식사가 다 준비되자 나는 할아버지를 따라 할머니가 있는 위층으로 올라갔다. 할머니는 대부분의 시간을 방에서 보냈고, 그 방은 언제나 어둡고 답답했다. 그 방은 늘 나로 하여금 모든 창을 활짝 열고 커튼을 걷어 바람에 펄럭이게 하고픈 느낌이 들게 한다. 이미 시계가 오래 전에 멈춰 버린 듯, 너무나 고요한 방. 난 학교 일과 로비에 관해 할머니에게 말했지만, 할머니는 음식 먹는 데 열중하면서 가끔 고개만 끄덕일 뿐이었다. 물론, 나는 할머니가 내 말을 듣고 있지 않다는 것을 알고 있었다. 할머니는 어떤 공상 속에 갇혀 있고, 차라리 그것을 편하게 느끼는 것 같다. 할머니의 머릿속에는 무슨 생각이 있는 걸까. 불쑥 '할머니, 저 임신한 것 같아요.' 라고 말하고 싶은 강한 충동을 느꼈다. 아마 내가 그렇게 말했다 하더라도 할머니는 한마디도 듣지 못하고, 가끔씩 고개를 끄덕이면서 손에 묻은 감자튀김 양념을 핥고 계셨겠지.

그래도 할머니에게 말을 했어야 했는지도 모르겠다. 그러면 적어도 나의 이 악몽을 조금은 떨쳐 버릴 수 있었을지도 모른다. 하지만, 결국 그렇게 하지 못했다. 할아버지는 영화를 보러 외출했고, 나는 할머니와 조금 더 있다가 집에 오는 버스를 탔다. 비참한 기분이 들었고, 걱정으로 지쳐 있었다. 정말 이야기를 할 수 있는 상대가 아무도 없었다.

그래서 오늘 가족계획 클리닉에 갔다.

루슬린에게 같이 가자고 말하려고 했는데 그러지 못했다. 차마 그 말을 입 밖으로 꺼낼 수가 없었다. 사람들은 이런 일이 생기면 제일 친한 친구에게는 말할 수 있을 거라고 생각하지만, 막상 일이 닥치면 그럴 수가 없다. 그 누구에게도 말할 수가 없다. 루슬린은 분명히 짐작을 하고 있을 거다. 하지만 조심스러워서 내게 단도직입적으로 묻지 못하고, 나 역시 너무 부끄럽고 민망해서 말을 꺼내지 못하고 있다.

그래서 혼자 가족계획 클리닉에 갔던 거다. 대기실에 들어가자 젊은 여자들이 줄지어 앉아 있었다. 대부분은 담배를 피우고 있었고, 왠지 많이 지치고 외로워 보였다. 도저히 거기에 앉아 있을 수 없을 것 같았다. 너무나 절망스러웠다.

난 일부러 사람을 찾는 것처럼 두리번거리다 곧장 밖으로 나와서 버스를 타고 집으로 와 버렸다.

정말 무섭다. 황야를 나 혼자 걸어가고 있는 것 같다. 의지할 것은 아무것도 없이.

사라지란 말이야. 제발 부탁이야, 사라져 버려.

조운에게

지금 전 폴리테크닉 대학에 있는 인공 암벽 등반장에서 강습을 받고 잠깐 휴식을 취하는 중이에요. 아직 필요한 장비를 갖추진 못했지만, 대학생이 되면 (말씀드렸던가요? 내년에 영문학 공부를 위해 뉴캐슬 대학에 진학할 거예요.) 거기서 로프며 헬멧이며 장비들을 빌릴 수 있을 거예요. 언제 기회 있으면 탐험담을 들려주세요. 누가 조금만 가르쳐 주면 저도 웬만큼 할 수 있을 것 같아요. 암벽 등반은 정말 멋진 취미 활동 같은데, 그렇지 않나요? 시작한 지 얼마 되지 않아서 아직 취미라고 말하기는 좀 그렇지만요. (사실 아직 꼭대기까지 올라가 보진 못했어요. 하지만 어떻게 하는지는 대충 알겠어요. 빨리 내려오다가 발목을 좀 삐었지만, 다 나으면 쉽게 꼭대기까지 올라갈 수 있을 것 같아요.) 제 속에 등반가의 피가 흐르나 봐요. 여기 더비서에 사실 때도 등반하셨어요? 지금쯤은 레이크 지구나 스코틀랜드에서 등반을 하고 계시겠죠? 저도 좀 더 경험을 쌓고 잘 가르쳐 주시면 언젠가는 거기에 올라갈 수 있을지도 몰라요! 조만간 뵈러 가고 싶어요.

아들, 크리스토퍼 올림

톰이 암벽을 여러 번 오르락내리락 하고, 목청 높여 떠벌리며 자랑하는 동안 난 몇 시간이나 기다려야 했다. 발목은 욱신거리고, 손가락은 얼얼했으며, 무릎은 마치 풍선처럼 힘없이 후들거렸다. 나는 엄마에게 편지를 썼다. 아주 적절한 어조로 잘 쓴 것 같았다. 등반을 썩 잘하는 것처럼 허풍 떨지 않으면서도 우리가 공통점을 가지고 있다는 것도 보여 줬고, 또 내게 답장을 쓸 수 있는 여지를 남겼기 때문이다. 난 편지를 가방에 넣고 톰이 내려오기를 기다렸다.

"너 괜찮니?"

마침내 톰이 내려오자 내게 큰 소리로 외쳤다. 거기에 있는 사람들이 모두 날 바라보았다.

"당연히 괜찮지, 아주 재미있었어. 정말."

내가 말했다.

"너 오래 하지도 않던데 뭘."

"중요한 편지를 써야 하는 걸 잊고 안 쓴 게 생각났거든."

톰은 이를 드러내며 웃었다. 어릴 적부터 친구인 톰은 자기가 이 세상에 살아 있는 남자 중 제일 멋있다고 생각하지만 웃을 때 치열 하나는 정말 가관이다.

"술 한잔 어때?"

톰이 물었다.

"그럼 딱 한잔만. 오늘 밤에 급하게 해야 할 작문 숙제가 있어."

"너만 그렇냐? 하이네켄 맥주 한잔 하면서 생각하면 '햄릿'에 대해 더 생각이 잘 날 거야. 같이 토론해 보자고."

톰이 말했다.

난 다리를 좀 절뚝거리면서 톰을 따라갔다. 그리고 무릎 위에 술잔을 얹어 놓고 마치 따뜻하게 데우려는 것처럼 두 손으로 꼭 쥐고 앉아 있었다. 술집의 소란스러움이 고개를 숙이고 앉아 있는 내 주위를 빙빙 돌았다. 그 소음 속에 익사해 버릴 것만 같았다. 난 헬렌에 대해 생각하고 싶었다. 헬렌은 지금 무엇을 하고 있을까? 헬렌에게 무슨 일이 일어나고 있는 것일까? 그 성난 눈빛의 새들이 어둠 속에서 날 노려보고 있었다. 집에 가고 싶었다.

"야, 말 좀 해라. 어디 심심해서 앉아 있겠냐."

톰이 말했다.

나는 어깨를 으쓱해 보였다. 술집 안에는 시끄럽게 웃고 떠들고 서로 밀쳐 대는 사람들로 가득했다. 언젠가 본 호프 우시장의 축사를 생각나게 했다. 거기에 생각에 미치니 냄새마저 똑같이 느껴졌다.

"이번 여름에 자전거 타고 프랑스로 여행 갈 거야. 같이 가지 않을래?"

톰이 물었다. 난 고개를 가로저었다.

"우리 졸업시험 끝나면 함께 가기로 했잖아. 그리고 요새 몸 상태도 괜찮잖아, 안 그래?"

"댈러스에 간 이후로는 장거리 뛰어 본 적이 없어."

"아직 시간이 많아. 주말마다 장거리 연습을 해 놓으면 돼."

난 한숨을 쉬고는 고개를 가로저었다. 톰과 자전거 여행을 간다는 것은 한 달 동안이나 헬렌과 떨어져 있어야 한다는 것을 의미했다.

"다른 곳도 아니고 프랑스잖아!"

톰은 축배를 들듯이 잔을 들면서 몸을 앞으로 기울였다.

"아름다운 프랑스여! 새벽에 먹는 바게뜨 빵이여! 가겠다고 말해! 혼자 가면 정말 재미없을 거야. 어차피 혼자라도 가긴 가겠지만, 너와 함께 가면 훨씬 더 재미있을 거라고."

난 의자에 등을 기댔다. 프랑스! 아닌 게 아니라 우리는 걸핏하면 대학 입학 전에 프랑스로 여행 가자고 이야기하고는 했었다.

"너 시험 전에 너무 예민해져, 크리스."

"그냥 흥미를 잃었을 뿐이야."

헬렌과 같이 간다면, 헬렌은 루슬린과 함께 브르따뉴에서 야영을 할 수 있을지도 모르겠다. 그럼 함께 여행하고 돌아올 수 있을 것이다.

임신 6개월에 야영을 한다는 것은 어떤 느낌일까? 아니, 임신하고 있다는 것은 어떤 느낌일까?

"야, 멍하니 뭘 생각하나?"

톰이 말했다.

"햄릿이 오필리아를 임신시켰다면 어떻게 됐을까 생각하고 있는 중이었어."

내가 말했다.

"말도 안 되는 소리지만 지옥 같겠지!"

톰이 말했다. 톰은 맥주를 한잔 다 마시고는, 흰 거품을 콧수염처럼 입술 위에 달고 나를 쳐다보았다.

"지옥 같을 거라고, 크리스!"

3월 22일

이름 없는 너에게

오늘 임신 자가진단 세트를 샀다. 아침에 또 속이 메스꺼웠기 때문이다. 너는 내 안에서 자라고 있는 이상한 외계인 같은 존재야. 아니, 질병 같은 존재. 제발 좀 없어져 주면 좋겠다.

그래도 네가 있다면, 사실은 알아야만 하니까.

오전 10시까지, 엄마 아빠가 직장에 간 후에도 나는 학교에 가지 않고 집에 있었다. 루슬린에게 임신진단 세트를 사 달라고 부탁할까 생각도 해 봤지만 그럴 만한 용기가 없었다. 그래서 나는 시내 부츠 약국으로 갔다. 그곳이라면 나를 알아볼 사람이 없을 거라는 생각에서. 약국에 들어가 계산대 옆에서 이리저리 두리번거리고 딴청하며 서 있다가 대신 목감기 약이나 살까 생각하는데, 하필이면 남자 점원이 다가왔다. 그 점원은 내 얼굴은 보지도 않았다. 어쩌면 그 점원도 날 대하기가 난처했던 것인지도 모르지. 아니면 나같이 잔뜩 겁먹은 여자애들에게 임신진단 세트를 파는 게 지긋지긋했는지도 모르고. 약국에 갈 때 난 화장을 하고 갔다. 평소에는 얼굴이 가려워서 화장을 하지 않지만 나이가 좀 들어 보이고 싶었거든. 그래서 엄마 방에서 화장품을 좀 훔쳐서 화장을 했다. 그런데 약국 거울로 비춰 본 나의 모습은 유령처럼 창백한 얼굴에 주황색으로 덕지덕지 칠한 모습이 참 끔찍해 보이더구나. 버스를 타고 집에 올 때에 나는 진단 세트를 마치 누군가 금방 채 가기라도 하는 듯 내내 가슴에 꼭 껴안고 있었다.

집에는 아무도 없고, 쥐 죽은 듯 조용했다. 나는 진단 세트를 갖고 방으로 가서 커튼을 쳤다. 임신진단 세트에는 조그마한 쟁반 같은 것과 액체가 담겨 있는 작은 플라스틱 병, 시험용 튜브, 그리고 마치 칵테일

잔에 꽂는 것 같은 작은 스푼이 달린 빨대 비슷한 막대가 들어 있었다. 칵테일 잔을 장식하는 작은 종이 우산도 있어야 하지 않을까 싶을 정도였다. 모든 것들이 마치 아이들이 가지고 노는 장난감 실험 기구 세트처럼 아주 작았다. 플라스틱 병에 있는 액체를 튜브에 조금 부었더니 바로 밝은 보라색으로 변하더구나. 그것을 보고 있는데 자꾸만 내 입에서 킥킥거리는 소리가 튀어나왔다. 하지만 웃고 있었던 것은 아니었다. 아니, 오히려 난 울고 있었던 것 같다. 크게, 꼭 딸꾹질처럼 내 속에서 흐느낌이 튀어나왔다. 시험을 해 보는 동안 손이 어찌나 떨리는지 카펫에 쏟지 않은 것이 신기할 정도였다. 어쨌든 나는 지시 사항을 읽고 써 있는 대로 했다. 그리고 한 5분 정도를 기다려야 했다.

5분이라는 시간이 그렇게 길 수 있는지 나는 정말 몰랐다. 가만히 앉아 시계만 바라보며 죽은 듯이 적막한 집에 있어야 하는 것은 꼭 세 시간짜리 시험을 치를 때의 그 고요함을 견뎌야 하는 것과 다를 바가 없었다. 세 시간 동안 문제를 읽고 또 읽어도 답이 떠오르지 않을 때, 그때 견뎌야 하는 그 정적 말이다. 그렇게 집안의 고요함을 견디고 있는 동안 나는 그 시간에 다른 사람들은 무얼 하고 있을까 생각해 보았다. 엄마는 아마 은행에서 컴퓨터 앞에 앉아 키보드를 두들기고 있을 거다. 아빠는 조용한 도서관에서 콧노래로 재즈 음악을 흥얼거리며 책들을 정리하고 있을 테고, 할아버지는 아마 차를 만들고 있을 거다. 늘 그렇게 하듯 차 주전자에 찻잎을 넣고 계속 휘저으면서, 그리고 김이 나는 주전자 안을 들여다보면서. 루슬린은 아마 학교에서 나와 함께 듣는 수학 수업을 듣고 있겠지. 그리고 크리스. 크리스, 너는 무얼 하고 있니? 내가 튜브 안의 반응을 초조히 기다리고 있을 때, 너는 내 생각을 하고 있었니?

마침내 칵테일 막대처럼 생긴 것을 뽑아 보니 끝이 분홍색이 아니고 하얀색이었다. 난 설명서를 다시 보았지. 설명서에는 만약 끝이 분홍색이면 임신이고 하얀색일 경우 임신이 아니라고 써 있었다. 그것 봐, 나는 임신이 아니었던 거야. 그럼 그렇지, 넌 존재하지 않는 거야.

이름 없는 너에게

임신 자가진단을 해 본 후 나는 피아노 연습을 하러 음악 센터로 갔다. 마치 아무 일도 없었던 것처럼. 어쨌든 아무 일이 없었던 것은 사실이니까. 바흐의 미사곡을 연습해야 했다. 바흐의 미사곡은 정말 좋다. 난 원래 남들이 좋아하지 않는 음악을 좋아한다. 바흐 음악은 내 또래의 아이들이 좋아하는 음악과는 거리가 멀다. 바흐 음악을 연습할 때는 마치 내 머리가 음악으로 가득 차서 터져 버릴 것만 같다. 난 이런저런 악보를 뒤적이며 작곡가들의 이름을 소리 내서 읽어 봤다. 정말 전에는 작곡가들의 이름이 이렇게 아름다운 줄 몰랐는데. 스트라빈스키, 비발디, 델리우스. 이렇게 멋진 이름을 가지고 있으니 그렇게 멋진 음악이 나오는 것은 당연한 것 아닐까? 내 이름, '가튼'처럼 재미없는 이름을 가지고 감히 작곡가가 되기를 꿈꿀 수 있을까? 나는 혹시 '가튼'이란 이름을 가진 작곡가가 있나 하고 색인에서 G로 시작되는 이름을 찾아보았는데 '글룩'이라는 이름밖에는 없었다. 세상에, 글룩이라니. 그런 이름은 '가튼'보다 훨씬 더 재미없고 이상하다. 꼭 싱크대 구멍으로 물 내려가는 소리 같다. 글룩, 글룩, 글룩, 그 이름을 소리 내어 불러 봤더니 거기에 있는 모든 학생들이 날 쳐다보고 얼굴을 찡그렸다.

난 정말 기분이 최고였다.

집까지 달려오는 동안 내 머릿속에는 음악이 가득했다. 그리고 차를 마실 때는 로비와 한바탕 싸웠다. 로비는 오늘도 내가 마실 차를 자기에게 양보할 것으로 생각했나 보다. 하지만 오늘 난 배가 많이 고팠다. 엄마는 부엌 의자에 가만히 앉아서 우리가 티격태격하는 것을 바라보고만 있었다. 무척 피곤해 보였다. 요새 난 너무나 내 걱정을 많이 한 탓에 다른 사람에게는 전혀 신경을 쓸 여유가 없었던 것 같다. 내가 요즘 어떤 경험을 하고 있는지 알았다면 엄만 어떻게 나왔을까. 엄마에게 임신 이야기를 해야 했다면 얼마나 힘들었을까. 아마 난 그 이야기를 어떻게 꺼내야 할지도 몰랐을 거다. 나는 엄마와 대화가 하고 싶어졌다. 왜 그렇게 됐는지는 모르겠지만 어릴 때부터 엄마와 대화를 해 본 적이 거의 없었다. 이젠 나도 어른이니까 엄마가 예전처럼 날 그렇게 사랑하지는 않을 것 같다. 어떤 때는 엄마가 내가 다시 어린아이가 되기를 바라고 있는지도 모른다는 생각이 든다. 내게 예쁜 옷을 만들어 주고 잘 때는 꼭 껴안아 줄 수 있게끔. 하지만 이제 엄마는 날 이해하지 못한다.

가능한 한 빨리 나는 크리스네 집으로 갔다. 정말 크리스가 너무나 보고 싶었다. 그리고 난 크리스에게 이젠 모든 것이 괜찮다고, 모든 것이 다 정상으로 돌아왔다고 말해 주고 싶었다. 크리스네 집에 도착했을 때 크리스는 집에 없었다. 그래도 크리스네 집까지 상쾌한 공기를 들이마시며 비에 젖은 거리를 걷는 기분이 너무 좋았다.

"너 괜찮니? 얼굴이 몹시 창백해 보이는데……"

크리스의 아버지가 말했어.

"괜찮아요. 이젠 저 괜찮다고 크리스에게 전해 주세요."

"좀 들어와서 기다려 보지 그러니. 지금 암벽 등반인지 뭔지를 하러 갔는데 아마 오래 걸리지는 않을 거다."

난 크리스 아버지가 정말 좋다. 가끔씩 농담인지 진담인지 헷갈릴 때가 있긴 하지만.

"방금 가마를 끄려던 참이었는데. 아래 내려가서 내 작업실을 한번 보지 않을래?"

난 아저씨를 따라 지하실 계단으로 내려가서 도자기 작업실로 들어갔다. 선반에는 아직 유약을 바르지 않은 컵, 그릇, 꽃병 같은 것들이 놓여 있었고 그로그, 고회석, 우드 애쉬, 황토, 그런 이상한 이름들이 쓰여 있는 아이스크림 통들이 쌓여 있었다. 나는 그 이름들을 머릿속에서 되뇌어 보았다. 작업실 안은 덥고 답답했다. 아저씨가 가마를 끄니까 낮게 웅웅거리던 소리가 멈췄다.

"가마 안을 좀 들여다봐도 돼요?"

"아니, 아니. 아직은 굉장히 뜨거워. 하루 정도는 기다려야 가마 문을 열 수 있어. 그것보다 이것 좀 볼래? 며칠 전에 가마에서 꺼낸 것들이지."

아저씨는 선반에서 머그잔들이 놓여 있는 쟁반을 꺼냈다. 그러고는 아주 대만족인 듯한 표정으로 말했다.

"이것들 좀 보렴. 썩 괜찮아 보이지 않니? 아주 잘 나왔어."

아저씨는 소중한 보물을 다루듯이 컵들을 조심스레 만지면서 위쪽으로 들어 빛에 비추어 밑바닥에 그려진 조개 무늬를 보여 주었다. 하지만 나는 컵을 뭔가 담을 수 있는 좋은 용기로만 여겼지, 한번도 예술품으로는 생각해 본 적이 없다.

"정말 진흙은 아주 멋진 재료란다."

아저씨가 말했다. 내가 보기에 아저씨는 좀 도자기에 집착하는 면이 있다. 하긴, 그렇게 집착할 수 있으니 하루 종일 온몸에 진흙 칠을 해도 아랑곳하지 않고 도자기를 만들 수 있겠지.

"도자기 만들어 본 적 있니? 도자기를 만드는 것은 빵 만드는 것과 비슷하단다. 다만 속도가 좀 빠를 뿐이지. 진흙 덩어리를 올려놓고 만들기 시작하면 촉감이 꼭 물고기를 만지는 것처럼 미끈미끈해. 그때 잘 다루어야지 그렇지 않으면 축축한 진흙 사이에 손이 파묻혀서 온통 엉망이 되어 버리고 말아. 자, 해 볼래? 크리스 기다리는 동안 한번 해 봐."

아저씨는 진흙 한 덩이를 앞에 두고 나를 앉힌 다음 내 옆에 물 한 동이를 갖다 놓았다.

"장난감을 가지고 논다고 생각하고 해 봐. 그냥 진흙 촉감에 익숙해지면 돼. 그게 가장 중요하지."

아저씨는 물레를 돌리기 시작했다. 그리고 한가운데에 진흙덩이를 올려놓았다. 그러고는 엄지손가락으로 진흙덩이 중심에 구멍을 만들더니 계속해서 물을 뿌리며 손가락으로 양옆을 빠르게 올려 불룩하게 만들었다.

"진흙도 생각이 있고 기억이 있단다. 한쪽으로 기울기 시작하면 계속해서 그쪽으로 나가려고 하지. 그런 것을 보면 나랑 비슷한 것 같기도 해!"

아저씨는 웃으면서 말을 이었어.

"아주 고집이 세니 말이다."

아저씨의 기다란 손가락 사이에서 진흙은 고체 같기도 하고 액체 같기도 한 물질로 변했다. 살아서 꿈틀거리는 물과 같았다. 정말 눈을 뗄 수가 없을 정도로 신기했다.

"진흙을 다룰 때는 진흙을 두려워하면 안 돼. 그게 가장 중요하지. 자, 한번 해 보렴."

아저씨가 말했다.

내 머릿속은 윙윙거리는 노랫소리로 가득했다. 그 노랫소리를 없애려 해 봤지만 잘 되지 않았다. 내 앞의 진흙덩이를 만지니 손가락 사이로 미끄러지는 느낌이 정말 좋았다. 나는 일단 공 모양으로 둥글게 만든 다음에 엄지손가락을 넣어 가운데가 움푹 파이게 하면서 허리 부분이 불룩하게 나오게 만들려고 노력했다. 정말 열심히 만들었는데, 마치 작은 분화구처럼 넓적하게 만들어졌다. 나는 그것을 회전판에 내려놓았다. 머릿속에서 노랫소리가 사라지지 않았다. 나는 자그마한 진흙덩이를 하나 떼어서 모양을 만들기 시작했다. 내가 뭘 만들려고 하는지 나도 몰랐지. 그러다 보니 나도 모르는 사이에 작은 인형 모양을 만들고 있었다. 유치원 때 만들던, 작은 머리에 동그랗고 뚱뚱한 몸을 갖고 있는 점토 인형. 내 한 손에 쏙 들어오는 크기였다. 나는 아까 만들어 놓은 분화구 모양의 진흙덩이에 그 인형을 넣고는 혹시나 아저씨가 볼까 봐 재빨리 분화구 가장자리를 물로 적셔서 봉해 버렸다. 마치 위로 잠그는 지갑같이. 난 그것을 손에 꼭 쥐고 매끄럽게 다듬었다.

"뭘 만들고 있는 거니? 부활절 달걀?"

마셜 아저씨가 웃으면서 말했어.

"네, 그런 거요."

난 대충 얼버무렸다. 아저씨의 그 한마디가 나를 긴 잠에서 깨운 것 같았다. 내가 만든 달걀을 탁자 위에 내려놓자 데구르르 굴러갔다. 나는 온몸이 뜨거워지는 것을 느꼈다. 뜨거운 열기가 마치 바늘처럼 날카롭게 내 온몸을 찌르고 있었다. 주위는 온통 시커먼 바다 같았고, 그 속에서 누군가의 목소리가 커다랗게 울리며 들려왔다. 나는 뜨거운 바다 속에 있는 것 같았고 팔과 다리는 마치 나무토막같이 느껴졌다. 머릿속은 꼭 커다란 동굴 같아서 그 안에서 그 목소리가 우레같이 울리다가는 갑자기 가늘게 사라져 버렸다.

다시 정신을 차렸을 때 나는 지하실의 문 옆에 앉아 있었다. 열린 문으로 차가운 밤공기가 느껴졌고, 아저씨는 내 옆에 무릎을 꿇고 앉아 있었다. 아저씨는 내 손을 잡고 있었다.

"이 안이 얼마나 답답하고 숨 막히는 곳인지 깜빡했구나. 갑자기 쓰러지는 것을 보고 얼마나 놀랐는지 모른다. 좀 괜찮아질 때까지 여기 앉아 있어라. 덮을 만한 담요가 있는지 찾아보마."

"죄송해요, 아저씨."

내가 말했다. 온몸이 덜덜 떨렸다.

"쓸데없는 소리 마라. 죄송하긴! 내가 젊을 적에는 힘세고 건장한 남자들, 심지어는 군인들까지도 더위를 못 이겨 기절하는 것을 봤단다. 하도 기절하는 사람들이 많아서 흔히들 기절 행렬이라고 불렀는데 더위 속에서 파리같이 줄줄이 쓰러지더라. 어쨌든 좀 있으면 나아질 게다. 네 아버지께, 여기 오셔서 널 좀 데려가라고 전화하마."

"아네요, 그러지 마세요!"

내가 소리치니까 아저씨는 이상한 눈초리로 나를 바라보았다. 아마 내 목소리에서 공포와 당황, 뭐 그런 게 느껴졌나 보다.

"아빠네 밴드가 오늘 밤에 링인글로우 카페에서 연주하기로 돼 있거든요."

난 엉겁결에 그렇게 덧붙였다. 그게 사실인지 아닌지는 알 수 없었지만. 오늘이 무슨 요일인지조차 생각이 안 났으니까.

"전 곧 괜찮아질 거예요. 벌써 많이 나아졌는걸요."

마셜 아저씨는 내게 차를 끓여 주었고 아저씨와 나는 크리스가 돌아오기를 잠시 더 기다렸다. 하지만 나는 빨리 집에 가서 자고 싶었고, 그래서 아저씨가 나를 우리 집 근처까지 바래다주었다. 나는 바로 집으로 달려 들어가 곧장 내 방으로 갔다. 나는 마구 소리치고 싶었다.

너는 존재하지 않아!

너는 아무것도 아니라고.

그런데 왜? 왜?

나는 엄마에게 보내기 위해 새로 쓴 편지를 줄곧 주머니에 넣어 다니고 있었다. 지난번에 쓴 것을 읽어 보니 꼭 일곱 살짜리가 쓴 편지처럼 유치하기 짝이 없었다. 나는 새로 쓴 편지에 썼던 말을 입 속으로 되뇌며 쏟아지는 빗속을 걸어 집까지 왔다. 이 편지를 진짜 보낼 만한 용기가 과연 내게 있을까. 이제 와서 이런 편지를 보내는 게 무슨 소용이 있을까. 집에 오니 마침 질 이모가 집에 도착해서 아버지가 나와 현관문을 열어 주고 있었다. 나는 아버지가 문을 닫으려 할 때 재빨리 안으로 들어갔고 마치 강아지처럼 문간에 서서 온몸을 흔들어 물기를 털어 냈다. 왠지 그렇게 해서라도 아버지와 이모의 심기를 건드려 보고 싶었다.

"한 30분만 일찍 오지 그랬니. 헬렌이 왔었다. 지하실에 갔다가 그만 기절했지. 그럴 만도 하지. 거기가 얼마나 숨 막히고 답답한 곳인데."

아버지가 말했다.

"네? 당장 가서 좀 만나고 올게요."

내가 말했다.

"그러지 마라. 지금은 괜찮으니까. 오늘은 일찍 들어가 자라고 했으니까 괜히 깨우지 마라."

"걔, 애가 괜찮더라. 헬렌 말이다. 뉴캐슬로 가면 보고 싶겠구나."

질 이모가 말했다.

"그럼요."

나는 건성으로 대답했다. 내 마음은 개미집처럼 어수선하고 안절부절못하고 있었다. 이렇게 현관에 서서 수다나 떨고 싶지는 않았다. 헬렌이 보고 싶었다.

아버지가 어깨를 으쓱하더니 말했다.

"얘네들 나이에서 뭐가 어떻게 될지 누가 알 수 있겠어? 지금이야 서로 죽고 못산다만, 서로를 얽매기에는 너무 어린 나이라는 거 알지, 크리스?"

"네, 알아요. 안다고요. 내가 뭐 바본 줄 아세요?"

이렇게 말하고는 찻주전자를 올리려고 부엌으로 갔다. 어떻게든 아버지와 이모로부터 벗어나고 싶었다. 여자 친구가 있다고 마치 운동회 날 상이라도 탄 것처럼, 대견스럽게 바라보는 눈길이 거북했다.

"헬렌이 온 무슨 특별한 이유라도 있었어요?"

내가 짐짓 지나가는 말처럼 물었다.

"아 참, 잊을 뻔했구나. 이젠 자기가 괜찮다고 전해 달라더라."

아버지가 웃으면서 말했다. 나는 두 눈을 감고 타일 벽에 머리를 기댔다.

"글쎄 뭐, 보기에도 괜찮아 보였는데, 지하 작업실에서는 유령처럼 하얗게 변하더구나."

"독감에 걸렸었거든요."

그렇게 말하고 나서 나는 곧 고쳐 말했다.

"아니, 뭐 그런 종류의 병요."

"헬렌 말이 졸업시험 과목 중 하나로 무용을 택했다더라. 무용이라…… 희한한 과목이야."

아버지의 말에 질 이모가 말했다.

"희한하기로 따지면야 희랍어가 더하지요. 난 희랍어를 전공했는데, 그렇게 배워서 결국 뭘 하나 봐요. 애 셋에 말이 득시글거리는 목장 치다꺼리 아니우."

아버지와 이모의 목소리가 내 뒤에서 윙윙거리며 울렸다.

"한잔 하러 갈까?"

아버지가 이모에게 물었다.

"물론이죠. 내가 여기 왜 왔겠수? 9시 뉴스라도 보러 여기까지 왔겠수?"

어찌 됐든 아버지와 이모가 나가게 된 건 다행이었다. 두 사람이 나가고 문이 닫히자마자 나는 카세트를 엄청나게 크게 틀어 놓았다. 집 전체가 떠나갈 것만 같았다. 가이가 끄라고 소리를 질러 댔지만, 나는 상관하지 않았다. 오히려 창문이란 창문을 모두 활짝 열어 놓았다. 쩡쩡 울리는 음악 소리가 헬렌의 집까지 전해졌으면 싶었다. 헬렌이 괜찮다고 했다. 아무 일도 없는 거다.

이름 없는 너에게

어제 저녁에 임신 자가진단 세트를 하나 더 사 가지고 왔다. 이번에는
설명서를 좀더 침착하게 읽었다. 아침에 일어나자마자 테스트를 해야
한다고 씌어 있었다. 그래서 아침에 일어난 다음 난 일단 문을 잠갔다.
엄마는 아래층 부엌에서 라디오에서 흘러나오는 재즈 소리에 맞춰 노
래를 흥얼거리고 있었다. 오늘은 보통때와 달리 엄마가 특별히 기분이
좋은 날이었다. 내가 어릴 때는 엄마가 자주 노래를 불렀다지만 잘 기억
이 나지 않는다. 평소에 엄마는 할머니와 마찬가지로 늘 무언가를 골똘
하게 생각하고 있다. 엄마와 할머니는 서로를 좋아하는 것 같지는 않
다. 서로 일부러 찾아가 보는 일도 없고. 제발 엄마랑 나의 관계가 그렇
게까지는 나빠지지 않았으면 좋겠다. 그렇게 된다면 얼마나 끔찍할까.
"엄마한테 얘기하겠어. 어떤 결과가 나와도 엄마에게 얘기할 거야."
난 스스로와 약속했다. 플라스틱 막대를 튜브 안에 넣을 때 내 손이
떨리기 시작하는 것을 느낄 수 있었다. 난 침대 위에 앉아 결과를 기다
렸다. 마침 그때 엄마가 들어온다 해도 아무 상관이 없었다. 조금 있다
가 막대를 빼 봤다. 하지만 들여다보기도 전에 나는 그게 무슨 색인지
알고 있었다. 분홍색. 임신. 목요일에는 임신이 아닌 것으로 나왔는데
오늘, 토요일에는 결과가 임신으로 나왔다.

그때 전화벨이 울렸다. 엄마는 여전히 노래를 부르느라 벨 소리를 듣지 못하고 있었다. 난 그냥 계속해서 울리게 내버려 두었다. 꼭 지구와 접선을 꾀하는 다른 행성에서 들려오는 소리 같았다. 마침내 로비가 쿵쿵대며 아래층으로 내려가더니 전화를 받았다.

"누나! 누나 전화야."

로비가 위층에 대고 소리쳤지만 나는 꼼짝도 하지 않았다.

로비는 전화기를 내려놓은 채로 자기 방으로 다시 올라와서는 엄마의 노랫소리를 듣지 않겠다는 듯 음악을 크게 틀었다. 나는 세면대에 테스트 튜브를 비우고 나서 조그만 플라스틱 쟁반과 세트 안의 다른 도구들을 책상 서랍 안에 넣었다. 세수를 하고 머리를 빗은 다음 엄마가 있는 아래층으로 내려갔다. 사실을 말할 작정이었다.

엄마는 내가 부엌으로 들어가자 뒤돌아보았다. 내 얼굴을 보고 내가 기분이 안 좋은 상태라는 것을 눈치 챈 것 같았다.

"일어났구나. 아직 자고 있는 줄 알았더니. 차랑 같이 먹으려고 파이를 만들려고 하는데, 패스츄리 만들지 않을래? 내가 만든 것보다 네가 만든 게 늘 맛있잖니."

엄마에게 모든 것을 얘기하면 엄마는 나를 안고 어루만져 주겠지. 내가 어렸을 때처럼. 엄마가 나를 낫게 해 줄 거야. 엄마는 내 상처들을 반창고로 싸매고 상처가 다 아물게 해 줄 거야. 엄마는 알아야만 해. 세상에서 다른 사람은 다 모른다 해도 엄마만은 이 사실을 알아야 해.

나는 밀가루와 라드와 버터를 꺼내서 주방 테이블 위에 놓았다. 마치 속이 텅 빈 것만 같은 느낌이었다. 영화 속의 슬로우 모션처럼 모든 일을 천천히, 아주 천천히 하고 있는 느낌. 어떻게 말할까. 내 머릿속에는 단어 하나하나가 줄지어 꼿꼿이 서서 대열을 만들고 있었다. 엄마는 높은 음을 내려고 우스꽝스럽게 발뒤꿈치를 들어올리고 있었다.

"합창단에 가입하는 게 어때요, 엄마?"

난 그렇게 운을 뗐다. 직접 본론으로 들어가야 했는데. 이제는 오도 가도 못하게 되었으니 엉뚱한 얘기를 하는 수밖에.

"엄마 목소리 정말 좋아요."

"그래? 그렇게 생각하니? 하지만 악보를 볼 줄을 모르잖아. 그게 문제지."

"아빠한테 가르쳐 달라고 하세요."

"아빠한테 가르쳐 달라고? 얘, 네 아빠는 개구리한테 점프하는 법도 가르치지 못할 사람이다."

말해! 말하라고! 차라리 빨리 말해 버리고 끝내라고!

나는 한숨을 크게 들이마시고 입을 열었다.

"엄마, 엄마한테 할 얘기가 있어요."

그때 라디오의 음악 프로그램이 끝났고 크리켓 경기 점수가 나왔다. 엄마는 혀를 끌끌 차면서 다이얼을 돌렸다. 계속 잡음 소리만 났다. 그때 로비가 요란하게 부엌 안으로 들어왔다.

"누나! 귀가 먹었어? 아까부터 계속 누나 불렀는데 뭐하고 있는 거야! 크리스 형이 한 30분 전에 전화했어. 누나더러 집에 들어오면 12시까지 공원에 좀 나오라고 했단 말이야."

"엄마 일을 도와주고 있잖아."

나는 금방이라도 울음이 터져 나올 것 같았다. 라디오는 계속해서 지지직 괴물 같은 소리를 내고 있었다.

엄마는 내게서 밀가루 봉지를 빼앗더니 계량기 위에 조금 쏟아 부으면서 말했다.

"빨리 가거라. 요즘 풀이 죽은 것이, 크리스랑 싸운 줄 진작에 알았다. 얼른 가서 화해하고 와."

"엄마……"

"얼른 가라니까."

나는 가려다 말고 뒤돌아서서 엄마에게 다시 다가갔다. 엄마를 꼭 껴안고 머리를 엄마 어깨에 기댔다. 엄마는 놀라서 웃더니 나를 떼어 내려 했다. 난 엄마가 날 달래 주길 바랐다. 엄마가 날 꼭 껴안아 주길 바랐다. 엄마를 놓기가 싫었다.

"얘가 갑자기 왜 이래?"

엄마가 내게 말했다.

"으웩! 다 큰 사람들이 뭐 하는 거야?"

로비가 구역질하는 시늉을 하며 말했다. 엄마는 날 떼어 놓고 물러났다.

"이런다고 누가 대신 저녁 해 주겠니. 얼른 가거라. 괜히 크리스 기다리게 하지 말고."

크리스는 놀이터에서 발뒤꿈치를 질질 끌며 나무로 만든 회전기에 앉아 있었다. 생각에 잠긴 듯, 고개를 숙이고 있어서 다가가도 나를 보지 못했다. 회전기를 한 바퀴 더 돌리고 나서야 크리스는 날 봤고, 나는 그동안 무슨 말을 해야 할지 생각하고 있었다.

"크리스!"

크리스는 바로 회전기에서 내려왔다.

"아직 아무 얘기도 하지 마. 그냥 널 안고만 있을게. 정말 너무 보고 싶었어. 못 본 지 너무 오래 됐어."

"엄마한테 말하고 싶었는데 하지 못했어."

"그저 같이 있기만 하자. 아직 아무 얘기도 하지 말고."

우리는 공원을 가로질러 흐르는 작은 강가로 걸어가서 나무그늘이 있는 곳까지 갔다. 아름다운 나무들. 난 거친 나무줄기를 쓰다듬어 보았다. 내게도 나무들 같은 단단함과 의연함이 필요하다. 아름답고 친절한 나무들. 나무가 없는 곳에 산다면 얼마나 끔찍할까.

"왜 그래? 무슨 일 있어?"

크리스가 물었다.

"얼마 전에 임신 자가진단 세트를 사서 테스트를 해 봤어. 그랬더니 임신이 아닌 것으로 나왔었거든. 그러고 나서 너희 집에서 기절했잖아. 오늘 아침에 다시 테스트를 해 봤어. 그런데 임신으로 나와."

크리스에게 말하면서 나는 내 자신이 좀더 강해지는 것 같았다. 여전히 나무는 꼭 붙잡은 채였지만. 난 나무에 뺨을 댄 채 말했다. 마치 내가 나에게서 벗어난 듯, 누군가 다른 사람이 말하고 있는 듯한 느낌이었다.

"어떻게 임신이면서, 또 임신이 아닐 수 있을까? 어떻게 존재할 수도, 아닐 수도 있냐고?"

내가 풀기에는 너무 두렵고 깊은 거대한 신비가 내 안에 도사리고 있는 것 같았다.

"정말 이해할 수 없어."

"나도 알 수 없어. 어쨌든 나는 절대 널 떠나지 않을 거야. 너도 잘 알잖아. 널 사랑해."

크리스는 그것 말고는 다른 무슨 말을 해야 할지 모르는 것 같았다.

헬렌과 헤어진 후 나는 집을 향해 달리기 시작했다. 무엇엔가 얻어맞은 기분이었다. 아이가 존재하기도 하고 존재하지 않기도 한다. 무엇인가 있기도 하고 없기도 하다. 누군가 있고 동시에 아무도 없다. 현재이고 영원이다. 생명은 36억 년 전에 시작되었고, 또 1월에 시작되었다. 그리고 내가 그 생명의 아빠였다. 난 그 말의 의미를 생각해 보려고 했지만 그럴 수가 없었다. 아무 의미도 없었다. 내가 책임져야 한다는 것 외에는. 그것은 결국 뉴캐슬 대학은 내 인생에서 영영 사라져 버린다는 것을 뜻했다. 나는 꼭 내 자신이 작은 구멍 안에 웅크리고 있는 생쥐 같다는 생각이 들었다. 쥐구멍 안처럼 칙칙한 공기가 나를 질식시킬 것만 같았다.

아니야, 우리는 괜찮을 거야. 무슨 일이 일어나든, 헬렌, 나는 너를 떠나지 않을 거야. 나는 숨을 고르게 내쉬려고 노력하면서 천천히 계속 달렸다. 그리고 한 발짝 한 발짝 내디딜 때마다 내가 한 말들을 되뇌었다. 주먹을 꽉 쥐고 머리를 곧게 세우고 계속해서 앞으로 내달리면서 되뇌었다. 어떤 일이 있어도 널 떠나지 않을 거야. 아 헬렌, 우리가 도대체 무슨 일을 저지른 걸까? 그날 오후 나는 정신없이 몇 킬로미터를 달렸다.

그날 밤 잠을 잘 수가 없었다. 새벽 2시에 타원형 창문을 통해 하늘에서 무엇인가 확 타오르는 것을 보았다. 지구를 향해 돌진하는 게, 꼭 지구를 파괴하려는 것만 같았다. 지구를 향해 선을 그으며 오는 그 불덩이는 다른 별보다 훨씬 커서 마치 물고기들 사이에 있는 상어 같았다. 침대에 누워서 팔베개를 하고 하늘을 바라보았다. 그것은 창문 가운데로 치솟아 올라가더니 갑자기 옆으로 방향을 바꾸었고, 그러고는 긴 빛 꼬리를 끌며 마침내 시야에서 사라졌다. 나는 헬렌이 내 옆에 있었으면 했다. 내 옆에 함께 있으면서 무슨 일이 일어나고 있는 건지, 우주는 어떤 것이고 생명이란 무언지 내게 가르쳐 주었으면 했다.

나는 가이의 방으로 들어가서 가이를 깨웠다.

"야, 방금 엄청나게 큰 혜성을 봤어."

내가 말했다.

가이는 잠시 일어나 앉더니 "아니야, 그냥 비행기였어."라고 말하고는 다시 베개로 픽 쓰러지더니 죽은 듯이 잠들었다.

3월 30일
이름 없는 너에게

어젯밤에 드디어 어떻게 해야 할지 결정했다. 이 일에 대해서 네게 용서를 구하지는 않을 거야.

네가 내 안에 들어올 때도 내게 허락을 받았던 것은 아니니까. 너는 우리 집 정원에서 자꾸 싹을 틔우는 단풍나무 같다. 엄마는 항상 그 싹을 뽑아 버리면서 말한다.

"우린 네가 여기 있는 것을 원하지 않아."

이제 엄마의 그 말이 무슨 뜻인지 알 것 같다.

아빠에게 오늘 차를 좀 빌릴 수 있는지 물어봤다. 어차피 오늘은 토요일이라 아빠가 차를 쓸 일이 없을 테니까. 난 승마를 하러 갈 거라고 했다. 로비도 같이 가고 싶어 했지만 로비가 승마복을 가지러 위층에 올라간 사이에 그냥 출발해 버렸다. 열두 살 이후로는 승마를 한 적이 없었다. 옛날에 내가 정말 좋아하던 헨리라는 아주 커다란 말이 있었던 것은 기억한다. 나는 헨리를 너무나 좋아했고, 밤마다 꿈속에서 헨리를 타고 황야를 달리곤 했었다. 그런데 헨리가 나이가 들어서 더 이상 탈 수 없게 되자 마구간에서는 헨리를 팔아 버렸다. 그때 이후로 나는 말을 타지 않았다.

밤새 잠을 설친 후 오늘 아침 일어났을 때 나는 내가 어떻게 해야 할지 잘 알고 있었다. 난 어릴 때 매일 가던 마구간으로 가지 않고 대신 15킬로미터 정도를 운전해서 승마장으로 갔다. 내가 도착했을 때에는 막 승마가 시작되려던 참이었다. 내 또래나 되었을까 하는 아주 젊은 여자가 진두지휘하고 있었다. 사람들은 내가 회색 말에 오르기까지 기다렸다가 황야로 통하는 길까지 말을 타고 줄지어 가기 시작했다.

나는 그 대열의 거의 끝부분에 서 있었다. 내가 계획한 일을 하려면 앞쪽에 서 있어야만 했다. 그래서 나는 말을 다그쳐 좀더 속도를 내게 해서 다른 사람을 앞지르려고 했다. 그러자 저쪽에서 우리 대열에 합류하려고 마구간에서 말을 타고 나오던 나이 든 여자가 내게 제자리에 있으라고 소리쳤다. 어쩔 수 없이 나는 다시 내 원래 위치로 돌아갔다. 그때 그 여자가 누구인지 알아봤어야 했는데. 하지만 나보다 한참 뒤쪽에 있어서 알아볼 수가 없었다. 나는 단호하게 앞쪽을 노려보았다. 많이 긴장이 되었지만 두렵지 않았다.

무슨 일이 있어도 난 선두로 나가야만 했다. 게이트를 통과하기 위해 줄지어 길을 건널 때 난 말을 몰고 다른 말들을 지나쳐 갔다. 그랬더니 지휘하던 젊은 여자가 내 말 냅이 예의가 없다며 냅에게 가만히 서서 차례를 기다리라고 했다. 나는 그녀의 말을 무시한 채 냅의 고삐를 꽉 잡고 앞의 언덕길 쪽으로 머리를 향하게 했다. 그러자 또다시 그 젊은 여자가 뭐라고 소리지르며 내게 다가와 고삐를 잡아서 뒤로 이끌었다.

"문을 열어 줄 때까지 기다려야 한다고요."

그녀는 당황해서인지 얼굴이 울그락불그락했다. 자신이 지휘자의 입장에 있다는 것이 불편해 보였다.

"그게 예의라고요. 그리고 내가 리더이기 때문에 내가 제일 앞에 서야 해요."

"미안해요."

하지만 그렇게 말하면서도 내 눈은 이미 앞에 펼쳐져 있는 경주로를 향하고 있었다. 어떤 길로 가야 가장 빨리 언덕 위로 올라갈 수 있을까 계산하면서.

"혹시 어떻게 속도를 줄이는지 몰라서 그런 거예요?"

"그 정도야 당연히 알죠."

"그래요? 그러면 좀 속도를 줄이세요. 안 그러면 다른 사람들이 성질을 낼 거예요. 냅이 풀을 좀 뜯게 내버려 두든지요. 그래도 나쁠 건 없어요."

그러나 나는 고집스럽게 고삐를 팽팽하게 쥐고 잡아당겨 풀을 뜯어먹으려는 냅을 막았다. 냅은 킁킁거리며 발을 굴렀고, 어떻게든 머리를 숙여 풀을 뜯으려고 앞으로 나가려 했지만 나는 냅이 움직이지 못하도록 고삐를 단단히 잡았다. 지휘하는 여자가 제자리에 서자 냅은 다시 앞으로 나갔다. 그 여자는 내게 뒤로 가라고 명령했다. 단단히 화가 난 모양인지 얼굴이 시뻘게져 있었다.

어쨌든, 나는 편안한 마음으로 있었다. 벌써 어디쯤 가서 대열에서 빠져나올지 다 계획해 놓은 상태였으니까. 나는 침착하게 기다리고 있었다.

　오늘은 3월 말치고는 꽤 더운 날씨였다. 열기 때문인지 벌써 작은 벌레들이 말 주위를 날아다녔고, 말들은 귀찮은지 쿵쿵거리며 머리를 이리저리 흔들었다. 하늘은 꼭 여름 하늘처럼 파랬고 어디선가는 종달새가 우는 소리도 들렸다. 나는 내가 무엇을 해야 하는지 정확히 알고 있었다. 내 머릿속 생각은 얼음장처럼 차가웠다. 이제껏 무슨 일을 하든 그렇게 확신에 찬 적은 없었다.

　나는 이 모든 일을 크리스를 위해 하고 있었던 거다.

　좁은 트랙을 반쯤 올라가자 지휘자가 어깨 너머로 사람들을 힐끗 돌아보더니 소리쳤다.

　"자, 발로 차고 달리세요!"

　그 말을 듣자 모든 말들이 동시에 출발했고 점점 빨리 달리기 시작했다. 나는 등자에 발을 넣었다. 나는 말을 탈 때의 그 리듬이 정말 좋다. 위로 올랐다 내렸다, 올랐다 내렸다 하는 그 춤추듯 부드러운 리듬. 노래라도 부르고 싶었다. 순간 나는 기회를 포착하는 새처럼 긴장했다. 앞쪽에 둥그스름한 바위가 하나 있었다. 길은 바로 그 다음에서 양쪽으로 갈라지는데, 한쪽은 완만하게 구부러진 길이고 또 다른 쪽은 급격히 경사진 좁은 토끼 사냥길이었다. 나는 재빨리 냅을 그쪽으로 몰았다.

　"냅을 멈춰요!"

　그 여자가 소리쳤지만 난 무시하고 계속 달렸다.

　자, 냅, 제발! 빨리 가자! 냅, 빨리 가!

곧 말의 대열을 뒤로 하고 한참 앞쪽에 서게 되었다. 그리고 마침내 언덕 위로 올라갔다. 앞에는 작은 고사리들과 금잔화 덤불이 드문드문 있는 기다란 평지가 보였다. 맞은편 길은 넓은 모래밭이었다. 이제 나는 다른 사람들의 소리를 들을 수 없는 곳까지 와 있었다. 나는 안장 위에 똑바로 앉았다. 그래, 바로 지금이야!

나는 무릎과 발로 냅의 배 부위를 감고 꽉 조였다. 냅의 달리는 보폭이 점점 더 넓어지기 시작했다. 냅은 머리를 높게 쳐들고 다리를 힘차게 앞으로 뻗어 타가닥타가닥 규칙적인 소리를 내며 점점 빨리 질주해 나갔다. 나는 안장에 깊숙이 앉아 몸을 낮게 움츠리고는 고삐를 늦추어 냅이 머리를 자유롭게 움직이면서 방향을 잡게끔 했다. 내 척추의 단단하고 곧은 선이 냅의 몸에 닻을 내려, 우리는 거친 공기를 가르면서 물처럼 흐르는 한 마리 짐승 같았다. 말과 한몸, 한마음이 되어 내 복부는 조류에 휩쓸리는 작은 배처럼 흔들렸다.

내 뒤에서 사람들이 뭐라고 외치는 소리가 들렸다. 나는 아랑곳하지 않고 냅을 재촉했다. 뒤에서 따라오는 말발굽 소리가 들려오고 고함 소리가 점점 가까워졌다. 위험을 무릅쓰고 어깨 너머로 돌아보니 아까 마구간에서 나왔던 나이 든 여자가 말에 채찍질을 하면서 달려오는 것이 보였다. 다시 돌아섰을 때, 나는 내가 잡목 숲을 향해 급경사로 뻗어 있는 내리막길을 달리고 있는 것을 알았다. 나는 고삐를 잡고 냅의 속도를 늦추려고 했지만, 냅은 말을 듣지 않았다.

나는 공포에 질렸다. 냅이 걸음을 옮길 때마다 안장에 자리를 잡지 못한 내 몸은 심하게 흔들렸다. 팔과 다리는 제멋대로 움직이고 온몸이 위로 솟구쳤다 다시 떨어지기를 몇 번, 갈비뼈가 산산조각이 나는 것 같았다. 등자가 없어졌는지 내 발은 허공을 짚었고, 필사적으로 고삐에 매달렸지만 냅은 고삐를 떼어 버리려는 듯 이빨과 잇몸을 드러내고 머리를 흔들어 댔다. 나는 한껏 몸을 뒤로 젖히고 고삐를 올렸다. 그러나 순간 고삐가 내 손에서 미끄러져 빠져나갔다. 나는 냅의 갈기를 움켜잡고 안장의 앞부분에 매달렸다.

내 마음속에 있는 것은 오직 크리스, 크리스뿐이었다.

아까 그 나이 든 여자가 내게로 오고 있었다. 그녀는 말을 세우라고 고함치며 자기 말이 내 말과 거의 스칠 때까지 가까이 다가와서는 몸을 기울여 내 고삐를 잡았고, 우리의 말들은 서로 몸을 부딪쳐 가며 앞다툼을 했다. 그녀는 둥그렇게 원을 그리며 말 두 마리를 이끌었고, 말들은 점점 원을 좁혀 가더니 마침내는 완전히 멈춰 섰다.

마치 내 온몸의 살이 뼈에서 떨어져 나가는 것 같았다. 그 여자는 나에게 무언가 소리치고 있었다. 나는 몸을 뻗어 냅의 등에 납작하게 엎드려 있다가 힘없이 히스풀 더미 위로 떨어져서 엎드려 토하기 시작했다.

그 여자는 말에서 내려와 내 옆에 무릎을 꿇고 앉더니 입 주위를 닦으라고 휴지를 건네주었다.

"모자를 벗는 게 좋겠다. 벗으면 좀 시원할 거야."

그러나 나는 모자를 벗을 힘조차 없었다. 결국 그녀가 모자의 턱 끈을 풀어 주었다. 내 머리카락은 땀으로 홍건히 젖어 있었다.

여자는 나를 진정시키고는 부축해서 풀밭으로 데려갔다. 햇살은 담요처럼 포근했고 참 따사로웠다. 그녀는 왜 그랬느냐고 연거푸 물어보았고 나는 계속 고개를 젓기만 했다. 다른 사람들이 우리 쪽으로 다가오니까 여자는 오지 말라는 표시로 손을 흔들었다. 젊은 여자 지휘자가 내가 말에서 떨어졌느냐고 묻자 그녀는 괜찮다고 대답하고는 자기가 나를 데려다 주겠다고 했다.

"너 얼굴이 백지장 같구나. 하지만 이 말들은 몸이 식어서는 안 돼. 봐! 벌써 열을 식히고 있잖니. 네가 괜찮아지면 곧 돌아가도록 하자."

나는 괜찮다고, 지금 갈 수 있다고 말하긴 했지만 일어날 수가 없었다. 내 다리에서 무릎이 없어져 버린 것처럼 심하게 후들거렸다. 그녀는 내가 냅에게 갈 수 있도록 부축해 주었다.

"말 타고 싶지 않아요."

"물론 네가 타고 싶지 않다는 것은 알아. 하지만 지금 안 타면 평생 다시는 말을 못 타게 될 거야. 말 위에서 토하지만 않으면 돼."

그녀는 내가 말 위에 올라갈 수 있도록 두 손을 모아 발판을 만들어 주고는 나를 들어올려 주었다. 나는 냅의 등에 거의 널브러져 있는 상태였고 그녀는 내 다리를 올려 등자에 발을 끼울 수 있게 도와주었다.

"지금 많이 힘든 것 알아. 하지만 괜찮아질 거야."

그녀가 말했다.

우리는 돌아오는 동안에 한마디도 하지 않았다. 길은 가도 가도 끝이 없는 것 같았다. 가끔씩 그녀가 무언가 질문을 하고 싶은 표정으로 나를 바라보았지만 아무 말도 하지 않았다. 우리가 그녀의 집에 도착했을 때, 그녀는 나에게 목욕을 하라고 했다.

"목욕을 안 하면 아마 내일 나무처럼 몸이 뻣뻣하게 굳을 거야."

누가 나를 꼭 안아 주었으면. 아기처럼 안아서 부드럽게 흔들어 재워 주었으면. 그녀가 욕조에 물을 채우는 동안 나는 팔로 내 어깨를 감싸고 서 있었다.

"누가 널 데리러 올 때까지 너를 집에 보내지 않을 거야. 아무래도 의사가 좋겠지."

"안 돼요, 제발요."

"그럼 네 아빠나 아니면 크리스를 불러야지."

사실 나는 그녀가 누군지 알고 있었다. 그저 인정하고 싶지 않을 뿐이었다. 그녀는 크리스의 이모, 질 아줌마였다.

"내가 크리스 이모라서 부담을 느낄 필요는 없다. 크리스도 이제 다 컸잖아. 그렇지?"

나는 네게 이런 짓까지 했어.

이제, 내 안에서 떠나 주겠니?

질 이모한테서 온 전화가 나를 깨웠다. 아마 정오쯤이었을 것이다.

"네 자전거 괜찮니?"

가끔 엉뚱한 데가 있는 이모였지만 그렇다 해도 이상한 질문이었다.

이모에게 새 캠팩 자전거에 관해 얘기한 적이 있긴 하지만, 이모는 그저 귓등으로만 들었었기 때문이다.

"점심 먹으러 자전거 타고 이리로 올래?"

"좋죠! 가이도 같이 갈까요?"

내가 반갑게 대답했다.

"아니, 너희들 둘을 내가 한꺼번에 감당하진 못하지."

이모 집에 도착했을 때, 이모는 마구간에서 갈퀴로 지푸라기를 긁어 올려 마당에 있는 냄새 나는 짚더미 위로 던지고 있었다. 내 자전거 소리를 듣고 이모가 마구간에서 나왔다.

"28분밖에 안 걸렸어요."

나는 이모에게 이렇게 소리쳤다.

"내가 차로 가면 그보다 훨씬 더 빠르지."

질 이모가 말했다.

그때 나는 가튼 씨의 폭스바겐 자동차가 마당 한쪽에 서 있는 것을 보았다. 나는 이것이 그냥 단순한 점심 초대가 아니라는 것을 알았다.

"가튼 아저씨가 여기 웬일이죠?"

가슴이 철렁하는 것을 느끼면서 물어보았다.

이모는 새로 지푸라기를 한 움큼 들어 올리더니 마구간에 던졌다. 금빛 지푸라기 조각들이 정원 가득 비처럼 쏟아졌다.

"가튼 씨가 아니고 헬렌이야. 우리랑 같이 점심 먹을 거야."

"어디 있는데요?"

"지금은 소파에서 자고 있단다, 크리스."

나는 자전거에서 뛰어내려서 집으로 들어가려고 했다.

"잠시 그냥 쉬게 놔둬라. 조금 놀랐을 뿐이니까. 타고 있던 말이 날뛰어서 떨어졌거든."

"헬렌이요? 어디 다치지는 않았어요?"

"지금은 괜찮아. 그런데 크리스, 말이 날뛰어 제대로 몰 수 없게 되기 전부터 헬렌은 마치 그랜드 내셔널 경마대회에 나간 사람처럼 험하게 말을 몰더라. 내가 머큐리를 타고 있었던 게 천만다행이야. 안 그랬으면 쫓아가지도 못할 뻔했어. 정말이지 어쩌면 죽었을지도 몰라."

나는 창고에 기대어 자신을 진정시키려고 애썼다. 가까스로 기대서 있었지만 점점 미끄러져 내려와 결국 바닥에 털썩 주저앉고 말았다.

"헬렌이 왜 그랬지?"

나는 이모 물음에 대답을 할 수 없었다. 나는 집 쪽을 바라보았다. 내 목 속에 거미줄로 된 작은 공이 꽉 낀 듯 아무 말도 할 수 없었다.

"아마도 너와 관련되어 있는 일 같은데, 내 말이 맞지?"

나는 고개를 끄덕였다. 이모는 여전히 짚더미를 긁어 올려 마구간에 던지는 일을 반복하고 있었다. 이모의 그림자가 밝은 황금색의 짚더미에 검은 선을 그으며 움직였다. 들어올리고 던지고, 들어올리고 던지고, 이모는 끙끙 신음 소리를 내기도 했다. 이모의 검은 머리카락이 이마 위로 흘러 내려와 이리저리 흔들렸다.

"내가 상관할 바가 아닐지도 모르고, 어쩌면 내 짐작이 틀릴지도 모르겠다. 내가 잘못 알았다면 용서해라, 크리스. 하지만 아까 들판에서 헬렌이 하려고 했던 일은 위험을 무릅쓰고라도 아이를 없애려는 것 같더라."

이모는 우리에게 샐러드를 만들어 주었다. 그러나 우리 셋 다 그저 먹는 시늉만 하는 정도였다. 식사 후에 이모는 무릎을 껴안고 바닥에 앉았고, 헬렌과 나는 맞은편 소파에 나란히 앉았다. 이모 방의 한 벽에는 커다란 통유리창이 있는데 그것을 통해 나무들 사이로 말들이 풀을 뜯고 있는 작은 목장이 보였고 그 뒤로는 들판과 황야도 보였다. 날씨가 따뜻하기는 했지만 저 멀리 보이는 돌담 밑에는 아직도 눈이 하얀 선을 그리고 있었다. 창밖에서는 새로 난 나뭇잎들이 사각사각 소리를 내며 움직였고 그 사이로 햇빛이 춤추듯 흔들리며 방으로 들어오고 있었다.

"이상하지. 담배를 끊은 지 몇 년 되었는데 갑자기 지금 피우고 싶네."

이모는 머리 위로 팔을 쭉 뻗고 늘어지게 하품을 했다.

"너희 둘한테 해 줄 얘기가 있는데, 생각보다 그 얘기를 꺼내기가 어렵기 때문이야."

이모의 개가 탁탁 발소리를 내며 나무 마루 위를 걸어오더니 이모 옆으로 밀치고 들어와 매트 위에 앉았다. 이모는 개의 긴 귀를 쓰다듬었다.

"내가 이제껏 아무한테도 하지 않은 얘기를 너희들에게 해 주려고 해. 그런데 나는 너희들 일은 비밀로 할 거야. 언제 누구한테 어떻게 얘기하든지 그건 너희들 마음이야. 말하기 좋은 때를 기다려 봐. 도움이 필요하다면 내가 도와줄게. 알겠니?"

우리 둘은 고개를 끄덕였다.

"내 얘기를 해 주고 싶구나. 이것도 비밀이라고 할 수 있지."

"전 비밀을 너무 많이 알아요. 비밀로 가득 차서 언젠가는 터져 버릴지 몰라요. 학교에서도 친구들이 비밀 얘기를 많이 해 주거든요."

헬렌의 말에 내가 놀라서 물어보았다.

"어떤 거?"

"비밀인데 말할 수 없지."

헬렌이 웃으면서 말했다. 헬렌은 신발을 벗고 소파 위에서 다리를 끌어안고 앉아 내 쪽으로 바짝 기댔다. 나는 이제껏 이모가 그렇게 주저하는 것을 본 적이 없었다.

"지니가 세 살쯤 됐을 때야. 큰 아이들은 학교에 다니고 마구간을 시작한 지 얼마 안 되었던 때지. 마구간 일은 내가 늘 원하던 일이었어. 맥이 나를 떠난 해였지. 그런데 맥이 마지막으로 한 일은 내게 또 다른 아이를 준 것이란다. 내가 임신을 한 거지."

"몰랐어요, 이모……"

내가 말했다. 헬렌은 내 팔에 손을 올려놓았다. 이모는 우리를 보는 대신 창밖을 응시하고 있었다. 나무들은 창밖에서 조용히 춤추고 있었다. 나무 그림자가 마루와 벽에 아른거렸다.

"그런데 나는 그 아이를 원치 않았어. 내가 애를 달라고 한 적도 없고, 어쨌든 원치 않았어. 임신했다는 것을 알았을 때는 정말 믿을 수가 없었지. 그땐 그야말로 제일 끔찍한 일이 생겼다고 생각했어. 그래서 나는 결국 의사를 찾아갔고, 그 의사는 꽤 동정적이었어. 나는 그때 맥이 떠난 것도 그렇고 마구간 일도 걱정이 많아서 심리적으로 아주 침체된 상태였지. 거의 쇼크 상태였고 내가 이 세상에서 제일 불행한 사람처럼 느껴졌어. 의사가 애를 없애고 싶으냐고 하기에 나는 그렇다고 대답했어."

방 안에는 마치 손으로 잡으면 잡힐 것 같은 침묵이 흘렀다. 깊은 잠에 빠진 개가 내쉬는 숨소리만 들릴 뿐이었다.

"의사는 확신하느냐고 다짐했고, 나는 물론이라고, 백 퍼센트 확신한다고 말했어. 나는 이 아이를 원하지 않는다고…… 그러고 나서 수술을 받았단다. 맥에게도, 언니나 엄마에게도 이 사실을 얘기할 수 없었지. 아무한테도 말이야. 혼자 병원을 찾아가서 수술을 해 버렸지. 수술은 굉장히 간단했고 빨리 끝났어. 마취에서 깨어났을 때는 정말 아이를 없앴을까, 믿을 수가 없었어. 그런데 분명히 없앴다고 하더군. 그 아이가 사내아이였다는 것까지 얘기해 주었어. 그건 알고 싶지 않았는데 말이야. 그리고 나는 집에 돌아왔고 다시 내 일상으로 돌아왔단다."

개가 잠 속에서 침을 흘리며 다리를 쭉 뻗었다.

"마치 아무 일도 없었다는 듯이, 그냥 마구간을 꾸려 나가는 데만 열중했어. 아무에게도 알리지 않았기 때문에 함께 얘기할 사람이 아무도 없었단다. 그 후로 나는 너무 외로웠어. 울 필요는 없었지. 아니, 울 자격이 없었던 거야. 슬픔을 꾹꾹 눌러서 다시는 겉으로 드러내지 않을 거라고 생각했지."

긴 침묵이 흘렀다. 이모의 이야기가 끝난 줄 알았지만, 이모는 꼼짝 않고 있다가 창문 밖의 흔들리는 나뭇잎을 향하던 시선을 안쪽으로 돌렸다. 그러고는 담배를 비벼 끄듯이 손가락으로 마룻바닥을 가볍게 톡톡 두드렸다.

"살았으면 지금 그 아이가 열다섯 살쯤 되었겠구나."

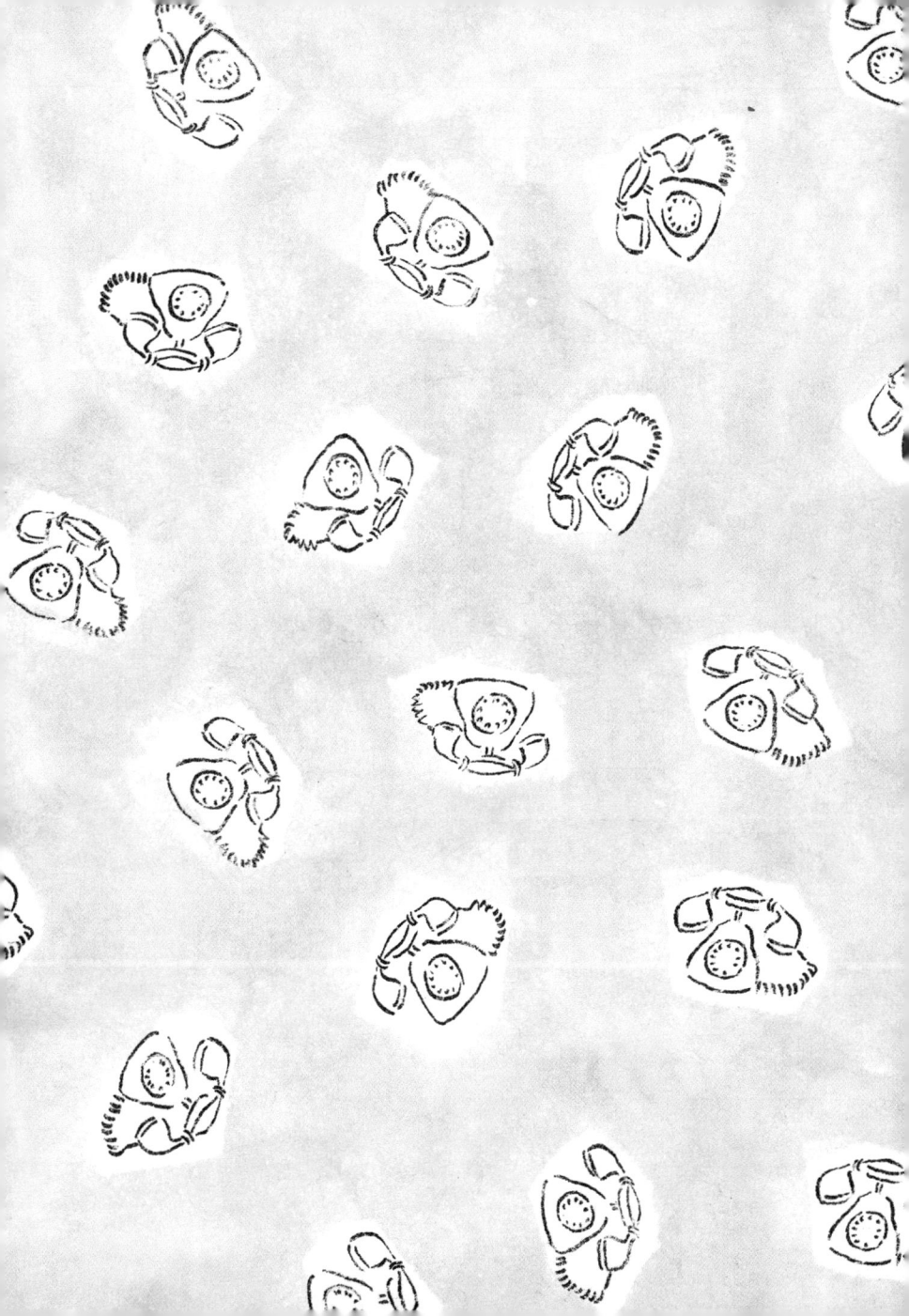

4월

이름 없는 너에게

결국 엄마에게 얘기할 수 있는 좋은 기회란 오지 않았다. 며칠 동안 몸이 뻣뻣하고 많이 아팠지만, 결국은 아무 일도 일어나지 않았다. 나는 엄마에게, 내가 탄 말이 갑자기 날뛰며 달아나는 바람에 몸이 많이 놀란 모양이라고 했다. 엄마는 별로 동정을 보이지 않았다. 엄마는 원래 말을 싫어하니까. 말들 옆에 있으면 재채기를 한다나. 아마 엄마는 말을 무서워하는 모양이다. 언젠가는 몸서리까지 치면서, "완전 고깃덩어리들 아니니, 말들 말이다."라고 말한 적도 있다. 고깃덩어리이기 때문에 말들이 더럽고 혐오스럽고, 버릇없다고까지 생각하는 것처럼. 하지만 나는 엄마의 말 뜻을 잘 안다. 말들이 너무 '육체적'이란 말이다. 근육이 많고 콧김을 내뿜으면서 숨을 내쉬고 아주 힘이 좋으니까. 엄마는 말을 탈 때, 몸 아래에서 나와 함께 움직이는 그 거대한 살덩어리를 느끼는 게 어떤 기분인지 모른다. 그래서 내 말이 갑자기 날뛰었다고 했을 때도 엄마는 당연한 것 아니냐는 식으로 콧방귀를 뀌고는 그걸로 그만이었다.

　가끔 다시는 엄마 곁에 가까이 가고 싶지 않다는 생각이 들 때가 있다. 나도 루슬린이 자기 엄마한테 하는 것처럼 무슨 일이든지 엄마한테 얘기할 수 있었으면 좋으련만. 그런데 어쩐지 엄마는 그런 걸 좋아하지 않을 것 같다. 차라리 엄마가 내가 요즘 무슨 생각을 하고 있는지 모르는 게 나을지도 모르지만. 가끔 엄마와 마음을 터놓고 얘기해 볼라치면 엄마는 그냥 자리를 떠나 버린다. 마치 내 면전에 대고 문을 쾅 닫아 버리는 것처럼. 지금 내 안에 있는 너처럼 나도 한때는 엄마 안에서 움직이는 작은 존재였다는 것을 생각하면 신기하고 이상하다. 엄마는 내가 생기기를 바랐을까? 엄마가 그런 것에 대해 얘기할 만큼 할머니와 가까웠는지도 궁금하다.

말을 타고 온 뒤로 며칠 동안 어떻게 지냈는지는 나도 잘 모르겠다. 나는 민망하고 부끄러웠다. 내가 거기에서 하려고 했던 짓을 믿을 수가 없었다. 어떤 잔혹하고 미친 기운이 날 사로잡았던 것 같다. 그러지 않고서야 어떻게 그런 일을 할 수 있었을까. 질 아줌마 집에서의 그날 이후로 크리스를 어떻게 대해야 할지 모르겠다. 그 일은 분명 크리스의 마음에 상처를 주었을 것이다. 아마 지금쯤 슬프고 화가 나고 또 한껏 혼란스러워 하면서 그저 방에 앉아 있겠지. 그냥 "화내지 마, 크리스. 내가 다 알아서 하게 해 줘."라고 말하고 싶지만, 차마 그 말을 입 밖에 낼 수 없었다. 그래서 나는 엄마에게 크리스에게서 연락이 오면 얘기하고 싶지 않다고 하라고 했다. 엄마는 아마도 내가 크리스와 말다툼이라도 했나 보다고 생각하고 있는 것 같았다. 그리고 어쩌면 내심 좋아하고 있는지도 모른다. 심각한 관계를 갖기에는 내가 너무 어리다고 생각하니까. '심각한 관계'란 무엇을 뜻하는 걸까? 크리스와 같이 있으면 항상 웃고 떠들고 온갖 말도 안 되는 짓을 다 하고, 온 세상이 다 우리 것 같다. 아니, 적어도 이전에는 그랬다.

오늘 점심 때 식탁에 앉았는데 냄새조차 맡을 수가 없어서 아무것도 먹을 수가 없었다. 이번 주 내내 저녁마다 그랬던 것 같다. 이번에는 엄마가 이상한 눈초리로 날 봤는데 간담이 다 서늘해질 정도였다. 조용하면서도 이상한 눈빛, 내게 무언가 질문을 하는 듯한 눈빛. 엄마는 아무 말도 없이 내 접시를 로비에게 건넸고, 식사 후에 로비 운동화 좀 사 오라고 아빠와 로비를 시내에 내보냈다. 두 사람은 토요일 오후를 쇼핑이

나 하면서 보내게 생겼다며 투덜대며 나갔다. 아빠와 로비는 사이가 썩 좋다. 아마 일단 시내에 도착하면 신이 나서 함께 쇼핑을 할 것이다. 문득 나는 집안에 엄마와 나 단둘만 있게 된다는 사실을 깨달았다.

아빠와 로비가 나가자마자 나는 내 방으로 뛰어 올라갔다. 엄마가 나를 따라왔다. 엄마는 노크도 없이 곧장 방으로 들어와서는 손을 양쪽 바지 주머니에 찔러 넣은 채 아무 말 없이 나를 바라보았다. 드디어 올 게 온 것이었다. 꼼짝없이 말을 해야 할 처지였다. 나는 가방 속 어딘가에 할 말이 들어 있는 것처럼 가방을 뒤져 무언가를 찾는 척했다. 적당한 말을 꺼내 잘 짜 맞출 수만 있다면 얼마나 좋을까.

"도대체 무슨 일이 벌어지고 있는 건지 말해 봐."

엄마가 말했다.

나는 창문 쪽으로 얼굴을 돌렸다. 밖에는 비가 오기 시작하고 있었다. 나는 목이 화끈 달아올랐다.

"새로운 과제를 시작했어요. 클랜시 선생님이 집에서 준비를 좀 하라고 하시더라고요."

"내가 지금 클랜시 선생님 얘기 듣자고 이러는 거니?"

엄마는 뒤로 문을 닫고 팔짱을 낀 채 문에 기대섰다. 거칠게 숨을 내쉬면서. 엄마의 입은 침이 가득 고여 있는 듯, 잔뜩 긴장해 있었다. 순간 내 침대 옆 테이블 위에서 나를 보고 웃고 있는 크리스의 사진이 눈에 들어왔다. 크리스의 얼굴이 초점 없이 흐릿하게 보였다.

"대체 무슨 일이냐, 헬렌?"

눈이 아파 왔다. 엄마가 그런 목소리로 묻는 게 싫었다. 엄마는 침착함을 잃고 흥분해 있었다. 적당히 대꾸할 말을 찾아보았지만 생각나지 않았다.

"짐작 못해요?"

그렇게 말하면서 아마 나는 손톱을 물어뜯고 있었던 모양이다. 확실히는 모르겠지만 엄마가 몸을 굽혀 입에서 손을 떼라고 찰싹 때린 것은 기억이 난다. 내가 어렸을 때부터 엄마가 늘 하던식으로. 내게는 너무나 익숙한 일이다. 그럴 때마다 나는 아무것도 할 수 없다.

"짐작하기 때문에 그러는 거다."

엄마는 이렇게 말하고는 다시 문에 기대서서 눈을 감았다. 그러고는 산소 부족으로 헐떡거리는 물고기처럼 크게 한숨을 내쉬었다.

"너한테 직접 들었다면 더 좋았을 뻔했지. 그렇지만 짐작을 왜 못하겠니."

무언가에 목을 졸리고 있는 듯, 엄마의 목소리라고 할 수 없을 정도로 탁하고 낮은 소리였다.

"몇 번이나 그 짓을 했니, 도대체?"

그따위 어리석고 쓸모없는 질문을 하다니…… 엄마는 내가 화를 낼 수 있도록 거들어 준 셈이었다.

"그게 그렇게 중요해요, 엄마는?"

소리 지르고 나서 나는 금방 후회했다. 엄마는 단지 화가 나서 그런 것뿐인데. 엄마의 잘못이 아닌데, 아무것도 엄마 잘못이 아닌데.

"그래, 중요해!! 나한테는 중요하다고!"

엄마의 입술 가장자리에는 아래쪽으로 늘어진 주름이 잡혀 있었다. 엄마는 작은 거품이 되어 새어 나오는 침을 손등으로 닦아 냈다. 하지만 입에서는 다시 거품이 배어 나왔다. 마치 숨을 작은 조각으로 갈기갈기 찢어 놓은 듯 헐떡거리는 엄마의 숨소리를 듣는 것보다 그런 엄마의 입을 쳐다보고 있는 게 차라리 더 편했다. 전에는 엄마 목에 그렇게 움푹 들어간 곳이 있는 줄 몰랐고 그 주위에 칠면조 피부처럼 자잘한 여드름이 가득 나 있는 것도 알지 못했다. 엄마가 받은 충격과 상처가 얼마나 큰지 알 수 있었다. 나는 엄마에게 그런 일이 꼭 한 번 있었고 바로 이 방, 이 침대에서 일어난 일이라고 말했다. 엄마는 그 점이 제일 견딜 수 없다는 듯 팔짱을 끼었다가 풀어 손을 주머니에 넣었다 다시 팔짱을 끼기를 되풀이하더니 팔꿈치 주위를 마구 문질러 댔다.

"그래, 너는 제대로 처신하는 게 뭔지도 모르니? 꼭 그렇게 해야 했어? 내가 너를 그렇게 가르치던?"

나는 이상한 말을 하는 외국인과 같은 방에 있는 것 같았다.

"생각이 부족했어요."

나는 엄마의 손이 내려앉을 곳이 없는 새처럼 허공에서 어떻게 해야 할지 몰라 움찔대고 있는 것을 보았다. 나는 엄마 대신 그 손을 잡아 주고 싶었다.

"그냥 우리도 모르게 그런 일이 일어났어요."

테이블 위의 크리스 사진은 그저 흐리멍덩한 색깔의 혼합이었다. 감히 바라볼 수조차 없었다. 엄마는 다시 어린아이처럼 숨을 헐떡거리더니 내 쪽으로 팔을 뻗었고, 나는 내가 뭘 하는지도 모르는 채 엄마에게 다가갔다. 엄마는 여섯 살 먹은 어린아이인 것처럼 나를 꼭 껴안으며 속삭였다.

"너를 어쩌면 좋니?"

월요일 아침에 엄마는 나를 병원으로 데려갔다. 대기실에는 '낙태하지 마세요.'라고 쓰인 포스터들이 여기저기 붙어 있었다. 전에는 거기에 있는지도 몰랐던 포스터들이었다. 나는 부끄러운 생각이 들었다.

평소에 나를 봐 주던 의사는 아니었다. 하지만 그는 매우 빠르고 능숙하게 진찰했다. 의사는 엄마에게 내가 임신 12주쯤 되었다고 했다. 이미 오래 전부터 알고 있었지만 가슴이 절벽 끝으로 내려앉는 것 같았다. 온몸에서 힘이 다 빠져나가는 것 같은 기분이었다. 그렇게 마침내 의학적인 판정을 듣는 건 "당신은 내일 사형에 처해질 겁니다."라는 말을 듣는 것과 다름이 없었다.

"아이를 원치 않는데……"

다른 사람의 목소리처럼 약하고 기어 들어가는 목소리로 내가 말했다. 의사는 낙태 수술을 하려면 16주 안에 해야 한다고 했다. 엄마는 입을 꼭 다물고 앉아 있었다.

"그렇지 않으면, 임산부 건강에 아주 좋지 않아요."

의사가 말했다. 뺨에 흘러내리는 눈물이 바늘처럼 따갑게 느껴졌다.

대체 지금 무슨 얘기를 하는 걸까. 내 안에 아기가 있다니……

오늘 나는 이 글을 쓰면서 하루 종일 방 안에만 있었다. 누구와도 얘기하고 싶지 않다. 사실 마땅히 할 얘기도 없지만. 엄마가 알아서 하겠지. 전화가 계속 울려 댔고 전화를 받는 사람은 매번 엄마였다. 나는 잠들었다 깨어나고 다시 잠들었다. 시간이 얼마만큼 갔는지, 여전히 같은 날인지조차 알 수 없었다. 확실한 것은 내 안에 아기가 있다는 것, 그것뿐. 밖이 점점 어두워지고 비 오는 소리가 들렸다. 빗소리를 들으니 마음이 편안해졌다. 어둠이 부드러운 담요처럼 내 몸을 감쌌다. 로비가 자기 방으로 살금살금 걸어 들어가는 소리가 들렸다. 평소에는 절대로 그렇게 조용하지 않은데, 나에 관한 얘기를 들은 게 분명했다. 얼마나 시간이 흘렀을까, 문을 두드리는 소리에 잠을 깨 보니 환한 빛을 등지고 엄마가 액자 속처럼 문틀 안에 서 있었다. 내 방은 어두웠기 때문에 그 밝은 빛에 아프도록 눈이 부셨다. 나는 침대 위에서 온몸이 뻣뻣해진 채로 냉기를 느끼며 누워 있었다. 엄마가 내게 다가왔다. 내 옆에 무릎을 꿇고 앉을 때 옷이 부스럭거리는 소리가 났다.

"꼭 작은 인형 같구나."

나는 엄마에게 등을 돌리고 누웠다. 목구멍 속에서 무언가 뜨거운 게 치밀어 올랐다.

"아무도 모르게 하면 돼. 파파도 모르실 거야."

엄마가 말했다.

열 살 이후로는 아빠를 파파라고 불러 본 적이 없다는 사실이 떠올랐다. 엄마는 의사가 다 알아서 준비해 놓았고, 주말이면 아무 일도 없었던 것처럼 모든 게 다 끝날 거라고 했다. 엄마가 속삭이는 동안 나는 내 몸에서 수분이 모조리 다 빠져나가서 바싹 마른 뼈만 남은 것처럼 느껴졌다.

"너도 빨리 이 일이 해결되기를 바라지? 그렇지?"

나는 손등을 입 안으로 밀어 넣고 잘근잘근 깨물었다. 목 안에서 느껴지던 아픔이 이제는 눈으로 옮겨 온 것 같았다.

"소란 피우지 말고 조용히 끝내기로 하자, 응?"

나는 내 손등의 관절 부분을 세게 깨물었다.

"네 장래를 생각해 봐. 다른 사람이 아닌 바로 네 장래야. 네 장래를 망칠래?"

나는 머리를 좌우로 흔들었다. 눈에는 눈물이 가득 고여 아무것도 보이지 않았다. 내 미래는 깊고 검은 우물 같았다. 그 안에 보이는 것은 모조리 다 나를 무섭게 했다. 엄마는 내 머리를 쓰다듬었다.

"너는 아직 어린애야."

엄마는 이불을 내 턱 밑으로 당겨 주었고 나는 또 손을 깨물었다. 목과 어깨 쪽에서 느껴지던 통증이 점점 심해져 내 몸을 꽉 조이는 것 같았다.

"그리고 크리스한테는 네가 연락하고 싶어 하지 않는다고 말해 뒀다. 크리스도 알았다고 했어. 이게 최선이야."

나는 잠든 척했다. 엄마 말을 듣고 있지 않았다. 엄마 말이 무슨 뜻인지 제대로 알아들을 수가 없었다. 엄마가 방에서 나갈 때 문의 옷걸이에 걸어 놓았던 초록색 무용복이 휙 소리를 냈다.

아가야, 너는 내게 태어나게 해 달라고 부탁하지 않았지. 나는 너에게 줄 게 아무것도 없단다. 아무것도…… 정말, 정말 너무 미안해.

그날 밤 헬렌에게 전화를 했을 때, 전화를 받은 사람은 헬렌의 엄마였다.

"잠깐만 기다려라."

나는 헬렌을 부르러 가는 것이라고 생각하고 미소를 지으면서 전화를 받으러 오는 헬렌을 상상하며 계단 맨 아랫단에 자리를 잡았다. 곧 문이 거칠게 닫히는 소리가 들리더니 수화기가 다시 들어 올려졌다.

"안녕."

내가 말했다.

"헬렌이 아니다. 헬렌은 자고 있다."

다시 가튼 부인이었다. 나는 시계를 보았다. 이제 겨우 8시였다. 목소리를 낮추어 그녀가 말했다.

"잘 들어라."

마치 수화기에 대고 쉿, 쉿 하는 소리를 내고 있는 것처럼 들렸다. 아무도 전화 소리를 못 듣게 하려고 목소리를 낮추는 것뿐이었겠지만, 그 목소리와 말하는 내용은 나를 섬뜩하게 만들었다.

"헬렌이 모든 걸 다 말했다. 다시는 우리 집에서 보는 일이 없었으면 좋겠구나. 알아듣겠니?"

나는 바보처럼 말없이 고개만 끄덕였다. 어떻게, 무슨 말로 대답할 수 있겠는가? 아무 말도 할 수 없었다. 마치 뱀이 지나가는 것 같은 목소리, 쉿쉿거리는 건조하고 얼음같이 차가운 목소리는 계속됐다.

"헬렌은 수술을 받기로 했어. 무슨 말인지 알겠지?"

나는 다시 고개를 끄덕일 수밖에 없었다.

"이것이 최선책이다, 크리스. 다시는 헬렌과 연락하지 말아라."

나는 내 머리에서 맴도는 이 말을 들으면서 수화기를 내려놓았다. 가이가 방금 건조기에서 꺼낸 세탁물을 들고 지나가다가 아직도 건조기의 온기가 남은 양말을 돌돌 말아 나에게 던졌다. 내가 되받아 던지지 않자, 가이는 다른 한쪽을 또 던졌다. 나는 수화기를 들고 다시 전화를 걸었다. 가튼 부인은 내 목소리를 듣자마자 전화기를 내려놓았다. 나는 그녀가 한 손을 수화기에 얹어 놓은 채 밤새도록 전화기 옆을 지키는 모습을 상상했다. 정말이지 필사적으로 헬렌과 얘기하고 싶었다. 신발에 콘크리트가 들어 있는 것처럼 무거운 다리를 끌고 내 방으로 올라갔다. 고양이가 문틈 사이로 들어와 뚫어져라 나를 쳐다보더니 내 무릎 위로 뛰어 올라왔다. 다리를 흔들어 떼어냈지만 다시 올라왔다. 나는 서랍을 열어 파일받침을 꺼내 고양이 머리 위에 균형을 잡아 올려놓았다. 고양이는 마치 스위치라도 켠 듯, 그르릉 소리를 냈다.

사랑하는, 사랑하는 헬렌…… 나는 이렇게 적었다.

가이가 들어왔다. 나는 손으로 종이를 가렸다.

"뭐하고 있어, 형?"

"아무것도 아냐. 나가!"

"누구한테 쓰는데?"

"아무한테도 안 써. 나가라니까."

"내가 고양이 데려갈까?"

"관둬. 제발 좀, 조용히 편지도 못 쓰게 하나!"

내가 소리쳤다.

"나는 형 빨래도 해 줬는데. 형 냄새 나는 속옷 빨래 해 주는 거 오늘이 마지막인 줄 알아."

내가 편지를 구겨 던지자 가이가 달아나면서 말했다. 고양이는 구겨진 종이 위로 뛰어내려 종이 뭉치를 붙잡고 옆으로 누워서 두 발로 장난을 치고 있었다.

"사랑하는 헬렌……"

글자들이 편지지 위에서 헤엄치듯 움직였다.

"그 아이는 내 아이이기도 해. 지금은 아주 작은 존재지만, 그 아이 자체가 생명이야."

나는 내가 무슨 말을 쓰고 있는지 몰랐다. 솔직히 말하면 편지지를 제대로 볼 수조차 없었다.

"200만 개의 정자가 너에게 닿으려 시도했고 마침내 해낸 것이 바로 그 아이야. 이 세상에 그것과 똑같은 일은 결코, 절대로 다시 일어날 수 없어. 그건 특별하고 소중한 거야. 그 아이는 네 안에 있는 나야, 헬렌, 그리고 내 안의 너이기도 하고. 제발 생명을 죽이지 마. 너를 영원히 사랑해."

더 이상 읽을 수가 없었다. 마치 보이지 않는 적에 의해 급습을 당한 듯, 시끄러운 음악을 듣고 있다가 갑자기 침묵 속에서 허우적대고 있는 것 같은 느낌이었다. 나는 편지를 봉투에 넣고 봉했다.

그제야 나는 집 안이 쥐 죽은 듯 조용하고, 아마도 몇 시간 동안이나 내가 그 편지를 손에 쥐고 앉아 있었다는 것을 깨달았다. 나는 밖으로 나갔다. 하늘에는 별들이 추위를 느끼는 듯 떨고 있었다. 나는 자전거를 끌고 나와 헬렌의 집으로 향했다. 돌멩이를 던져 헬렌의 방 창문에 닿게 하려 했지만 다시 내 쪽으로 떨어졌다. 나는 편지를 우편함에 살짝 밀어 넣고는 그대로 잡고 있었다. 금방이라도 누군가 그 편지를 내 손에서 가져갈지도 모른다고 상상하면서. 자기 딸에게 한 짓 때문에 내가 미워서 펄펄 뛰는 헬렌의 엄마가 그 편지를 읽는 모습을 상상해 보았다. 분명히 헬렌은 내가 다른 방법으로는 연락을 취할 수 없다면 편지를 쓰리라는 걸 알겠지. 아침에 일어나자마자 제일 먼저 우편함으로 와서 편지가 있는지 확인하겠지. 그런 기회라도 잡아야만 했다. 손가락을 펴자 편지가 우편함 바닥을 치며 가볍게 떨어지는 소리가 들렸다.

나는 자전거를 들고 발소리를 죽여 가며 붉은색 자갈길을 지나 살금살금 차도로 내려왔다. 내 발자국 소리가 온 거리에 울리는 것 같았다. 자전거에 앉아서 나는 헬렌의 집을 돌아다보았다. 내가 다시 저 집에 들어갈 수 있을까. 얼토당토않게도 잠시 동안 나는 나에게 기타 코드를 가르쳐 주기 위해 살금살금 빠져나오는 헬렌 아버지의 모습을 상상했다. 내가 로미오처럼 헬렌의 방으로 연결된 홈통을 타고 올라가 이 나라에서 추방되기 전까지 밤새 헬렌과 함께 누워 있는 모습도 상상했다. 하지만 나는 내가 땅에서 채 1미터도 못 올라가 홈통에서 줄줄 미끄러져 내려오리라는 것을 잘 알고 있었다.

집으로는 곧장 가고 싶지 않았다. 나는 자세를 낮추고 씽씽 돌아가는 자전거 바퀴 소리를 들으며 도로 아래쪽으로 돌진하듯이 달리다가 큰길 쪽으로 돌아서 들판을 향해 머리가 날아갈 듯이 질주했다. 큰길은 차 한 대 없이 한적했고 아무 소리도 들리지 않았다. 가로등을 뒤로 하고 앞으로 나아가니, 온통 어둠과 적막으로 가득 찬 길에는 자전거 앞에 달린 작은 램프 불빛이 전부였다. 마치 거대하고 시커먼 입이 나를 삼켜 버릴 것만 같았다. 나는 속도를 더 높이기 위해 거의 일어선 자세로 페달을 밟았다. 누구와 경주를 하려는 것인지, 누구로부터 벗어나고자 하는 것인지 알 수 없었다. 어쩌면 나 자신으로부터 도망가고 싶은 건지도 몰랐다. 공포에 떨면서 헬렌의 집 현관에 서 있는 비참하고 왜소한 나 자신으로부터.

길은 내내 오르막이었고, 나는 마치 꽉 죄는 뜨거운 장갑 안에 갇혀 땀을 뻘뻘 흘리고 있는 것만 같았다. 그러나 곧 길이 내리막으로 바뀌면서, 페달도 밟지 않은 채 온몸으로 바람을 맞으며 폭스 하우스 쪽으로 미끄러지듯 내려왔다. 집도, 차도, 나무도 보이지 않았다. 오로지 거

무스름한 히스풀 덤불과 희미한 절벽들만이 보일 뿐이었다. 나는 지금 내가 어디로 향하고 있는지 잘 알고 있었다. 길이 너무 울퉁불퉁해서 몸이 흔들거려 중심을 잡을 수 없게 되자 나는 자전거에서 껑충 뛰어내려 바위 옆에 자전거를 기대 세워 놓았다. 달은 음산하게 웃고 있는 창백한 얼굴처럼 보였고, 맹세컨대 그날 밤 별들은 바위만큼 커 보였다. 하늘에 대롱대롱 매달린 새하얀 바위들이 당장이라도 떨어져 내려 산산조각 날 것 같았다. 나는 등성마루 바로 아래까지 달렸다. 머리 위로 6미터쯤 되는 높이에는 로빈 훗 동굴 앞으로 불쑥 튀어나온 작은 암벽이 하나 있었다.

나는 한번쯤 헬렌을 이곳으로 데려오고 싶었었다. 그녀를 안고 사랑을 나누며, 저녁놀을 바라보고, 별들을 보고, 그리고 새벽이 밝아 오는 것을 보면서 함께 밤을 새며 시간을 보내고 싶었다.

처음 얼마 동안은 쉽게 기어오를 수 있었지만 곧 잡을 곳을 찾아야 했다. 달은 구름에 가려 잘 보이지 않았다. 나는 잠깐씩 두 다리를 걸치고 버티고 서서 간신히 숨을 돌리면서 온몸을 들어올려 좀더 위로 올라갔다. 손가락에 온 힘을 주며 조금씩 기어오르고 나서야 겨우 작은 봉우리 위에 올라설 수 있었다. 오르는 내내 톰이 여기에 없어서 다행이라는 생각이 들었다. 톰이라면 이미 꼭대기까지 올랐다가 다시 내려와 있겠지. 그런데 바로 그때 나는 아래를 내려다보는 실수를 저지르고야 말았다. 땅에서 아주 높은 곳까지 올라온 것은 아닐 텐데도 발 아래로 울퉁불퉁 솟은 암벽들이 희미하게 빛나고 있었다. 나는 절벽에 꼭 붙어

섰다. 아주 천천히, 암벽들이 뒤집혔다가 다시 뒤집히고, 서커스장의 회전의자처럼 돌고 또 돌았다. 귓속에서는 맥박 소리가 쿵쿵 울리기 시작하고, 심장은 목구멍까지 기어 올라오는 듯했다. 주위의 모든 바윗덩이들과 별들이, 총총한 우주 전체가 흔들거리고 빙글빙글 돌고 있었다.

어떻게 내려왔는지 알 수 없었다. 몸이 사정없이 덜덜 떨리고 있었지만, 마음을 가라앉히고 나서 선 채로 내가 오른 봉우리를 올려다보니 땅에서 3미터 정도 되어 보였다. 나는 돌멩이 하나를 집어서 봉우리를 향해 던졌다. 돌멩이 부딪는 소리가 폭발하듯이 등성마루를 따라 튀어 올랐다. 등성마루 아래로 떨어지는 하얀 돌멩이들이 마치 서로에게 소리를 지르며 달리는 양떼같이 흩어졌다. 나는 돌멩이 하나를 더 집어서 다시 세차게 던졌다. 돌멩이를 던지고 또 던지면서 나는 소리쳤다.

"나쁜 놈! 나쁜 놈! 나쁜 놈!"

나는 목청껏 소리 질렀고 내 목소리는 멀리멀리 퍼져 나갔다.

"나― 쁜― 놈― 아!"

자전거를 어디에 두었는지 몰라 한참을 헤맸다. 마침내 찾았지만, 출발하자마자 돌멩이에 걸려서 체인이 빠져 버렸다. 체인은 기어와 자전거 틀 사이에 꽉 끼여 있었는데 억지로 잡아 빼려다 엄지손가락을 베이고 말았다. 나는 목이 터져라 욕을 해 댔다. 온몸에 땀을 흘리면서 소리소리 지르고, 기름투성이에 피를 흘리면서, 화가 나서 펄펄 뛰고 흐느껴 울기도 하면서, 나는 오히려 마음이 가라앉는 것을 느꼈다.

마침내 길이 끝나면서 수백만 개의 작은 불빛들이 모여 거대한 오렌지 빛을 발하는 셰필드로 이어졌다. 그곳에는 헬렌의 집으로 가는 길, 상점들과 학교가 있었다. 우리 집으로 가는 길과 우리 집, 계단, 나의 방 그리고 침대도······

이름 없는 너에게

오늘은 마치 내 생의 마지막 날인 것 같았다. 엄마가 운전을 못하기 때문에 내가 운전을 해야만 했는데, 엄마는 끊임없이 말을 해 댔다. 거리를 지날 때마다 표지판들을 모조리 큰 소리로 읽고, 간판들, 심지어는 우리 앞에 가는 차들의 번호판까지 읽었다. 엄마는 침묵이 두려운 것 같았다. 엄마가 그러는 동안 나는 '이건 단지 내 몸에 필요 없는 세포를 제거하는 수술일 뿐이야. 그게 다야.'라는 말을 머릿속에서 되뇌고 있었다.

병원 마당에 차를 주차하고 나오는데, 잔디밭 가장자리에 깃털도 없는 작은 새가 뼈만 앙상한 채 죽어 있었다.

엄마는 내가 체중을 재고 검진을 받는 동안 옆에 앉아 있었고, 내가 환자복으로 갈아입자 내 옷들을 모두 엄마 가방에 넣었다. 엄마는 오늘 밤을 병원에서 얼마 떨어지지 않은 곳에 있는 팻 이모 집에서 보내고, 이모가 내일 우리를 데리고 집까지 운전해 줄 예정이었다. 모든 일이 주도면밀하게 계획되어 있었다.

의사가 사회복지사 한 명과 함께 들어왔고, 두 사람은 이 수술이 진정으로 내가 원하는 것인지를 물었다. 나는 입을 제대로 움직일 수 없었다. 혹시 속으로는 나를 얕보고 멸시하고 있는 것이 아닐까, 저 사람들은 왜 이런 곳에서 일할까 하는 의문도 들었다. 엄마는 내 손을 잡고는 내가 지금 아주 용기 있는 행동을 하고 있다면서 주말쯤에는 다시 학교로 돌아갈 수 있고, 모든 것이 다 정상적으로 돌아갈 것이라고 했다. 그렇지만 엄마는 일어나면서 내게 작별 키스를 하지 않았다. 작별 키스를 했다면 나는 엄마 목에 팔을 두르고 꼭 안았을 것이다. 그리고 너무나 두려웠기 때문에 같이 있어 달라고 말했을 것이다.

침대는 높고 시트는 너무 빳빳해서 마치 엽서 두 장 사이에 누워 있는 듯했다. 나는 눈을 꼭 감은 채, 무릎이 바로 턱 아래에 닿을 만큼 웅크리고 옆으로 누운 채, 아가야, 네가 어떻게 생겼을까 떠올리려 애써 보았단다. 넌 이제 12주가 되었겠구나. 너는 아마도 작은 분홍색 올챙이 모양을 하고 있을 거야. 여기 오기 전에 의학 서적을 찾아봤거든. 넌 대략 9센티미터 정도 될 테고, 몸무게는 14그램쯤 나가겠지.

나는 녑의 등 위에서 인형처럼 아무렇게나 팽개쳐지는 내 모습을 생각해 보았고, 나에게 매달렸을 아주 조그만 너도 떠올려 보았다. 아무것도 생각하지 못하고 아무것도 알지 못한 채 너는 그냥 그렇게 필사적으로 매달려 있었겠지.

온통 정적에 휩싸인 그곳에 누워 있으면서, 아가야, 나는 그렇게 악착같이 매달려 있는 것은 네가 아니라 바로 나인 것처럼 느꼈단다. 네가 나의 작은 일부인 것처럼 말이야. 그리고 너는 내가 절대 이해하지 못할 무엇인가를 알고 있을 거라고 느꼈어. 그러자 내가 마치 한 사람이 아니라 두 사람이 된 듯했어.

내가 진정으로 무서워하는 것이 무엇인지, 내 두려움의 본질을 알아내려 애쓰면서 내 속의 아기를 생각하고 있을 때 간호사가 카트를 밀고 들어왔다. 예상보다 훨씬 더 빨리. 난 아직 준비가 되지 않았는데…… 간호사는 아무 말 없이 주사기를 형광등 쪽으로 들었고, 나는 온몸이 후끈후끈 달아오르며 잔뜩 겁에 질렸다. 너무나 당혹스럽고 금방이라도 울음이 터져 나올 것 같았다. 내가 무슨 주사냐고 묻자, 그녀는 곧 수술을 받게 될 것이라고 했다.

크리스가 보고 싶었다.

간호사에게 누구와 급히 할 얘기가 있다고 하자 그녀는 내게 진정하고 가만히 있으라고, 1분도 안 걸릴 테고, 아프지도 않을 것이고, 모든 것이 금방 끝날 것이라고 말해 주었다. 그녀의 말과 내 목소리가 머릿속에서 윙윙 울렸지만 말은 나오지 않았다. 나는 큰 소리로 흐느끼며 간호사의 어깨를 밀쳐 버렸다. 그녀는 내가 그렇게 누군가와 얘기를 해야겠다면 그 사람을 데려오는 것이 낫겠다며 방을 나갔다. 나는 그제야 다시 숨을 쉴 수가 있었다. 나는 침대를 빠져나와 슬리퍼를 신었다. 내 옷장에는 헝겊으로 된 쇼울더백과 화장품 가방뿐이었다. 나는 가방들을 챙겨 들고 방에서 빠져나왔다. 처음에는 화장실로 가서 숨어야겠다고 생각했지만, 간호사가 누군가와 얘기를 하면서 복도를 내려오는 소리를 듣고는 곧장 화장실을 지나쳐 버렸고, 곧 접수 창구에까지 나왔다. 마침 접수처의 여직원은 등을 돌리고 파일 캐비닛에서 뭔가를 찾고 있었고, 나는 곧장 그 앞을 지나서 문을 빠져나와 주차장으로 들어갔다. 자동차 열쇠는 쇼울더백에 있었지만, 손이 덜덜 떨려서 가까스로 자동차 문을 열 수 있었다. 나는 차를 몰고 도로로 들어섰다. 언젠가 흑백 장면으로 시작하다가 강렬한 색채로 바뀌는 영화를 본 적이 있다. 별안간 나뭇잎들이 짙은 푸른색을 띠었고, 집집마다 정원에는 진홍빛 튤립들이 선명한 빛깔을 뿜어내고 있었다. 신호를 받고 차가 잠깐 멈춰섰을 때, 옆 차에 타고 있던 여자가 나를 힐끔 보더니 옆 사람에게 뭐라고 말하고는 둘이 함께 나를 바라보고 웃음을 터뜨렸다. 그럴 만도 했다. 나도 그들에게 미소로 답했다. 내가 입고 있는 잠옷 같은 환자복이 마음에 들긴 하지만, 평상시에 잘 때는 긴 티셔츠를 입는다고 말해 주고 싶었다. 왜 운전하기가 그렇게 힘든가 했더니 부드러운 슬리퍼 밑창이 너무 얇기 때문이었다. 나는 카세트를 틀고, 차창을 내리고, 노래를 불렀다.

집에 도착해서 밑창 얇은 슬리퍼로 마당에 깔린 자갈 위를 걸을 때가 제일 힘들었다.

일단 목욕을 했다. 아래층에서 음악을 아주 크게 틀어 놓고, 목욕탕 문은 열어 놓았다. 아가야, 네가 음악을 좋아하면 좋겠는데.

그러고 나서 1950년대 복고풍 매장에서 구입한 예쁜 자색 벨벳 스커트를 꺼내 입었다. 얼마 후면 아마 입지 못하게 되겠지. 그러고는 아빠를 만나기 위해 도서관으로 차를 몰았다. 아빠는 지역연구 도서 서가

쪽에서 책을 찾는 학생을 돕고 있었다. 아빠를 보자 다시 내 마음이 불안해져 왔다. 아빠가 나를 봐 주길 기다리면서, 자리에 앉아 아빠를 바라보았다. 아빠는 뒷짐을 진 채, 마치 피아노 악보를 연습하는 것처럼 손가락을 하나하나 움직이고 있었다. 어쩌면 마음속으로 피아노를 치고 있는지도 모른다. 아빠의 몸은 구부정하니 너무 말랐다. 아빠는 늘 조용했다.

학생이 무슨 재미있는 얘기를 했는지 아빠는 입을 손으로 가리고 가볍게 헛기침을 하다가 나를 발견했다. 아빠는 양해를 구한 뒤, 마치 발끝으로 걷는 듯이 아무 소리도 내지 않고 나에게 다가왔다.

"웬일이냐?"

나는 아빠에게 자동차 열쇠를 건넸다.

"엄마는 팻 이모 집에 있는데 곧 아빠에게 전화하실 거예요. 아빠가 오셔서 엄마와 함께 집에 가셨으면 할 거예요."

"통 무슨 얘기를 하는지 모르겠구나. 엄마는 너랑 같이 며칠 이모 집에 있다 오겠다고 했는데."

아빠가 아무 말 없이 그냥 자동차 열쇠만 받아 주면 얼마나 좋을까. 하지만 아빠의 얼굴은 질문으로 가득 차 있었다. 할 수 없었다.

"전 팻 이모 집에 가지도 않았어요. 저는 아기를 낳을 거예요."

아빠가 너무나 경악한 듯이 보여 나는 두 손으로 아빠의 손을 잡고 낙태 시술 병원에 대해 말했다. 아빠는 한쪽 손으로 내 턱을 치켜들고는 마치 처음 보는 사람처럼 나를 내려다보았다. 너무나 당혹스럽고 걱정스러운 표정이었다. 마치 내가 위로를 하고 있는 입장처럼 느껴졌다.

언젠가부터 도서관 사서가 와서 아빠 뒤에서 서성이고 있었는데, 아빠는 그걸 눈치 채고 나서야 내 얼굴에서 손을 떼었다. 사서는 엄마에게서 전화가 왔다고 알려 주었다. 아빠는 나를 돌아보지도 않고, 그녀를 따라갔다.

도서관을 빠져나왔을 때는 3시쯤이었다. 나는 공원을 가로지르는 지름길을 통해 크리스가 다니는 학교로 걸어갔다. 공원에는 유모차를 끌고 나온 젊은 여자들로 가득했다. 내 생애 그렇게 많은 유모차를 본 적은 없었다. 여자들은 서로 지나치면서 끼리끼리 무슨 음모라도 꾸미듯, 마치 무슨 비밀 집단의 단원들인 듯 은밀한 미소를 나누고 있었다.

크리스는 제일 나중에 고3 건물을 빠져나오는 학생들 속에 섞여 있었다. 밤에 한잠도 못 잔 듯, 초췌한 얼굴로 혼자서, 가방을 어깨에 걸친 채 고개를 푹 숙인 채로. 마치 아주 먼 곳에 있는 사람처럼 느껴졌다. 내가 부르지 않았더라면 나를 그냥 지나쳐 갔을 것이다. 나를 보자 크리스의 얼굴은 새하얘졌다. 나는 다가가서 크리스가 가방을 내려놓기를 기다렸다. 그리고 그의 팔이 나를 감싸 안았을 때, 나는 얘기했다.

아가야, 이젠 너를 떠나보내지 않을 거야.

"이제 우리 어떻게 하지?"

그것이 내가 말할 수 있는 전부였다. 헬렌이 "나도 모르겠어. 네가 생각 좀 해 봐."라고 말하자, 나는 둘이 같이 더비서 들판에 있는 우리만의 동굴 속으로 도망가 살자고 얘기했다. 물론 농담이었고, 헬렌이 웃기를 바라는 마음이었다.

"너의 문제는 바로 그거야, 크리스. 너무 낭만적이라고. 이 문제에 대해서는 현실적으로 생각해야 해."

헬렌의 목소리는 피곤하고 지쳐 있었다. 지옥같이 힘든 하루를 보냈으니 그럴 만했다.

"나한테 20파운드 정도가 있어. 이제 8월이면 내 생일이잖아. 그러면 여름에는 일자리도 구할 수 있을 거야."

그렇게 말은 했지만 이곳에서 마땅한 일자리를 구하는 것은 하늘에서 별 따기였다. 여름에는 고사하고 1년 내내 일자리를 구하지 못하는 사람들이 허다했다. 아무 일이든 일자리를 잡으려면 남쪽으로 내려가야 하는데, 그러면 숙식은 어떻게 한단 말인가.

"그리고 그 다음에는?"

헬렌이 낮은 목소리로 물었다.

"아기가 태어나면? 그때는 우린 어떡하지, 크리스?"

그날 밤 집으로 돌아왔을 때, 아버지와 가이는 방 안에서 오래된 사진첩을 함께 보고 있었다. 대부분 내가 태어나기도 전에 돌아가신 할아버지와 할머니의 사진들이었다. 거기에는 아버지의 어린 시절 모습이 담긴 사진도 몇 장 있었다. 나는 고양이 의자에 털썩 주저앉아 사진을 분류하는 두 사람을 바라보았다. 아버지는 가이에게 사진들을 설명해 주고 있었다. 전에도 여러 차례 들은 이야기들이었다. 아버지와 가이의 목소리를 스쳐 들으며 나는 반쯤 잠든 듯이, 아니 반쯤 물 속에 잠긴 듯이 있었다. 그들의 목소리는 마치 물 위를 떠다니는 나무토막처럼 나를 수면 위에 둥둥 떠 있게 만드는 것 같았다.

"내가 네 나이였을 때는 정말 널 닮았구나. 크리스, 이 사진 한번 봐라."

아버지가 말했다.

나는 아무것도 보고 싶지 않았다. 보기는커녕 눈을 뜨고 싶지도 않았다. 가이가 무릎으로 기어 와서는 내 팔을 끌어당겼다. 보지 않아도 아버지가 말하는 사진이 어떤 것인지 알고 있었다. 군복을 입고 입대를 하는 아버지의 모습을 할아버지가 찍은 것이었다. 머리를 짧게 자르고 자랑스럽고 득의양양한 웃음을 짓고 있었다. 정말 나랑 닮은 모습이었다. 나는 그 사진을 볼 때마다 그 사람을 한 어른으로 생각하려 했지만 아니었다. 앳된 얼굴과 수줍은 미소를 지닌 소년일 뿐이었다.

"이 사진은 전쟁중에 찍은 거예요?"

"하하, 이런. 내가 그렇게 나이를 많이 먹은 것 같으냐? 게다가 전쟁터에 가서 몸이 갈기갈기 찢어질지도 모른다고 생각하면 어떻게 입이 찢어지도록 웃고 있겠어, 안 그래?"

아버지는 몸을 굽혀 사진을 다시 받아들고는, 마치 과거에서 온 그 소년의 얼굴을 매만지듯 손끝으로 사진을 쓸며 주의 깊게 들여다보았다.

"참, 나도 모르겠다. 꼭 다른 사람 같구나. 그 시절에는 세상이 전부 내 것인 양 마냥 의기양양했는데. 크리스 너처럼 말이다."

아버지가 웃으며 말했다. 나는 눈을 감았다.

"그래도 나는 너처럼 그렇게 좋은 기회들을 누리지 못했지."

아버지는 계속 말했다. 나는 아버지의 목소리에서 점점 멀리 표류하고 있었다.

"그런 기회를 최대한 누려라. 한번 지나간 것은 다시 시작할 수 없으니까."

이름 없는 너에게

엄마가 팻 이모 집에서 돌아왔을 때, 엄마는, 그러니까 너의 할머니가 되겠구나, 마치 모르는 사람처럼 나를 그냥 지나쳐 가 버렸다. 부엌에 앉아서 엄마가 오기를 기다렸다가, 밖에 차가 도착하는 소리를 듣고 나는 곧장 문을 열러 나갔다. 엄마에게 잘 보이려고 몸단장을 좀 하고 차를 끓일 준비까지 해 놓았는데…… 하지만 엄마는 나를 그냥 지나쳤고, 위층으로 올라가면서도 여전히 나를 외면하고 말했다.

"넌 정말 날 실망시키는구나, 헬렌."

엄마가 실망할 줄 알았지만 나는 그렇게 해야만 했다.

엄마가 들어오고 얼마 뒤에 아빠가 자동차 열쇠를 손가락에 건 채로 들어왔다. 아빠는 나를 보며 걱정스럽다는 표정을 짓고는 피아노 방으로 들어갔다. 그 안에서 두문불출하고 음악으로 모든 걸 잊기 위해서였다. 그것이 아빠의 도피 방법이었다. 나의 도피 방법이기도 했지만, 지금은 아니었다. 나는 아빠를 따라 들어가서 아빠보다 먼저 피아노 의자에 앉아 버렸고, 아빠의 얼굴을 똑바로 쳐다보았다.

"엄마가 뭐라고 하세요?"

내가 물었다.

"엄마는 아주 속이 상해 있어, 헬렌."

"물론 그러시겠죠. 그런데 제 말 뜻은 엄마가 절 여기서 살게 해 주시겠느냐는 거예요."

"아니, 이런. 그럼 엄마가 너를 길바닥으로 쫓아내기라도 할 거란 말이냐?"

아빠는 적이 놀라면서 대답했다.

"하지만 여기서 내가 아기와 함께 사는 것을 엄마가 허락하실까요?"

"너 설마 네가 아기를 키울 생각은 아니겠지, 응?"

아빠가 애원조로 물었다.

또 다시 울음이 터져 나올 것만 같았다. 이제 나는 영원히 울음을 멈출 수 없는 걸까? 이 모든 것은 끝이 없는 걸까? 내가 내쉬는 숨이 짧은 흐느낌이 되어 나왔다. 차라리 말을 하지 않는 것이 나았는데. 나는 아빠에게 등을 돌리고는, 피아노 뚜껑을 열었다. 아빠가 으레 하는 버릇이었고, 나 역시 어쩔 수가 없었다. 아가야. 네가 내 몸 안에 존재하듯이, 나의 피와 호흡이 내 일부이듯이, 그것은 내 안에 존재한다. 나는 피아노를 치기 시작했다. 무슨 음악인지도 알지 못한 채, 손이 가는 대로 연주하고 있을 뿐이었다. 파도 소리처럼 울리는 곡조 속에서 아빠의 말소리가 들렸다.

"너처럼 음악학교에만 갈 수 있었다면 난 무슨 희생이라도 했을 거다. 네가 그걸 알기나 해?"

나는 아빠가 그렇게 분노해서 언성을 높이는 것을 본 적이 없었다. 아니, 분노라기보다는 슬픔이었는지도 모른다.

더는 듣고 싶지 않았다. 나는 검은색 건반 위로 손을 굴렸다.

"너는 지금 네 인생을 스스로 망치고 있지 않니!"

5월

 그 후로 나는 모든 시간들을 헬렌과 함께하고자 노력했다. 낙태 클리닉에 다녀오고 나서 일주일 가량은 우리가 함께했던 시간들 중 최고의 나날들이었다. 우리는 서로에게 결속되어서 마치 한 사람이 된 듯했다. 우리에게 미래와 과거는 딴 세상의 일이었다.

"그런데 우리 앞으로는 어떡하지?"

가끔씩 헬렌이 나에게 묻거나 혹은 내가 헬렌에게 묻곤 했지만, 대답은 언제나 모르겠다였다. 세상은 아직 우리가 들어가기엔 너무도 무섭고 광활한 곳이었다.

"하지만 무슨 일이 있어도 우린 항상 함께 있을 거야. 그것만은 확실해."

헬렌의 집을 방문하는 것도, 전화를 거는 일도 허락되지 않았다. 그러나 나는 헬렌과 더 많은 시간을 보내고 싶었다. 그래서 어느 날 오후 수업을 마치고 집으로 가는 로비를 만났을 때는 뇌물을 줘서 헬렌에게 메시지를 전하려고도 해 보았다. 로비는 조심스러워 보였다. 이미 엄마로부터 철저한 교육을 받은 모양이었다.

"내가 초콜릿 줄게."

내가 조건을 제시하자 로비는 누그러지기 시작했다.

"이건 정말 중요한 비밀 임무야, 로비. 그리고 네가 이 일을 해낼 수 있는 유일한 사람이야."

나는 헬렌에게 5월 15일 8시에 기차역에서 만나 달라고 전했다. 그렇지만 실제 그곳에서 헬렌을 보았을 때 나는 내 눈을 믿을 수가 없었다. 헬렌은 신문 가판대 옆에 서서, 토머스 하디의 소설을 읽고 있었다.

"긴장되니?"

우리가 탈 기차가 들어올 때, 헬렌이 나에게 물었다.

"지독하게 많이."

"걱정 마. 괜찮을 거야."

기차는 사람들로 붐비고 시끌벅적했다. 맨체스터에서 내려서 기차를 갈아타게 된 것이 다행이었다.

"너라면 어떻겠어?"

이번에는 내가 헬렌에게 물었다. 헬렌은 미소를 지었다.

"글쎄, 그렇게 끔찍하지는 않을 것 같아."

우리는 각자 자신의 생각 속으로 빠져든 채, 손을 잡고 플랫폼에 서서 앞을 보고 있었다.

우리는 칼라일로 가는 기차를 타고 있는 동안 내내 손을 잡고 있었다. 헬렌의 몸은 아직 그렇게 표시가 나지 않았다. 사람들은 헬렌에게 뭔가 다른 점이 있다는 것을 전혀 눈치 채지 못했을 테지만 우리는 알고 있었다. 그것은 가끔씩 서로 쳐다보지도 않은 채 서로의 손을 꼭 잡게 만드는, 우리만의 비밀이었다. 쳐다보지 않고 손만 잡고도 상대방의 차분하고 따뜻한 느낌이 전해 오는 것은 참으로 특별한 경험이었다. 처음 헬렌을 만났을 때 나는 그녀의 다정하고 침착한 점이 마음에 들었다. 변덕이 심하고 쉽게 삐치는 여자애들에게서는 볼 수 없는 무언가 한결같은 데가 있었다. 나는 잘 삐치거나 골을 내는 여자애들을 좋아하지 않는다. 하지만 얼마 지나지 않아 나는 내가 헬렌을 좋아하는 가장 큰 이유는 바로 그녀의 미소라는 것을 알았다. 헬렌은 조금은 자기 아빠처럼 사뭇 진지한 데가 있었다. 그래서 헬렌은 다른 사람이 자기에게 말을 할 때, 마치 그 사람의 마음까지 읽으려고 애쓰는 듯 그 사람을 조용히 살펴보곤 하는데, 어떤 때는 그게 좀 겁이 날 때도 있었다. 그래서 더 이상 내 마음을 들키지 않기 위해 실없는 농담이라도 할라치면, 그 애는 갑자기 미소를 지으며 딴사람이 되어 버린다. 헬렌이 웃을 때면 그렇게 예쁠 수가 없다. 그런데 최근 몇 주 동안, 헬렌은 별로 웃지 않았다. 눈은 긴장되고 두려움에 차 어디 아픈 사람 같았다. 나는 그것이 너무 싫었다. 바로 내가 헬렌을 그렇게 만들었다는 것을, 그 예쁜 미소를 빼앗아 버렸다는 것을 나는 알고 있었다. 하지만 헬렌은 이제 다시 괜찮아 보였고 행복해 보였다. 내가 손을 잡았을 때 헬렌은 차창 밖을 응시하고 있었지만 나는 헬렌이 미소를 짓고 있다는 것을 알고 있었다. 나는 책을 읽고 있었지만 마음은 들떠 있었다. 헬렌의 손을 잡을 수밖에 없었다. 나는 언제나 헬렌을 만지고 싶었다.

헬렌은 집에서 어떤 일들이 벌어지고 있는지 말하지 않았다. 물론 나는 더 이상 그곳에 가는 것이 허락되지 않았다. 아주 솔직하게 이야기한다면, 아마 헬렌의 엄마는 나를 죽이고 싶은 심정일 것이다.

헬렌의 부모님은 낙태 클리닉에서의 일 직후 아버지를 만나기 위해 우리 집에 왔었다. 마침 내가 집에 없을 때였다. 천만다행한 일이었다. 그때 나는 하기 싫은 것을 억지로 참고 비를 맞으며 축구 심판을 보고 있었는데, 집으로 돌아왔을 때는 두 분이 가고 난 뒤였다. 오래 머물지는 않은 것 같았다. 앨리스 가튼 부인은 하고 싶은 말들을 미리 준비해 와서는 숨 한 번 쉬지 않고 퍼부어 댔고, 화가 머리끝까지 나 있었다고 했다. 가튼 씨는 계속해서 목청을 가다듬으면서 안경을 벗어 넥타이에

닭고만 있었다. 아버지는 그냥 앉아서 듣기만 했다. 내가 집에 도착했을 때에도 아버지는 계속 그 자리에 앉아 있었다. 텔레비전은 아무 소리도 내지 않은 채 켜져 있었다. 아버지는 방 한 모퉁이에서 미친 듯이 번쩍거리는 그 물체를 물끄러미 보고만 있었다. 아직도 눈송이가 붙은 겨울 코트에 감싸져 있는 듯, 싸늘하고 무거운 침묵이 아버지 주위를 휩싸고 있었다. 나는 가튼 씨 부부가 왔다 갔다는 것을 금방 알아챌 수 있었다. 내 방으로 곧장 가려고 했지만, 아버지가 손을 살짝 들어 보였을 때 고양이 의자 끝에 걸터앉을 수밖에 없었다.

"왜 말하지 않았니? 그 여자가 여기 와서 내내 소리 지르다 갔다. 이제 네가 헬렌과 결혼해야 한다고 말하더라. 도대체 무슨 일이냐?"

"말하고 싶었어요."

목에 개구리가 걸려 있기라도 한 듯 말이 나오지 않았다. 나는 진짜 개구리가 내 목구멍에 웅크리고 앉아서 눈을 끔벅이고 있는 장면을 상상했다.

"남자들은 말이다, 원하기만 하면 일을 벌려 놓고도 도망칠 수 있지. 아니면 적어도 그럴 수 있다고 생각하든지."

텔레비전 화면은 우리에서 탈출하고자 절망적으로 몸부림치는 짐승처럼 그악스럽게 번쩍였다. 나는 목청을 가다듬었다.

"그러고 싶지는 않아요."

"그렇다면 어떻게 할 작정이냐? 나이 열여덟 살에 둘이 결혼이라도 하겠다는 말이냐?"

결혼, 그리고 어딘가에서의 단칸방. 내가 아버지보다 더 나이 든 중년이 될 때까지 매달 부어야 하는 주택부금. 생각만 해도 겁이 더럭 났다. 다시 태어난다면 어떨까? 다시 태어나면 모든 것을 바로 돌릴 수 있을까?

"네가 원하는 게 뭐냐? 대학은 어쩔 거야? 뉴캐슬 대학은 어쩔 거냐고?"

나는 눈을 감았다. 제발 좀 그만 했으면.

"헬렌과 같이 가려고 생각하는 건 아니겠지, 그렇지? 그럼 그 애가 가족이나 친구들을 다 떠나야 하는 거잖니. 그래 봤자 뉴캐슬 대학 한복판의 기숙사 침실에 갇혀서 도대체 무엇을 할 수 있겠니? 그것도 혼자가 아니라 갓난쟁이랑."

개구리가 다시 내 식도를 사정없이 기어오르고 있었다.

"걔 머리 좋고 아주 똑똑한 애잖니, 헬렌 말이다."

"네. 공부도 썩 잘하고 아주 똑똑해요."

"그런데 넌 걔가 모든 걸 내팽개치기를 기대하는 거냐? 도대체 무슨 생각을 하고 그런 짓을 했니?"

모든 것이 몽롱해지고 있었다. 텔레비전의 번쩍이는 빛만 날카롭게 내 눈을 어지럽히고 있었다.

"그 아이 엄마는 네가 그 애와 결혼을 하든지 아니면 다시는 근처에 얼씬도 말라더라. 당연하지. 엎지른 물은 다시 담을 수 없는 거야."

나는 따뜻함과 위안을 얻기 위해 손을 뻗어 고양이를 어루만졌다. 고양이는 아주 살살 내 손가락을 깨물어 주었다. 나는 손가락을 조심스럽

게 빼내며 일어났고, 아버지도 같이 일어났다. 아버지는 텔레비전을 끄
고 나에게로 다가왔다. 오래 전 직장에서 다친 다리 때문에 아버지는
아주 조금 다리를 절룩거렸다. 내가 어렸을 때 몇몇 친구들은 우리 집
에 들어오는 것을 무서워했었다. 아버지는 고개를 가로저으며 내게 다
가왔다. 나는 움찔 놀라서 뒤로 물러나려 했지만 아버지는 어쩔 수 없
다는 듯, 팔을 내 어깨에 둘렀다.

"내가 네 편이 아니라고 생각하지는 마라."

아버지가 말했다.

그때도 난 엄마가 필요했다.

5월 15일
이름 없는 너에게

크리스와 함께 거길 가다니 내가 분명 정신이 어떻게 되었던 모양이
다. 그렇지만 그렇게 해서라도 크리스와 좀더 함께 있고 싶었다. 사실 학
교는 오랫동안 가지도 않았는데 엄마한테는 학교에서 견학을 가는 것처
럼 둘러댔다. 엄마한테 거짓말하고 싶은 생각은 추호도 없었지만 할 수
없었다. 엄마는 진실을 터놓고 말할 수 있는 그런 사람이 아니니까. 어쨌
든 대부분의 경우엔 그렇다. 도대체 들으려고 하질 않아. 아가야, 엄마는
너에 관한 얘기도 듣고 싶어 하지 않는단다. 우리 사이에서 너는 마치 존
재하지 않는 것과도 같아. 너와 관계된 얘기는 전혀 하지 않거든.

너에 대해 얘기를 하지 않으니까 우리는 아무런 얘기도 안 하는 거나 마찬가지다. 난 이제 엄마가 없는 것이나 마찬가지다.

집에서도 서로 모르는 사람인 양 그냥 지나쳐. 식사도 혼자 내 방에서 하고. 식탁에 앉아도 무슨 말을 해야 할지 잘 모르겠고, 아래층에서의 어색한 분위기를 견딜 수가 없다. 가족에게서 따돌림 받는다고나 할까. 아빠는 마치 내가 유리로 만들어진 사람이라도 되는 것처럼, 계속해서 내 기분이 어떤지 묻고, 의자에 앉을 때면 등 뒤에 쿠션을 받쳐 주기도 한다. 하지만 아빠는 이제 내가 피아노를 칠 때 옆에서 허리를 굽히고 왼손으로 장난스럽게 쇼팽을 연주하거나 또 크리스를 화제로 나를 놀리지도 않고, 부엌에서 오래된 래그타임 레코드를 틀어 놓고 우스꽝스럽게 탭 댄스를 추면서 한껏 행복해하거나 그러지도 않는다.

전부 내 탓이다.

그래서 크리스가 자기 엄마를 만나러 칼라일에 가자고 했을 때 난 동의했다. 좀 앞뒤가 안 맞는 말인지 모르지만, 갔다 오면 나와 엄마의 관계에도 도움이 될지 모른다고 생각했으니까.

엄마의 집이 있는 길목에 들어서자 크리스는 정말 많이 긴장하는 것 같았다. 그대로 돌아서서 다음 기차를 타고 그냥 집으로 돌아가고 싶은 눈치였다.

"다른 사람들이 보면 무슨 대수술이라도 받을 사람인 줄 알겠다."

그렇게 놀리기는 했지만 나는 크리스의 기분을 충분히 이해할 수 있었다. 아가야, 너는 절대로 낯선 사람처럼 내게서 멀어지면 안 돼.

크리스의 엄마는 담배를 피웠다. 그것 때문에 처음 만날 때부터 그다지 좋은 인상은 아니었다. 문을 열어 주러 현관에 왔을 때에도 숨 쉴 때마다 담배 냄새가 났고, 옷에도 담배 냄새가 배어 있었다. 사실, 정말지독했다. 모습은 정말 아름다웠지만 냄새는 영 아니었다. 그래서 다른한편으로는 그녀를 만나는 것에 대해서 마음을 놓을 수 있었다. 처음만나는 자리에서 우리에게 잔소리를 한다거나 이래라저래라 할 수 없다는 것을 알았으니까. 난 니코틴을 펌프질하듯 들이마시거나 공기를더럽히는 사람들은 남들에게 어떻게 살라고 명령할 권리가 없다고 생각한다. 그렇기 때문에 그녀에게서 담배 냄새를 맡는 순간 나는 자신감이 생겼다. 난 아무도 네게 그런 기분 나쁜 연기를 뿜지 못하게 할 거야. 가만히 있지 않을 거라고.

크리스의 엄마는 크리스 아버지보다 훨씬 더 젊어 보였다. 진한 화장을 하거나 신경 써서 옷을 잘 차려입은 건 아니었지만, 남자아이처럼 짧게 자른 머리에 아주 크고 검은 눈을 가진 아름다운 여자였다. 이제 보니크리스는 자기 엄마의 눈매를 많이 닮은 것 같다. 크리스의 엄마는 건강하고 행복해 보였는데, 아마 등산하러 다니면서 상쾌한 공기를 많이 마셔서 그런지도 모른다. 담배를 피우는 것은 좀 유감이었지만. 솔직히 그점만 뺀다면 그녀를 좋아했을지도 모르겠다. 크리스는 엄마와 함께 있어서 정말 신나 보였다. 얼굴에서 웃음이 떠나지 않았고 머리를 계속 만지작거렸다. 크리스가 하도 머리를 만져서 머리 한가운데가 삐죽 섰을때는 매만져 주고 싶을 정도였다. 크리스의 엄마도 그렇게 느꼈을까.

크리스 엄마의 남자 친구도 함께 있었다. 스태니지 산정에서 보아 온 다른 등산객들과 비슷해 보였다. 회색빛이 나는 턱수염을 기른 것까지. 그와 비슷하게 생긴 사람들이 어깨에 로프를 두르고 온갖 종류의 고리와 아이젠 따위를 길게 늘어뜨리고 쩔렁거리며 다니는 것을 본 적이 있거든.

날씨가 무척 더워서 그는 반바지를 입고 있었는데 다리에 털이 정말 많았다. 다리뿐만 아니라 온몸에 털이 많은 게 분명했다. 그가 자리에 앉으려고 할 때 무릎 바로 밑에 정맥들이 아주 작은 포도송이처럼 엉켜 있는 것이 보였다. 그는 내가 보는 걸 알아채고는 얼른 손으로 그쪽을 가렸다.

나는 그냥 앉아 있기가 어색하고 불편해서 집 안을 돌아다녔다. 그녀는 크리스를 계속해서 크리스토퍼라고 불렀다. 그리고 마치 크리스도 모르는 사실을 자신이 새로 발견했다는 듯, 크리스의 키가 정말 크다고 연거푸 말했다. 그리고 가이는 잘 지내는지, 학교 생활은 잘하고 있는지, 심지어는 고양이까지 안부를 물었다. 그런데 크리스의 아버지에 대해서는 말도 꺼내지 않았다. 도대체 두 사람 사이에 어떤 일이 있었던 걸까? 내겐 두 사람이 함께 있는 것보다 떨어져 있는 게 더 익숙했지만 그들도 한때는 서로 사랑하는 사이였을 텐데. 한때는 사랑에 빠졌다가도 멀어지고, 그 사랑이 증오로 변할 수도 있다는 사실이 이해하기 힘들다. 이야기를 듣거나 소설을 보면 이 세상에서 제일 사랑했던 사람이 도리어 제일 큰 상처를 줄 수 있다는데, 그 사실도 받아들이기 힘들고.

예를 들어 우리 엄마랑 아빠도 어떻게 부부가 되었는지 모를 일이다. 아빠가 행복해 보일 때는 책을 읽거나 피아노를 칠 때뿐이다. 난 엄마와 아빠가 키스를 한다거나 손을 잡고 서로에게 귓속말을 주고받는 것을 상상할 수조차 없다. 틀림없이 그분들도 한때는 그런 행동을 했을 텐데. 그렇게 따지면 도대체 사랑이 무엇인지 모르겠다. 어떻게 해서 사랑이라는 게 거대한 파도처럼 한 사람을 압도해서, 숨도 못 쉬고 꼼짝달싹 못하게 만드는지 알 수가 없다. 그러니까, 난 요크서에 있는 수천 명의 남자들 중의 그 누구하고도 사랑에 빠질 수 있었는데, 하고많은 사람 중에 크리스를 사랑하게 되지 않았는가. 크리스를 만나기 전까지만 해도 내 머리는 이런저런 생각으로 가득했는데, 이제는 하루 온종일, 그 어떤 순간에도 크리스만 생각하고 있다는 게 신기할 뿐이다. 가끔 난 나 자신이 피와 살과 뼈로 만들어진 것이 아니라 헤아릴 수 없을 만큼 많은 미세한 유리 조각들로 이루어진 것 같다는 생각이 들 때가 있다. 그래서 이 조각들은 하나하나가 한쪽은 나를 비추고, 또 다른 쪽은 크리스를 비추면서 마치 햇빛 속에 떠다니는 먼지처럼 계속 돌고 또 돌고 있는 것이다. 하지만 나는 겉으로는 그저 평상시처럼 살아가고 있고, 다른 사람들은 내게서 아무런 변화도 눈치 채지 못한다.

크리스가 자기 엄마와 얘기를 하는 내내 나는 마치 그의 머리 안에 쭈그리고 앉아 있는 듯, 크리스처럼 긴장감과 어색함, 그리고 행복감을 모두 동시에 느끼고 있었다. 난 집 안을 돌아다니면서 그녀의 사진들을 구경했다. 벽 위에는 온갖 사진들이 진열되어 있었는데, 그 중 사진 한

장에 대해 크리스의 엄마에게 물었더니 가지라고 했다. 험준해 보이는 기다란 산맥이 호수까지 연결되어 있는 풍경이었다. 크리스 엄마는 그 산이 레이크 지구에 있는 더웬트워터 위쪽의 캣벨스 지역이라고 설명해 주었다. 웅장하면서도 평화로운 분위기의 풍경이었는데, 호수 위로 산과 하늘이 거꾸로 비춰져서 아래위가 똑같은 이중 그림 같았다. 그렇게 썩 마음에 드는 사진을 주다니 크리스 엄마가 고마운 생각이 들었다.

아가야, 난 그곳에 가고 싶지만, 네가 태어나서 함께 갈 수 있을 때까지 기다릴 거야. 우습지? 요즈음은 무슨 생각을 해도 네가 늘 거기에 있단다. 언젠가 보트를 타고 노를 저어 그 호수 한가운데까지 너를 데리고 가 줄게. 그러면 너는 그곳에 있는 산등성이와 폭포들을 구경하겠지? 그때 나는 "아가야, 이건 모두 너를 위한 거란다. 난 네게 이 세상을 줄게."라고 말할 거야.

앞으로 무슨 일이 생길지는 짐작조차 할 수 없다. 그렇지만 왠지 그 사진은 아무것도 존재하지 않는 이 어두운 절벽 반대편으로 나를 데려다 줄 수 있는 다리인 것만 같이 느껴졌다.

그 집에 가는 동안, 크리스는 콩 수프가 아주 맛있다느니, 아니면 방학에 이런저런 일을 할 거라느니 그런 얘기를 하려고 그 먼 데까지 가는 것은 아니라면서 자신의 삶에 있어서 가장 중요한 것들에 대해서 말하고 싶다고 했다. 크리스가 그 얘기를 할 때 나는 한참을 웃었지. 그렇지만 잠시 동안이나마 아기와 함께 내가 따뜻하고 안전해지는 느낌이 들었다. 난 가끔씩 크리스가 그런 식으로 행동하면 놀려 주곤 한다. 크리스가 지나치게 낭만적인 행동을 할 때는 참지 못하고 무안을 주기도 하는데, 그럴 때 그가 나를 쳐다보는 눈길을 다른 사람이 볼까 봐 당황스러워지곤 한다. 그렇지만 기분은 썩 나쁘지 않다.

그런데 수프가 정말 콩 수프였다. 크리스 엄마가 콩 수프를 내올 때 난 크리스를 쳐다볼 수가 없었다. 하지만 양파와 두꺼운 빵 조각이 듬뿍 들어 있는 갈색의 콩 수프는 정말 맛있었다. 수프를 먹는 중에 크리스의 엄마가 "그래, 너희들은 겨울 방학에 뭘 할지 정해 놓았니?"라고 물었다. 별 뜻 없이 그냥 대화를 이끌어내 보려고 한 말이었을 것이다. 크리스가 웃으며 잠시 대답하기를 주저하는 동안 내가 불쑥 말해 버렸다.

"전 아무 데도 안 갈 것 같아요. 가을에 아기를 낳을 거거든요."

지금 생각하면 수프를 다 먹을 때까지 기다려야 했다.

그녀는 "아, 그러니."라고 말하고 나서는, 마치 꿰뚫어보려는 듯 우리를 번갈아 가며 계속 바라보았다. 어떤 이들은 감정이 얼굴에 그대로 드러나는데 그녀는 도대체 무슨 생각을 하고 있는지 알 수 없었다. 내가 그 얘기를 할 때 그녀의 남자 친구는 막 수프를 한 숟가락 입에 넣는 참이었는데 그만 사레가 들려 버렸다. 우리 모두는 숟가락에서 콩 수프가 뚝뚝 떨어지는 채로 완벽한 정적 속에 앉아 있었다. 큰 소리로 기침을 하지 않으려고 참는 그의 목에서 나는 끼룩끼룩 소리만 들릴 뿐이었다. 그는 얼굴이 새빨개지고 눈에서는 눈물까지 났고, 입을 굳게 다문 채로 헐떡거리면서 수프를 삼키려고 무진 애를 쓰고 있었다. 그의 목젖이 털이 듬성듬성 난 가슴 위쪽에서 마구 움직이는 것이 보였다.

"세상에, 물 좀 마셔요, 던!"

크리스 엄마가 소리치자 그 사람은 벌떡 일어나더니 입을 손으로 가린 채 부엌 쪽으로 달려 나갔는데 수프가 턱 아래로 줄줄 흐르고 있었다. 우리의 시야에서 사라지자마자 그는 요란하게 기침을 했다. 마치 개가 짖는 소리 같았다. 그리고 그는 다시 식탁으로 돌아오지 않았다. 안 그래도 정맥이 뭉쳐 있는 털북숭이 다리 때문에 조금 멋쩍었던 데다가 그렇게 요란스럽게 사레까지 들렸으니 꽤 민망했을 거다.

크리스를 만나기 전에 어떤 남자랑 데이트를 한 적이 있다. 나이가 나보다 한참 위였는데 컴퓨터 시스템 분석가라는 사실이 재미있게 느껴졌다. 그 사람이 날 어떤 레스토랑에 데려갔었는데 나는 그냥 커피나 한 잔 하려고 들어가는 줄 알았고, 이미 차를 마셨다는 말은 굳이 하고 싶지 않았다. 그런데 그 사람이 연어회 요리를 내 것까지 2인분 주문하는 거였다. 나는 그 전에 연어회를 먹어 본 적이 없었기 때문에 안에 가시가 있다는 사실을 알지 못했다. 통조림 연어에 있는 가시는 작고 잘 부서지기 때문에 별 생각 없이 포크로 떠서 입 속에 가득 넣긴 했는데 가시가 너무 많아서 도저히 씹을 수도, 삼킬 수도 없고 도대체 어떻게 해야 할지 몰랐다. 게다가 그 남자는 나를 똑바로 쳐다보면서 사뭇 진지하게 컴퓨터 프로그램에 대해서 이야기를 하고 있어서 도로 뱉어 낼 수도 없었다. 나도 크리스 엄마의 털북숭이 남자 친구가 그랬던 것처럼 눈물까지 났다. 결국 난 그냥 일어나서 화장실로 가서는 입에 든 것을 다 뱉어내 버리고 말았다. 한참을 그대로 선 채 다시 자리로 돌아가 남은 음식을 대면할 용기를 모았다. 그런데 다시 레스토랑으로 통하는 문을 연다는 게 잘못해서 바깥 길로 통하는 문을 열었다. 그래서 그냥 그 길로 집으로 가는 버스에 올라타 버렸다. 물론 내가 잘못했다는 것을 알고 있고, 다시는 길에서라도 그를 마주치고 싶지 않다. 아니면 그날 음식값을 내겠다고 할 수도 있고. 어쨌거나 그는 너무 재미없는 사람이었다. 내가 연어를 먹고 싶어 하는지 아닌지 묻지도 않고 무턱대고 주문 먼저 하다니.

그날 있었던 일을 생각하니 슬며시 웃음이 났고 콩 수프가 식기 전에 다시 숟가락을 들었다. 크리스 엄마는 앞으로 몸을 굽히고 이것저것 질문을 하기 시작했다. 내가 몇 살인지, 정말 아기를 낳을 건지, 어떤 준비를 해 놓았는지…… 마침내 난 금방이라도 울음이 터져 나올 것만 같아서 "이 아이는 크리스의 애이기도 해요!"라고 말해 버렸다. 그러자 그녀는 크게, 하지만 아주 차갑고 날카로운 웃음을 한 번 웃었고, 주머니에 손을 넣어서 담배를 찾았다. 난 음식을 먹을 때 담배를 피우는 사람들을 견딜 수가 없다. 담배 냄새 외에는 아무런 맛도 느낄 수 없기 때문이다. 난 콩 수프가 정말 맛이 있으니 좀더 달라고 해서 갖고 나가 정원에 있는 벤치에 앉아서 먹었다. 시간이 조금 지나니까 좀 안정이 되었고, 따뜻한 햇볕 속에서 졸음이 밀려오기 시작했다. 크리스가 자기 엄마와 이야기하는 소리가 들리긴 했지만 비몽사몽간에 둘의 목소리는 마치 파도처럼 가까이 밀려왔다가 다시 멀어지곤 했다. 나는 크리스가 대학 가는 걸 포기하지 않겠다고 말하는 걸 들었다.

난 부엌으로 들어가서 내가 먹은 콩 수프 그릇을 씻다가 바닥에 숟가락을 떨어뜨리는가 하면, 뭔가 또 먹을 게 없나 이리저리 기웃대면서 소란을 떨었다. 정말 배가 고팠다. 어떻게 사람을 초대해 놓고서는 먹을 것도 제대로 주지 않을 수 있을까? 이 경우는 그냥 '사람'도 아니라 자기 아들인데. 난 크리스가 불쌍해서 눈물까지 나오려고 했다. 얼마나 실망스러울까. 냉장고를 열어 보니 치즈 샐러드 접시 네 개가 있었다. 나는 그 중 하나를 밖으로 내가서 먹었다. 접시를 비울 때까지도 크리스와 그의 엄마는 이야기에 열중해 있었다. 나는 다시 냉장고에서 샐러드 접시 두 개를 꺼내서 두 사람 앞에 내려놓았다. 아침 6시에 떠났으니 아마 크리스도 무척이나 배가 고팠을 거다. 난 마치 식당 종업원인 것처럼 아무 생각도 없는 양, 조용히 움직였다. 크리스가 날 올려다보더니 내 손을 꽉 잡았다.

"난 정원에 나가 있을게."

난 내 맘대로 요구르트를 하나 꺼내서는 또 바깥에서 서성거렸다. 잠시 후에 크리스 엄마가 나를 따라 나왔고, 크리스는 부엌에서 그릇을 씻고 있는 것 같았다. 그녀는 내가 요구르트를 먹고 있는 걸 보더니 약간 놀라는 눈치였는데, 아마도 먹으려고 넣어 둔 요구르트가 아닌 모양이었다. 어쨌든 난 이미 다 먹어치운 상태였고, 요구르트는 별로 비싸지도 않으니까.

그녀는 풀밭에 앉아서 나를 올려다보면서 이따금씩 입을 오므리고 담배 연기를 뿜어냈다. 그녀의 손가락은 잔디 위에 담뱃재를 톡톡 털어 냈다. 별다른 동요 없이 침착해 보였지만 나는 그녀가 속으로는 무척 긴장하고 당혹해하고 있다는 걸 알 수 있었다. 몇 년 만에 크리스를 만났다는 건 그녀에게도 대단히 힘든 일이었을 것이다. 겉으로는 차분해 보여도 속으로는 잔뜩 긴장하고 있었을 것이고, 모르긴 몰라도 우리가 떠나자마자 아마 두통 때문에 바로 침대로 갔을 것이다. 난 보통 때도 그녀가 그렇게 담배를 많이 피우는지 궁금했다. 내가 짧게 기침을 하자 그녀는 손을 뒤로 돌렸고, 담배 연기가 그녀의 등 쪽에서 나선형으로 피어올랐다.

"크리스토퍼가 그러는데 너도 졸업반이라고 하더구나, 헬렌."

그녀는 목소리가 썩 좋았다. 그리고 크리스나 크리스 아버지보다 상류층 계급의 말투였다. 엄마의 표현대로 하자면, 그녀는 아마 자기보다 신분이 낮은 사람과 결혼한 것이다. 우스꽝스럽기 짝이 없다. 어떻게 말하는 방식이나 출신 지역이 다르다는 이유만으로 어떤 사람 자체가 다른 사람보다 못하다고 할 수가 있을까. 만약 그 사람이 플루트를 썩 잘 연주한다든가 옷을 아주 잘 만든다거나 아니면 토마토를 재배하거나 가구를 만드는 데 뛰어난 재주가 있다면 그 사람 나름대로 훌륭한 게 아닌가. 내 머릿속에는 크리스 아버지가 흐뭇한 표정으로 허리를 굽힌 채 몹시 열중한 나머지 짧은 숨을 내쉬면서 그 커다란 손으로 예쁜 항아리나 도자기를 만드는 모습이 떠올랐다. 나라면 그 털북숭이 남자 열을 줘도 크리스의 아버지를 택할 텐데.

난 크리스 엄마에게 크리스네 학교는 고3 과정에 음악 과목이 없기 때문에 그 학교에 가지 않았다고 말했다.

"음악이라고?"

그러면서 그녀는 조금 의아한 표정을 지었다. 그녀가 수집해 놓은 씨디를 보고 나는 그녀가 모짜르트 광이라는 걸 알고 있었다.

"멋지구나. 또 무슨 과목을 택했니?"

거의 모든 학생들이 선택하는 상식, 수학, 라틴어, 댄스 — 라고 말하는데 그녀가 다시 의아한 표정을 지었다. 나는 말을 멈췄다. 아가야, 네 잘못이 아니란다. 난 더 이상 춤추는 것에 대해 생각도 하지 않아. 내 발레복은 옷장 깊숙이 들어 있단다. 그 옷이 눈에 띄지 않는 게 차라리 나으니까.

"음악, 라틴어, 수학, 댄스."

그녀는 마치 시의 한 구절을 읊는 듯 중얼거렸다.

"그러고 보니 헬렌은 어떤 논리나 질서가 있는 걸 좋아하는구나."

참 좋은 지적이라고 생각했다. 난 사람들이 내가 생각 못했던 것을 지적해 주는 걸 좋아한다.

"그리고 시험이 다음 달에 시작한다면서?"

아가야, 그때 난 그녀가 날 이해하지 못하고 있다고 생각했단다. 너에 대해 까맣게 잊어버린 것 같았거든. 지금부터 네가 이 세상에 올 때까지 난 아무것도 할 수 없다. 그 사이는 진공처럼 아무것도 존재할 수가 없다. 깜깜한 터널처럼 말이야. 그 터널을 생각할 때마다 나는 그 안으로 빨려 들어가 버려. 그리고 나는 그 어두운 터널 안에 너와 함께 있는 거야.

"시험 잘 보렴, 헬렌."

그녀의 미소가 얼마나 따스하고 인자한지 난 다시 그녀가 좋아졌다.

"네가 그만큼 열심히 공부했으니까. 너희 엄마와 아빠를 생각해서도 잘해야 한다."

그러더니 크리스의 엄마는 갑자기 앞으로 몸을 숙여서 내 배를 토닥거렸다. 그 행동이 너무도 뜻밖이고 친근해서 나는 깜짝 놀라 큰 소리로 웃고 말았다.

"그리고 이 작은 것을 위해서도 말이야."

그녀 역시 웃으면서 덧붙였다.

너도 그걸 느꼈니? 들었니? 다른 사람 아닌 바로 네 할머니야. 아마 분명히 할머니가 되는 걸 좋아하진 않을걸. 책에는 어째서 한결같이 백발에 구부정하고 연신 보청기를 잃어버리는 할머니들만 나오는지, 웃기지 않니? 네 할머니는 날씬하고 예쁜 데다가 유명한 등산가인데.

크리스와 나는 집으로 돌아오는 기차 속에서 아무 말도 하지 않았다. 그는 팔을 둘러 나를 안아 주었고 나는 그의 어깨에 머리를 기대고 있었어. 아마도 내가 잠들었다고 생각했을 거다. 하지만 난 잠이 든 게 아니었다. 어떻게 벼락치기 공부를 해서 시험을 볼까 계획을 짜던 중이었으니까. 내일은 루슬린에게 전화를 걸어 우리 집에 와서 수학 문제를 같이 풀자고 해야지. 음악하고 라틴어는 괜찮고, 상식이야 벼락치기로 할 수 없는 노릇이고. 댄스는 내 기분에 달렸는데, 내 기분은 최상이었다. 담당 의사 필립스 선생에게 이야기해서 어떻게 생각하는지 들어 봐야겠다. 아직 너무 늦은 건 아니다. 게다가 이미 음악학교에서 입학 허가서를 받아 놓은 상태이니까. 언젠가는 그곳에 다닐 수 있게 될지도 모른다. 마음속에서 설렘이 일었다. 아직 때가 늦은 건 아니야. 덜커덩 덜커덩. 나는 덜커덩거리는 기차 소리에 대고 내내 이 말을 반복해서 말했다. 아직 시간이 있어, 아직 시간이 있어, 아직 시간이 있어.

우린 함께 해낼 거야, 아가야.

엄마를 다시 만난다는 것, 그것도 유령이나 도깨비, 아니면 무슨 마법에 걸린 존재가 아닌 그냥 평범한 여자로서 엄마를 만난다는 건 정말 이상한 경험이었다. 엄마는 내가 상상했던 것보다 훨씬 더 아름다웠다. 왜 그 사실이 놀랍게 느껴졌는지 모르겠다. 아버지가 지극히 평범하게 생긴 사람이라서 그랬을까. 엄마 역시 나만큼이나 긴장하고 있었다. 마치 금방 감전이라도 될 듯, 공기에는 긴장감이 감돌았다. 우리가 엄마의 집에 도착했을 무렵 헬렌만 빼고는 모두 긴장해 있었다. 헬렌은 마치 우리 속에 갇힌 사자처럼 방 안을 줄곧 돌아다니면서 엄마의 책이나 수집한 씨디를 둘러보고 벽에서 사진을 내려 보기도 하고 있었다. 식사 시간은 너무도 불편했다. 낯선 이들과 함께 식사를 한다는 것만도 끔찍한데, 그 낯선 이가 하필 친엄마라는 사실은 고문이나 마찬가지였다. 손을 놀리는 데야 별 지장이 없을지라도 말문은 완전히 막혀 버렸다.

던은 전혀 내키지 않는 것을 억지로 함께 앉아 있는 기색이 역력했다. 우리들 중 그 누구보다도 그는 이 자리를 어색해하고 있었다. 그는 의자에 기대앉은 채로, 중간에 끼어들어서 질문을 하거나 하지도 않고 그냥 엄마와 나의 대화를 듣고 있었다. 나름대로는 엄마를 돕고 있는 것이리라. 그런 행동으로 미루어보아 그는 매우 세심한 사람처럼 보였다. 그러고 나서 헬렌이 폭탄선언을 했고, 그 사람은 불쌍하게도 너무 당황해 사레가 들렸는데 그걸 핑계로 집 밖으로 나갔다. 분명 그 자리를 벗어날 수 있어서 안도감을 느꼈을 것이다. 그건 나도 마찬가지였다. 헬렌도 그 상황이 좀 감당하기 힘들었는지 바깥으로 나가 버렸다. 결국 엄마와 나 단둘이 남았고 그때부터 진짜 대화가 시작되었다.

"네가 여기까지 찾아온 것이 참 대견하구나. 정말 용기 있는 행동이었어. 넌 나보다 훨씬 용감해."

"오래 전부터 엄마를 보고 싶었어요. 그러니까, 헬렌이…… 이런 일이 있기 전부터 말이에요. 무슨 말인지 아시죠?"

"난 여전히 널 장난감 기차나 배트맨 따위를 좋아하는 열 살쯤 된 아이로만 생각했단다. 새된 목소리에 얼굴에 주근깨가 난 아이 말이야. 그런데 이제 사랑을 하고, 아기 아빠가 되려는 청년이구나."

입에 아무것도 없었는데도 나는 침을 삼키는 것조차 어려웠다.

"어떻게 할 거니?"

"잘 모르겠어요."

"뭘 하고 싶은데?"

"전부 다요."

난 계속해서 침을 삼키려 애썼다.

"뉴캐슬 대학에 다니고 싶어요."

난 내 손을 내려다보았다.

"그리고 헬렌하고 함께 있고 싶어요. 헬렌이 뭘 원하는지 잘 모르겠어요. 헬렌도 모르는 것 같아요."

"크리스토퍼, 내가 너희 아버지를 떠난 건 정말 잘못한 일이었어."

엄마가 말했다.

"네."

"하지만 그 전에 더 잘못한 일이 있었어. 처음부터 너희 아버지와 결혼하는 게 아니었어."

갑자기 눈이 아려서 엄마를 쳐다볼 수가 없었다.

"그 이야기 좀 해도 되겠니?"

"원하신다면요."

그걸 정말 알고 싶은 건지 아닌지 나도 알 수 없었다. 이런 얘기를 들으려고 내가 여기 온 건가? 알 수가 없었다.

"내가 앨런을 만난 건 아마 헬렌보다도 더 어릴 때였을 거야. 내가 열두 살 때 우리 아버지가 돌아가셨어. 엄마는 아버지의 죽음을 잘 견뎌내지 못하셨어. 때로는 그러한 상황에서 자신도 알지 못하던 힘을 얻게 되기도 하지만, 갖고 있는 모든 기력을 빼앗기기도 한단다. 그래서 나는 할머니 손에서 자라났어. 그런데 할머니는 동생을 아주 예뻐하셨지. 하긴 지금도 누구나 질을 좋아하지만. 난 열여섯에 학교를 그만뒀어.

공부를 잘했었지만 이미 산전수전 다 겪은 상태였지. 내 스스로 개척할 수 있는 세계를 갖고 싶었고, 내 자신을 증명해 보여야겠다고 생각했어. 이해할 수 있겠니? 가끔씩 사람들은 정당한 목적을 위해 옳지 않은 일을 하잖니. 난 직장에서 너희 아버지를 만났단다. 그 사람은 작업 인부들 중 한 명이었고 난 사무 보조 일을 하고 있었어. 점심시간이면 정원으로 나와서 내 옆에 앉아서 말을 걸곤 했지. 네 아버지를 보면 우리 아버지가 떠올랐던 것 같아. 아마 난 내가 그를 사랑한다고 생각했었나 봐. 그리고 그건 그 사람 덕분에 아버지의 기억을 다시 새롭게 할 수 있어서였어. 나보다 열 살이 많았지만 아주 차분하고 사려 깊은 사람이었어. 나를 정말 아껴 주었지. 또 내가 소중한 사람이고, 누군가 나를 정말 원한다는 것을 다시금 느끼게 해 주었단다. 집도 가지고 있었고. 그는 내게 결혼해 달라고 간청했어. 그건 내게 도피나 다름없었어. 그리고 난 그를 사랑한다고 생각했단다. 아마 사랑했을지도 모르지만, 그건 진정한 의미의 사랑이 아니었던 거야."

헬렌은 숟가락 따위를 떨어뜨리면서 부엌에서 뭔가를 뒤지고 있었다. 내 머릿속에는 자상하고 친절하며 생각이 깊은 아버지가 떠올랐고, 아버지가 안됐다는 생각에 울고 싶어졌다. 그러고 나서 한참 동안 둘 다 아무 말도 안 하고 앉아 있는데 헬렌이 들어왔다. 헬렌은 최대한 신중하려고 애를 쓰면서 발소리를 죽인 채 샐러드 접시를 들고 왔다. 그 상황에서 헬렌이 들어온 건 마치 두꺼운 커튼이 걷히고 햇볕이 들어오는 것만 같았다. 난 그제야 다시 마음의 평정을 되찾았다. 그러고는 나의 기분을 알려 주고 싶어서 헬렌의 손을 잡았다.

"난 정원에 나가 있을게."

헬렌이 말했다. 집 안은 다시 조용해졌다.

"그러고 나서 던을 만나셨군요."

"그래. 가이가 태어나고 2, 3년 정도 흐른 뒤였어. 난 집에만 있는 것을 견딜 수 없어서 이런저런 모임에 나가기 시작했단다. 네 아버지는 너희들을 참 사랑했지. 너희들을 위해서라면 어떤 일이라도 하실 분이잖니. 아버지는 밤마다 외출도 하지 않고 집에서 너희와 함께 있으면서 책도 읽어 주고 게임도 함께 하고 레고도 함께 쌓고 그랬지. 난 집에만 있는 게 견디기 힘들었고. 네 아버지는 개의치 않았어. 그래서 나는 등산 모임에 가입했고, 그러고 나서 모든 일이 시작된 거야. 난 사랑에 빠졌단다, 진심으로 말이야. 스물여섯 살의 나이에 이미 두 아이가 있었던 그때, 태어나서 처음으로 사랑이라는 것을 알게 된 거야. 너무 늦었지. 정말 너무 늦게 알게 된 거야. 견딜 수가 없었단다. 내가 뭘 어떻게 해야 하는지 알 수가 없었어. 크리스토퍼, 난 정말 죽을 것만 같았단다. 그냥 하는 말이 아니야. 나는 정말 죽어 가고 있었어. 그때의 나의 결정에 대해서 아무 변명도 할 수 없다는 것 알아. 그리고 나도 날 용서할 수 없지만, 그때 나를 살릴 수 있는 한 가지 방법은 바로 던과 함께 떠나는 거였단다. 거의 4년 동안을 너무나 괴롭게 고민하다가 결국 행동에 옮긴 거지."

엄마는 샐러드 접시를 옆에 치우고는 주머니를 뒤져 담배를 꺼내더니 곧 담배도 밀어 두었다.

"너한테서 처음 편지를 받고 난 후 이걸 다시 피우기 시작했단다."

"절 만나고 싶어 하지 않으셨군요."

"널 만난다는 것을 감당할 수가 없었어. 네가 어릴 때도 나는 널 볼 엄두를 못 냈지. 앨런을 떠나는 것은 정말 괴로웠어. 난 던을 사랑해서 내가 원하던 대로 그와 함께 있게 되었지만 그러기 위해서는 너희 둘을 버리고 떠나야만 했단다. 너희들을 생각하면 정말 마음이 찢어지는 것 만 같았어. 떠난 후 몇 개월 동안은 매일같이 다시 돌아갈까 하는 생각을 했었는데, 만약 그렇게 했다면 나 자신은 완전히 버리는 거였겠지. 내가 가장 바랐던 것은 던과 함께 살면서 너희들도 데려와서 같이 지내는 거였어. 하지만 난 너희 아버지를 사랑했단다. 아내로서라기보다는 딸로서, 아니 어쩌면 친구로서 말이야. 그래서 너희들을 데려올 수가 없었어. 어떻게 내가 너희 아버지에게 그런 못할 짓을 할 수 있겠니? 그래서 다시는 너희들을 보지 말아야겠다고 결심을 했지. 아마 난 스스로에게 벌을 주고 있었던 것 같아. 그렇지만 이제는 그 결정이 틀렸다는 것을 알고 있단다."

시간이 꽤 흐른 뒤, 집으로 돌아가는 기차 안에서도 엄마와 나눈 얘기들은 여전히 내 머릿속에서 맴돌고 있었다. 마치 머릿속에서 미로처럼 연결된 터널들 속을 아주 작은 생쥐들이 빛 쪽으로, 그리고 다시 어두움 쪽으로 끊임없이 질주하는 것만 같은 느낌이었다. 헬렌은 내 품 속에서 어깨에 기댄 채 잠들어 있었다. 말을 하지 않아도 된다는 것이 참 다행스러웠다.

6월

첫 번째 영어 시험 보는 날 아침은 상상을 초월할 만큼 추웠다. 다들 6월 시험 기간 내내 폭염이 있을 거라고 말했었다. 전통적으로 그랬다는 것이다. 더위 때문에 건초열에 걸려서 시험 기간 내내 코는 훌쩍이고 눈에서는 눈물이 나서 시험을 제대로 볼 수 없을 거라고, 문제와 씨름을 하는 동안 목 뒤로 햇볕이 따갑게 내리쬘 것이라고 했다. 그런데 올해는 전혀 그렇지 않았다. 복도에서 기다리는 동안 발이 너무 시려서 등산 양말을 신고 오지 않은 것을 후회할 지경이었다. 게다가 그 전날 밤 나는 셰익스피어의 『햄릿』과 『헛소동』에 나오는 문장들을 외우느라 한숨도 자지 못한 상태였다. 오후에는 사회학 시험이 있었는데, 내 머리는 온갖 이름들과 날짜, 그리고 이론들로 꽉 차 있었다. 나는 다음날 볼 '성(性)과 교육' 과목에 어느 정도 기대를 걸고 있었다.

나는 이 모든 게 다 시간 낭비에 불과하다는 생각이 들었다. 이렇게 벼락치기 공부를 하는 것이 무슨 소용이 있을까. 그저 샌드위치 한 개 정도 먹고 소화해 낼 수 있을 때 억지로 폭식을 해야 하는 것이나 마찬가지다. 그러고는 다음 시험을 위해 전부 토해 낸 후 다시 꾸역꾸역 채워 넣는 것이다.

속도에 미친 사람들처럼 벼락치기 공부도 환각 증세를 일으킬 수 있는 것 같다. 머릿속의 일들이 현실의 일보다 더 의미를 가지는 비현실적인 세계로 빠져들기 때문이다. 그럼 도대체 현실이란 무엇일까? 아마도 유일한 현실은 우리가 어느 순간에 생각하거나 경험하고 있는 것, 바로 그뿐인지도 모른다.

첫 번째 영어 시험 때문에 벼락치기를 하는 동안 내 머릿속에는 계속해서 햄릿이 맴돌고 있었다. 마치 내가 현실과 상상 속의 삶을 동시에 살고 있는 것처럼 말이다. 햄릿이 15세기 때 옷을 입고 불쑥 우리 부엌에 나타난다고 해도 전혀 놀라지 않았을 것이다. 그러면 그에게 차 한

잔을 내놓으며 "자, 그럼 햄릿 너의 어머니 얘기 좀 해 볼까?"라고 말하는 것이다. 그러면 햄릿은 "좋아, 크리스, 어머니 얘기도 좋지만 연인들의 얘기는 어떻겠나?"라거나, 아무튼 그런 비슷한 얘기를 완벽한 약강 5보격 운율을 쓰며 건넬지도 모른다. 그때 창백한 모습의 오필리어가 꽃다발을 들고 물을 뚝뚝 흘리면서 헬렌의 손을 잡고 들어오는 것이다.

내가 미쳐 가고 있는 모양이다. 말도 안 되는 상상이나 하고.

내가 정말 영문학을 공부하기를 원하는 걸까? 해서 뭘 하려고? 내가 정말 원하고 있는 건 헬렌이었다.

헬렌은 내가 집을 떠나기 전에, 시험 잘 보라는 전화를 해 주었다. 지나가는 차들 소리로 미루어보아 자기 집 위쪽에 있는 공중전화를 쓰고 있다는 것을 알 수 있었다. 헬렌의 첫 시험은 다음날이었고, 음악 시험이었다. 헬렌은 아마 무슨 시험이든 식은 죽 먹기로 잘 볼 것이다. 나는 이제껏 헬렌만큼 똑똑한 애를 본 적이 없다.

학교 복도에 들어설 때까지는 아무렇지도 않았다. 그런데 모두들 안절부절못하면서 공부를 하나도 못했다고 긴장하고 있는 걸 보자 나도 마음이 무거워지기 시작했다. 펜이나 자 같은 것들을 연거푸 떨어뜨리는 애들도 있었다. 마치 머리 위로 고압선이 지나가는 듯, 긴장감이 감돌고 있었다. 톰은 어수선하게 왔다갔다 하며 핵심 문구들이 적힌 종이들을 마치 쇼핑 목록처럼 중얼거리면서 "이 대목이 어느 작품에 나오는 거지? 칼에 찔리는 그 노인 이름이 뭐지? 발코니 장면이 나오는 희곡이 『햄릿』이지?" 하고 계속 물어 댔다.

"너 때문에 나까지 긴장돼 죽겠다."

내가 핀잔을 주자 톰이 악수를 청하는 듯 손을 내밀고는 『맥베스』의 대사를 인용해서 말했다.

"행운을 비네, 친구. 어차피 끝내야 할 일이라면 빨리 끝내는 편이 낫다네."

"제발 그냥 좀 저리 가."

내가 말했다.

시험을 보러 들어가기 전에 나는 마치 다이빙대에서 뛰어내리기라도 할 것처럼 깊은숨을 들이마셨다. 10월에 어떻게 할지 아무런 계획도 세워 놓지 않은 상태였다. 모든 것이 혼란스러울 뿐이었다. 오늘, 내일, 내년에 내가 뭘 원하는지, 그리고 헬렌은 뭘 원하고 있는지 알 수 없었다. 그런 문제에 대해 함께 얘기해 본 적이 없었다. 왠지 그 얘기를 꺼낼 수조차 없었다. 모든 것을 말로 표현하는 건 너무 위험했다. 그건 마치 잔뜩 겁에 질려 기어가고 있는 병사를 찾아 사살하려고 탐조등으로 어둠 속을 비추는 것과도 비슷했다. 아버지는 우리가 뭐든 계획을 세워야 한다고 했지만 그럴수록 나의 반발심은 더 커질 뿐이었다. 아버지는 "그렇다고 문제가 그냥 사라지지는 않는다. 너도 알잖니. 방치해 둘수록 문제는 더 커질 뿐이야."라고 말했다. 나는 아버지도 당장 낼 수 없을 정도로 엄청난 금액이 적힌 고지서를 받으면 한동안 시계 뒤에 감춰 두곤 하지 않느냐고 대꾸할 수도 있었지만 그냥 가만히 있었다. 헬렌과 나는 시험이 끝난 후에 본격적으로 얘기해 보기로 했다. 그 버거운 짐들을 한 번에 다 옮기는 것은 무리였다.

10월이면 헬렌은 로열 노던 음악대학에, 나는 뉴캐슬 대학에 입학해야 한다. 어쨌든 반년 전에 우리가 그리던 미래는 그랬다. 그것은 두 개의 서로 다른 그림이었다. 그러나 지금 그 그림들은 이리저리 뒤섞인 카드 패처럼 뒤죽박죽 함께 섞여 버렸다.

내가 복도로 들어서자 영어과 주임인 히피 해링턴 선생이 나에게 윙크를 하며 빙긋 웃어 주었다. 내 이름이 적힌 책상을 찾기 위해 책상들 사이를 지나면서 나는 마음이 차분해지는 걸 느낄 수 있었다. 처음 시작은 그렇게 힘들었지만, 지금 헬렌은 건강하고 행복해한다. 그것보다 중요한 게 어디 있는가? 이제 곧 헬렌과 나의 아기가 태어난다는 것은 돌이킬 수 없는 사실이었다. 그 어떤 것도 그것을 막지 못할 것이다. 그렇지만 헬렌이 이 모든 일에 대해 침착하고 의연할 수 있다면 나 또한 그럴 수 있다. 나는 앉아서 필기구를 꺼내 책상 위에 정렬해 놓았다. 시작 신호가 울리고 시험지를 뒤집었다. 첫 번째는 문장의 문맥을 알아맞히는 문제였다. 『햄릿』에 나오는 "뭣이라고! 나의 투정쟁이 여인이여……"라는 문장이었다. 나는 입을 꼭 다물고 머리를 약간 뒤로 젖힌 채 나를 바라보는 헬렌의 모습을 상상했다. 사랑하는 나의 여인 헬렌. 머지않아 무슨 대책이 생길 거야.

6월 6일
이름 없는 너에게

오늘 나에게 두 가지 사건이 있었단다.

네가 움직였어. 내 안의 저 깊은 곳에 작은 움직임이 있었고, 그게 바로 너라는 것을 알 수 있었어. 네가 등을 조금 굽혔는지, 잠을 자다가 뒤척였는지 그건 모르겠구나. 어쩌면 손가락을 입에서 뺀 것일 수도 있겠고. 아무튼 네가 무엇을 했든 간에 난 느낄 수 있었어. 마치 작은 새가 날갯짓을 하는 것 같았지. 너의 작은 팔, 다리, 그리고 손가락이 움직이고 있는 거야. 너는 아주 감탄할 정도로 정교하고 작은 기계 같기도 해.

이제 더 이상 너를 비밀로 감출 수는 없게 된 것 같구나. 벌써 내 허리는 사라지고 배도 둥글게 나오기 시작했어. 아주 조금이기는 하지만. 아직까지는 헐렁한 셔츠로 내 배를, 아니 너를 숨길 수는 있지만, 이제 곧 공원에 산책 나오는 아줌마들도 나의 비밀을 알게 될 거야. 나도 이제 곧 그들이 꾸미는 음모에 가담하게 될 거니까. 그러고는 서로의 처지를 이해하는 듯 의미있는 웃음을 짓겠지.

오늘은 겨울 날씨 같았어. 뼛속까지 시리도록. 그 속에 숨어 있는 너는 따뜻하니?

아가야, 들어 봐.

빗소리가 들리니?

시험이 시작되어서 차라리 다행이다. 엄마가 크리스에 대해 좀 너그러웠으면 좋겠는데. 우리 집에 와서 함께 음악도 듣고 쉬는 시간에는 커피도 마시고, 잠깐 산책을 나가서 떨어지는 빗방울을 맞으며 함께 시험공부를 할 수 있다면 얼마나 좋을까. 그렇지만 엄마는 물론 그런 애기는 입 밖에도 못 내게 한다. 크리스는 이제 다시는 우리 집에 올 수 없을 것이다, 다시는. 엄마는 크리스에 대해서는 전혀 말이 없다. 아기에 대해서도.

가끔 아빠는 피아노 방이나 거실 소파에 나와 함께 앉게 되면 말을 꺼내곤 한다.

"엄마는 네가 어떻게 할 것인지를 알고 싶어 한다, 헬렌."

그렇지만 엄마는 내게 직접 묻지는 않는다. 그게 내 마음을 아프게 한다.

그럼 나는 항상 "물어보지 좀 마세요. 아빠, 저도 잘 모르겠어요."라고 대답한다.

때때로 아빠는 내 손을 그냥 꼭 잡는다. 그러면 나는 곧 울음이 나올 것 같아진다. 아빠 어깨에 기대어 한바탕 울고 싶지만 그러면 아빠가 난감해할 것 같아서 꾹 참는다. 그러면 아빠는 엄마가 나에게 말하라고 시킨 것, 그러니까 내 인생을 낭비하고 있다는 얘기를 다시 늘어놓는다.

"아빠는 제가 뭘 하길 원하세요?"

난 어제 아빠에게 물었다. 대답은 알고 있었지만.

"난 네가 음악을 계속 하길 바란다."

바로 그 대답. 아빠한테는 간단한 문제인 거다. 아빠도 엄마와 마찬가지로 현실을 직시하려 하지 않는다. 자기들은 그러면서 왜 나만 탓하는가?

아무튼 난 결정을 내렸다. 그게 오늘 내게 일어난 또 다른 사건이다.

난 크리스와 헤어지기로 결심했다.

아가야, 난 이제 너를 맞을 준비가 다 되어 있어. 나는 잘해 낼 거야. 한때는 네가 태어나는 게 두려웠지만 이제는 온 마음을 다해 너를 기다리고 있단다. 그리고 너와 나, 우리가 함께 준비되면 음악학교에 입학할 거고, 그래서 넌 나와 미래를 함께할 거야. 이제 내 머릿속은 너로 꽉 차 있어. 네가 너무나 소중하고, 순간순간마다 네 존재를 느낀단다.

그런데 크리스에 대해서는 난 아직 준비가 되질 않았다.

나는 크리스와 인생을 함께할 준비가 되지 않았다. 크리스와 미래를 같이한다는 생각만으로도 두려워진다. 크리스는 뉴캐슬에서의 대학 생활을 무척 기대하고 있다. 우리가 만난 후로 크리스는 줄곧 그 얘기만 했었다. 내가 여기 함께 있어 달라고 하면 크리스는 분명히 그렇게 해 줄 것이다. 그게 그에게는 엄청난 희생일지라도. 그리고 크리스 아버지와 우리 아빠의 도움으로 어딘가에 아파트를 하나 얻어서 살 수 있겠지. 엄마와는 영원히 결별하게 되겠지만. 그래도 우리는 아기를 위해 좋은 것이 무엇인지 생각할 거고, 그걸 위해서 모든 것을 감수할 것이다.

그런데 그 생각을 하면 마음이 너무 아프다. 가끔 놀라서 잠에서 깨곤 하지만 내가 무엇을 두려워하고 있는지도 잘 모르겠다. 크리스와 영원히 함께 사는 것과 앞으로 그 없이 살아가는 것, 둘 중에 어떤 것이 더 두려운 걸까? 나는 아직 크리스를 잘 모른다. 반년 전만 해도 우리는 여생을 함께 보내게 될 거라는 생각은 해 본 적도 없었다. 우리는 그냥 재미를 좇는 애들에 불과했다. 그러다가 갑자기 어느 날 어른들의 세계로 내던져진 것이다. 난 '영원'이라는 것에 전혀 준비가 되어 있지 않다. 난 영원히 크리스와 함께할 것에 대한 준비가 되지 않았고, 그건 크리스도 마찬가지다.

그런데 무엇보다 내가 두려운 것은 아가야, 이런 아픔이 너에게 전해질까 봐, 그게 두려운 거란다. 그러니? 너도 느끼고 있는 거니?

하지만 크리스와는 시험이 끝난 후에야 이런 얘기를 할 계획이다. 지금 말한다면 너무 잔인한 일이겠지. 그래도 그냥 시간이 흐르게 내버려 두거나 아기가 태어날 때까지 속수무책으로 기다리는 것은 옳지 않은 일이다. 아무런 대책이 없다고 그냥 내버려 둘 수는 없다. 몇 주간은 크리스와 즐겁게 보낼 계획이다. 할 수만 있다면 그를 매일 만나서.

그리고 시험이 끝나면, 그때 말해야지.

6월 15일
이름 없는 너에게

아침에 로비와 함께 할아버지 댁에 갔다. 할아버지가 아직도 모르고 계시면 아기에 대해 말할 생각이었다. 분명 엄마는 할아버지께는 말하지 않았을 테니까. 우리 가족은 항상 서로의 비밀을 지킨다.

날씨가 추웠다. 6월이면 원래 햇볕과 딸기, 면 원피스, 장미꽃과 벌, 이런 것들에 대해 말할 수 있어야 하는데, 지금은 잿빛 하늘에 찬바람뿐. 우중충한 날씨가 콘크리트 담벼락처럼 우리를 가두어 두고 있었다.

집에 난방을 틀어야 할 정도였다. 어젯밤에 엄마는 정말 겨울 날씨 같다고 하면서 뜨거운 물병을 갖고 잠자리에 들었다.

이제 시험은 다 끝났다. 난 일부러 다른 것은 신경 쓰지 않고 시험에만 집중했다. 아니, 오히려 시험 보는 걸 즐겼다고나 할까. 벼락치기 공부에다 크리스 때문에 괴로워서 아드레날린이 많이 공급되었는지, 어쨌든 시험에 완전히 집중할 수 있었고 모든 시험을 너무 쉽게 잘 봤다.

성공이란 손을 뻗어 잡으려고 하는 빛나는 별 같다는 생각이 든다. 나는 정말 성공하고 싶다. 아가야, 이젠 나뿐만이 아니라 너와 나, 우리 둘을 위해 별처럼 빛나고 싶다.

시험이 시작되기 전에 학교 휴게실에서 루슬린과 다른 애들을 만났다. 루슬린만 빼고 다른 애들은 본 지가 100년쯤 된 것 같다. 물론 내 오랜 친구 루슬린과는 여전히 잘 지내고 있다. 걔도 이젠 아기에 대해 알고 있다. 그 전부터 알고 있었지만 내가 말할 때까지 기다렸다고 했다. 대학 진학 때문에 루슬린이 떠나가지 않으면 좋으련만. 루슬린과 방을 같이 쓰면 정말 재미있을 텐데. 아기를 키우는 데 아마 큰 도움이 되어 줄 텐데. 첫 번째 시험을 보러 들어가기 전 잠깐 동안 루슬린은 자기 언니 그레이스가 임신했을 때 엉뚱하게 숯을 먹고 싶어 해서, 마치 사탕이라도 먹는 듯 어적어적 숯 덩어리를 씹어 먹곤 했던 일을 이야기해 주었다. 루슬린은 귓속말을 한다고 했지만 목소리가 워낙 커서 옆에서 록 밴드가 시끄럽게 연주하고 있어도 다 들릴 정도였다. 게다가 우리 둘 다 약간 긴장한 상태였다. 응용수학 시험을 치르기 직전이었는데 루슬린 때문에 나는 계속 키득거리고 웃었다. 다른 애들은 분명 우리를 꼴불견이라고 생각했을 게 뻔하다. 수학 수업을 같이 듣는 몇몇 애들은 정말 재미없다. 앞쪽이 늘어진 삼각형 모양의 스커트를 입고 하얀 양말을 신는다. 하긴, 음악 수업을 듣는 애들도 비슷하게 옷을 입기는 한다. 전에는 걔들을 무척 좋아했었지만 지금은 서로가 어색하고 무슨 말을 할지 잘 모르겠다. 내 배를 힐끗 쳐다보고는 고개를 돌리고 자기들끼리 웃고 하는 걸 보면 내가 무슨 괴물이라도 된 것처럼 느껴진다. 그러면 나는 말하고 싶다. 나는 여전히 같은 사람이라고, 변한 건 없다고.

그렇지만 난 사실 여전히 같은 사람도 아니고, 다시는 그렇게 될 수도 없다, 다시는.

그 애들은 나를 대하는 것을 좀 쑥스러워하는 것 같다. 그건 크리스도 마찬가지다. 크리스에게 아기가 움직이는 것을 느꼈다고 빨리 말해주고 싶어 조바심했는데, 막상 그 얘기를 하니까 당황스러운 듯 어색하게 웃으며 나를 쳐다보았다. "손을 내 배에 올려 봐. 너도 느낄 수 있을 거야."라고 말했는데도 내 배에 손을 올려놓지 않으려 했다.

아가야, 크리스가 너와 날 부끄러워한다면 어떻게 네 아빠가 될 수 있겠니? 그렇지 않니?

우리는 이제 예전처럼 서로를 만지지도 않는다. 적어도 예전처럼 그렇게 친밀하게 만지지는 않는다. 서로 손을 잡고, 키스를 하긴 하지만, 그리고 내가 그를 원하고 있긴 있지만 나는 두렵다. 이제 와서 두려워하는 것이 아무 소용없는 줄 알지만 두려운 건 두려운 거다. 함께 살면서도 서로 만지는 것을 두려워한다면 도대체 어떻게 같이 살 수 있을까? 크리스는 아직 세 번째 영어 시험을 치러야 해. 그 시험이 끝나면 크리스에게 말을 할 거다.

어쨌든, 로비와 함께 할아버지 댁에 갔다. 로비는 요새 내게 말썽깨나 부린다. 로비의 이는 끝없이 자라는 모양이다. 작년에는 지금만큼 크지 않았으니까 자라고 있는 게 분명하다. 왜 그런지 모르지만 열 살짜리 남자애들은 모두 아주 커다란 대문니를 가진 것 같다. 그리고 로비는 아무 일에나 늘 키득거린다. 얼마 전까지만 해도 내가 옛날 얘기를 해 주고 같이 소프트볼을 하던 꼬마였는데. 그게 바로 얼마 전이었는데.

할아버지 댁에 가는 길에 로비가, "누나 언제…… 무슨 말인지 알지?" 하며 꼬맹이같이 높고 새된 소리로 바보처럼 킬킬거리기 시작했다. 그 거대한 대문니 사이로 계속해서 작은 물방울이 비어져 나왔다.

"알긴 뭘 알아?"

사실 왜 그러는지 모를 리가 없었지만, 로비가 너무 바보스럽고 유치하게 이를 온통 드러내고 낄낄거리는 것이 화가 나서 내가 되물었다. 그랬더니 로비는 뒤로 자빠질 정도로 배를 쭉 내밀고는 나를 올려다보면서 계속 낄낄거리는 것이었다. 얼굴은 온통 번질번질하고 새빨갰다.

"바보 같은 짓 좀 그만해! 무슨 말인지 하나도 모르겠다."

내가 쏘아붙였지만 로비는 계속 키득거렸다.

"크리스 형은 아마 잘 알고 있을걸."

할아버지는 수영을 하고 있다가 우리가 오는 걸 보고는 훌쩍 담을 넘어서 우리를 따라잡았다. 그리고 우리를 안으로 데리고 들어가셨는데, 문득 할아버지의 개가 우리를 넘어뜨리기라도 할 기세로 달려들었다.

"조심해라."

할아버지는 손을 내밀어 내가 넘어지지 않도록 붙잡아 주셨다. 할아버지는 언제나처럼 손을 내 어깨에서 허리로 내리다가 순간 긴장하는 것 같았다. 헐렁한 옷으로 가리고 있었지만, 이제는 할아버지도 모를 리가 없었다.

"할아버지……"

무슨 말을 하려는데 할아버지는 내게서 손을 떼고는 뒤도 돌아보지 않고 로비와 함께 부엌으로 들어가셨다. 할아버지를 따라갈 수가 없었다. 난 할머니를 보러 위층으로 올라갔다. 할머니는 닫힌 커튼 틈 사이로 거리를 내려다보면서 창문 옆에 앉아 있는 걸 좋아하신다. 그렇게 앉아 늘 무슨 생각을 하시는지는 알 수가 없지만. 그러고 앉아 있는 사이에 할머니는 어느덧 자신도 모르게 늙어 버린 것 같다. 할머니와 같이 있는 건 그다지 쉬운 일이 아니다. 좀 불편하긴 하지만 난 할머니 옆에 앉아서 이런저런 얘기를 한다. 할머니를 보면 마음이 아프다. 할머니의 눈은 늘 슬프다. 정말 겁나는 것은 요즘 들어 엄마도 가끔, 아주 조금, 그런 때가 있다는 것이다. 마치 머릿속 저 깊은 곳의 생각이 주위에서 일어나고 있는 그 어떤 일들보다 더 재미있다는 듯이.

할아버지와 로비가 샌드위치를 들고 와서는 할머니가 쓰는 작은 탁자 위에 올려놓았다. 할아버지는 쟁반을 놓으며 할머니의 파마한 머리에 입을 맞추고는 다시 무슨 노래인지 모를 곡조를 휘파람 불며 아래층으로 내려갔다. 그러고는 유리 꽃병에 정원에서 꺾은 장미 몇 송이를 담아 가지고 올라와서 할머니한테 "자, 도리, 향기 좀 맡아봐요."라고 말했다. 할머니는 그 슬픈 눈을 돌려 할아버지를 잠깐 쳐다보더니 고개를 젓고는 또 다시 멀리 밖을 바라다보았다.

"넌 잉글랜드 팀이 얼마나 승산 있다고 생각하니?"

할아버지가 로비를 바라보며 월드컵 얘기를 꺼냈다. 나는 치즈 샌드위치를 들고 창가로 가서 길에서 노는 아이들 쪽을 바라보며 서 있었다. 아이들의 목소리만 벽돌 벽에 부딪혀 메아리쳐 들려왔다. 곧 다시 비가 올 듯, 공기에는 특유의 횅한 기운이 감돌고 있었다.

그때 할머니가 물었다.

"그래, 네 아기는 언제 태어나니?"

순간 할아버지와 로비는 말을 멈췄다. 난 할아버지의 눈길을 느꼈다. 나도 천천히 고개를 돌려 할아버지를 보았다.

"도리, 무슨 말을 하는 거요? 지금 여기 앉아 있는 건 헬렌이요, 헬렌. 아직 어린애를 두고 원 무슨 말을 하는 건지."

할머니는 샌드위치 조각을 씹으면서 나를 물끄러미 바라보았다.

"전 이제 어린애가 아니에요."

난 말이 잘 나오지 않을 만큼 몸이 부들부들 떨리기 시작했다. 로비는 또 낄낄거리고 웃기 시작했다.

"할머니 말이 맞아요, 할아버지."

내 말에 할머니는 한숨을 내쉬면서 이렇게 말씀하셨다.

"나도 모르겠다. 우리 집안에 나쁜 피가 흐르는 게 분명해. 그 어미에 그 딸인 게지."

시험 끝난 날 오후에 톰과 나는 자전거를 타고 나갔다. 내 생에 한 번에 그렇게 멀리, 그렇게 빠르게 자전거를 타 본 적은 없었다. 호프밸리를 지나 캐슬톤까지 질주한 뒤 이어진 윈냇 산길은 힘겨운 오르막길이었다. 내 심장은 빨갛게 부풀어 오른 풍선처럼 곧 터질 것만 같았다. 윈냇 산길은 정말 대단했다. 산길을 따라 올라갈 때는 끝이 보이지 않다가 어느 순간 갑자기 눈앞이 탁 트이면서 정상에 다다른다. 그러고는 벅스톤까지 한참을 물이 흐르듯 자유롭게 흘러 내려가는 것이다. 우리는 언덕길을 내려가면서 머리가 터져라 함성을 질렀다.

"와일드보어클러프까지 가자!"

톰이 외쳤다. 우리는 고개를 낮추고 마치 폭탄이 발사되듯 황무지까지 질주했다. 그러는 내내 자동차나 자전거, 심지어는 등산객조차 보이지 않았다. 그곳에는 양떼가 많았고, 물결치는 강물처럼 날아다니는 마도요 무리가 있었다. 정상 부근에서 우리는 자전거에서 내려서 물통에 있는 물을 전부 들이켰다. 톰은 웃통을 벗고 바지는 무릎까지 말아 올린 채 벌렁 드러누웠다.

"굉장한걸. 너 다음 달에 나랑 같이 프랑스에 가자."

톰이 말했다.

"안 돼."

"왜? 돈이 부족한 거라면 내가 빌려 줄게."

"그런 거 아냐."

"그럼 뭐? 헬렌 때문에? 헬렌이 못 가게 할 리가 없잖아."

나는 톰에게 헬렌에 대해 얘기하고 싶었지만 어떻게 말을 해야 할지 몰랐다. 내가 헬렌을 임신시켰어, 헬렌이 아이를 가졌어, 우리에게 아이가 생겼어, 적당한 말이 생각나지 않았다. 지난 2주 동안 시험지에는 의미 없는 말들을 수도 없이 적어 넣었지만, 정작 내 인생에서 가장 중요한 문장은 생각해 낼 수가 없었다.

"헬렌 정도면 괜찮지. 어쩔 거야? 너희 둘 그대로 계속 사귈 거야?"

나는 웃는 척했다.

"뉴캐슬하고 셰필드가 거리가 어딘데."

그리고 나는 곧 작은 소리로 중얼거렸다.

"하지만 어쩌면 그래야 할지도 몰라."

뭔가 끈적거리는 것이 목에 걸린 듯, 평상시의 내 목소리가 아니었다. 그 정도로 얘기하면 다른 사람들은 눈치 채고도 남았을 테지만 톰은 아니었다. 아무 말도 없이 잠자코 있을 뿐이었다. A를 세 개씩이나 받을 거라고 생각한다는 녀석이 어떻게 저렇게 둔할 수가 있을까.

톰이 앞서 달리고 나는 계곡을 보기 위해 속도를 줄였다. 6월이 가기 전에 헬렌과 얘기를 해서 앞으로의 계획을 정해야 한다는 것을 알고 있었다. 와일드보어클러프를 내려오면서 가속도가 붙자 짜릿한 기분을 느낄 수 있었다. 일부러 브레이크는 거의 잡지 않고 커브 길에서 살짝 틀어 주기만 하면서 몸을 뒤로 젖힌 채로 내려왔다. 눈앞에는 끝이 보이지 않는 광활한 초록빛 풍경이 펼쳐져 있었다. 푸른 언덕 저편에는 무엇이 있을까. 브레이크를 놓아 버리면 놀라울 정도로 평온한 그 공허함 속으로 내던져질 것이었다.

며칠 후 우리는 졸업 파티를 했다. 사실 그건 톰이 대안으로 계획한 파티였다. 졸업생들 중 절반은 디스코 클럽에 가길 원했다. 그런 디스코 클럽들은 열여섯 살짜리 여자애들을 어떻게 해 보려고 이런저런 수작을 거는 마흔 넘은 남자들로 가득하다. 불쌍한 사람들. 메스껍다. 어쨌든 그래서 톰이 리드밀에서 공연하는 잠비아 출신 밴드의 연주를 들으러 가자고 제안했다. 헬렌과 루슬린을 포함해서 열 명 정도의 친구들이 같이 갔다. 나와 헬렌은 곧 뭔가 계획을 세워야 한다. 그걸 모르는 것은 아니다. 하지만 우리가 무엇을 해야 할지 아무 생각도 나지 않는다.

출발할 때부터 헬렌은 어딘가 좀 이상했다. 마치 유리로 만들어진 사람처럼 건드리기만 하면 깨질 것 같았다. 그날 밤 난 헬렌이 무슨 생각을 하고 있는지 짐작조차 할 수 없었다. 내 손을 잡고 키스를 받아 주는가 하면, 다음 순간 몇백만 킬로미터나 떨어져 있는 듯 냉랭하고 말이 없어졌다. 이런 헬렌의 태도는 나에게는 고문이나 다름없었다. 무슨 일이 일어나고 있는 건지 전혀 알 수가 없었다. 그날 저녁 헬렌을 집으로 바래다줄 때까지 나는 헬렌의 의중을 도무지 알 수 없었다.

그날 헬렌은 정말 아름다웠다. 하늘하늘하고 약간 헐렁한 하늘색 옷을 입고 있었는데 머리는 부드럽고 윤기가 흘러서 움직일 때마다 반짝였다. 밴드가 연주를 시작하자 다들 춤을 추기 시작했다. 하지만 나는 그냥 헬렌이 추는 것만 보고 있었다. 헬렌이 춤을 추는 모습은 늘 주위 사람들의 시선을 집중시킨다. 그러면 헬렌은 그 시선들을 못 느끼는 척, 반쯤 눈을 감고 춤을 추다가 나를 보며 그 매력적인 미소를 지어 준다. 마치 그곳에 나만이 있고, 헬렌이 나만을 위해서 춤을 추는 것처럼.

그런데 그렇게 헬렌을 바라보고 있다가 내 머릿속에 갑자기 묘안이 떠올랐다. 정말 너무나 완벽한 생각이었다. 음악이 시끄러웠지만, 그 아이디어가 너무나 신나고 완벽해서 나는 헬렌에게 큰 소리로 얘기해 주고 싶었다. 그렇지만 입 밖에 내지는 않았다. 대신에 나는 그 생각에 취해서 헬렌에게 다가가 춤을 추기 시작했다. 집으로 가는 길에 말해야지. 그 생각이란 바로 이런 것이었다. 내가 셰필드에 있는 대학으로 학교를 옮기는 것. 정말 간단했다.

6월 23일
이름 없는 너에게
나는 그 말을 꼭 오늘 밤 해야 한다는 걸 알고 있었다.
난 이 저녁을 우리가 지금까지 함께한 최고의 시간으로 만들고 그가 나에게는 세상에서 가장 특별한 사람이라는 걸 보여 주고 싶었다. 그렇지만 난 계속해서 이 밤이 끝나면 그에게 해야 할 말을 스스로에게 상기시켜야 했다. 그 생각은 마치 날 익사시키기라도 할 것처럼 내 속에서 계속 차올랐다. 난 크리스를 안심시키기 위해 자꾸 그를 보고 미소지었다. 크리스는 줄곧 내게서 눈을 떼지 않았고, 난 그가 불안해하고 있다는 걸 알 수 있었다. 크리스도 무슨 낌새를 눈치챘던 걸까.

잠비아 출신의 밴드는 아주 경쾌하고 즐거운 음악을 연주했고 사람들은 모두 웃고 즐기고 있었다. 그런 음악에는 춤을 안 출 수가 없다. 음악의 리듬이 몸 속으로 흘러드는 것만 같았다. 나이 든 어른이나 아이 할 것 없이 모두 춤을 추고 있었다. 같이 간 친구들도 모두 즐거워하고 있었다. 나는 아주 헐렁한 원피스를 입고 있었는데 크리스만을 위해 춤을 추었다. 나는 다른 사람들도 모두 나를 쳐다보고 있다는 걸 알 수 있었다. 분명 다들 내가 임신했다는 것을 알았을 것이다. 톰이 언제 그걸 눈치챘는지는 정확하게 알 수 있었다. 순간 얼굴이 새하얘졌으니까. 크리스와 나를 번갈아 쳐다보기에 난 그에게 미소를 지어 보였다. 난 톰에게 '괜찮아, 톰. 나 괜찮아.' 라고 말해 주고 싶었다.

크리스는 그냥 그렇게 내내 나를 바라보고 있었다. 마치 정신은 멀리 다른 데 가 있는 사람처럼. 톰과 다른 사람들이 내가 임신한 것을 깨닫는 시선이 물결처럼 번지는 것도 눈치 채지 못하는 것 같았다. 그러더니 갑자기 일어서서 나에게 다가와 춤을 추기 시작했다. 춤출 때 그의 발은 완전히 제멋대로이다. 두 발을 고무줄로 손가락 끝에 묶어 놓은 것처럼 우스꽝스럽게 움직인다. 크리스는 정말 춤을 못 추는 몸치다.

어떻게 떨어지지 않고 자전거를 타는지 신기할 정도이다.

아가야, 크리스가 춤을 춘다고 발을 구르고 있는 동안 난 내가 얼마나 그를 좋아하는지 생각하고 있었단다. 그 이상의 단어는 말할 수 없다. 그 건 너무 위험하니까. 그리고 내 마음을 너무나, 너무나도 아프게 한단다.

우리가 나왔을 때 밖은 대낮처럼 환했다. 처음에는 모두 함께 가다가 둘 셋씩 나뉘더니 결국 나와 크리스만 남게 되었다. 우리는 서로에게 팔을 두르고 함께 걷는 시간을 조금이라도 늘리려고 아주 천천히 걸었다. 난 그 순간이 영원했으면 하고 바랐다. 난 내가 하겠다고 마음먹은 그 말을 하고 싶지 않았다.

우리 집 길목 모퉁이에 오자 크리스가 말했다.

"헬렌, 우리 이제 작별 인사 같은 것은 할 필요도 없어. 이제부터 영원히 같이 있자."

그리고 그때 난 그 얘기를 했다.

헬렌에게

네가 나한테 이럴 수는 없어. 이렇게 나를 네 인생에서 그냥 내쫓을 수는 없는 거야. 나에게서 멀어지려 하지 말아 줘. 난 멀리 떨어져 있지 않을 거야.

나는 이 편지를 쓰레기통에 던져 버렸다.

사랑하는 헬렌
널 사랑해.

그리고 이것도.

헬렌
진심이 아닌 거지? 제발 진심이 아니길 바래. 제발 다시 만나자.
얘기 좀 해.

그리고 이것도.

나는 전부 다시 써서 한 봉투에 넣어 헬렌에게 보냈다. 매일 편지를
썼지만 답장은 오지 않았다. 그냥 의례적인 답장조차 없었다. 갑자기
난 존재하지 않는 사람이 되었다. 갑자기 아기의 절반이 완전히 사라져
버린 모양이었다. 헬렌은 내가 원하는 게 무언지 물어보지도 않았다.
자기가 원하는 것만 말하고는 나를 떠나 버렸다. 내 삶에서 걸어 나가
자기만의 방으로 들어가 문을 잠가 버린 것이다. 루슬린은 헬렌이 화가
난 거라고 말했다. 그건 말도 안 된다. 따져 보면 헬렌은 처음부터 나를
제외시켰었다. 그제야 난 그걸 깨달았다. 나는 상관도 없는 사람인 것
처럼 모든 결정을 자기 혼자서 했다.

화가 날 뿐 아니라 절망감을 느꼈다. 내가 할 수 있는 일은 아무것도 없었다. 나는 수백만 킬로미터나 떨어진 우주로 추방당해 그곳에서 표류하며 지구를, 그리고 헬렌을 내려다보고 있는 것 같았다.

어느 날 밤 내가 우는 소리를 아버지가 들었다. 아버지는 내게 다른 여자를 만나라든지, 시간이 약이라든지, 아니면 헬렌이 떠난 것이 차라리 잘 된 일이라든지, 하다못해 울지 말라는 얘기조차 상투적인 말은 한 마디도 하지 않았다. 그저 아무 말도 않고 내 방에 들어와서는 침대 옆 의자에 걸터앉아 곁에 있겠다는 것을 알려 주려는 듯 어깨를 어루만질 뿐이었다. 그러고는 조금 있다가 루마니아와 아일랜드의 축구 경기를 보고 싶으면 내려오라고, 나를 위해 맥주를 조금 남겨 두겠다고 했다. 나는 연장전 페널티 킥 하는 것만 잠깐 보았다. 그 5분 동안은 헬렌을 잊을 수 있었다. 아니, 거의 잊을 수 있었다.

톰이 잉글랜드와 벨기에의 준결승전을 폴리테크닉 대학의 대형 스크린으로 보자고 했다. 우리는 먼저 실내 암벽 등반장에 갔다. 나는 앉아서 톰이 하는 것을 지켜보기만 했다. 주변의 소리들이 마치 꿈결처럼 희미하게 웅웅거렸다. 그곳에 있는 학생들은 이리저리 왔다 갔다 하고 웃으며 아무 일도 없는 것처럼 행동하고 있었다. 난 그들이 나에게 일어난 일을 알지도 못하거니와 신경도 쓰지 않는다는 것을 믿을 수가 없었다. 뭔가 회색의 끈적끈적한 액체 속으로 빠져드는 것만 같았다. 나는 노인같이 구부정하고 힘없는 모습으로 톰을 따라 나왔다.

"너 정말 꼴이 말이 아니다."

톰이 말했다.

"됐어, 그만해."

"널 이 꼴로 만들다니 걔 아주 못됐다, 야."

나는 거의 톰을 칠 뻔했다. 톰이 나보다 몸집이 크고 힘이 세어서 내 팔을 뒤로 잡지 않았다면 코를 갈겼을 것이다. 톰은 내 어깨에 팔을 두르고 나를 만델라 빌딩으로 데려갔다. 그곳은 최소한 천 명 정도는 되어 보이는 학생들로 북적거리고 있었다. 다들 대형 스크린으로 경기를 보며 둥글게 앉아 있었다. 나는 경기를 보는 내내 입을 헤벌리고 멍청하게 앉아 있었다. 헬렌의 얼굴이 스크린 위를 떠 다녔다. 웃는 모습, 머리를 약간 뒤로 젖힌 모습, 눈을 감고 춤출 때 얼굴 위로 머리칼이 흘러내리는 모습. 연장전 종료 직전에 갑자기 잉글랜드가 골을 넣었다. 마치 총탄이 발사된 것 같았다. 빵! 그대로 골대 속으로 빨려 들어갔다. 얼음처럼 깨끗하게. 나도 모르게 벌떡 일어나서 다른 사람들과 같이 함성을 질러 댔다. 건물 안 사람들이 온통 다 일어서서 머리가 터져라 소리를 지르며 팔을 흔들었다. 그 이후의 해설은 들리지도 않았다. 우리는 만델라 빌딩에서 쏟아져 나와서 팔을 흔들고 고함을 지르며 응원을 해 댔다. 천 명 가량 되어 보이는 사람들이 팔을 흔들어 대면서 무어가(街)까지 휩쓸고 나갔다. 마치 파도를 따라 휩쓸려 가는 것 같았다. 우리는 기뻐 날뛰었다. 잉글랜드, 잉글랜드! 나는 소리치고 있었다.

그날 밤 집에 어떻게 왔는지 기억나질 않는다.

밤새도록 아팠다. 그건 기억한다.

7월

헤어지자는 헬렌의 말이 진심이라는 것을 알았을 때 나는 어디
론가 멀리 떠나고 싶은 심정이었다. 혹시 헬렌의 눈에 띨까 자전거를
타고 헬렌의 집 앞길을 오르내리거나 우리가 자주 가던 곳에 가서 멍청
히 기다리거나 우리만의 특별한 장소들에 가 보기도 했다. 그렇게 며칠

을 보내고 났지만, 그 모든 장소들은 나에게 아픈 기억만 남길 뿐이었다. 헬렌이 없는 곳에 나 혼자 있다는 것은 정말이지 고통이었다. 리드 밀, 레코드 가게, 폭스 하우스, 우리가 코코아를 마시곤 하던 앳킨슨에 있는 바, 이제는 모두 두 번 다시 가고 싶지 않은 곳이 되어 버렸다. 나는 헬렌이 우연히 길에서 마주쳐도 아는 척도 안 하고 그냥 지나쳐 갈까 봐 두려웠다. 아니면 헬렌을 보게 되면 내가 엉엉 울어 버리거나 다른 바보 같은 짓을 하지나 않을까 걱정되기도 했다. 어디를 가든지 헬렌에 대한 생각이 나를 떠나지 않았다. 버스에 탈 때면 혹시 헬렌이 그 버스에 타고 있지 않을까, 어떤 방에 들어갈 때면 혹시 헬렌이 그 안에 있지 않을까 기대했다. 헬렌은 셰필드 어디에서나 숨쉬고 있었지만 그 어디에서도 그녀를 찾을 수는 없었다. 그 어느 곳에서도. 헬렌은 내 삶 속에서 완전히 사라졌고 그녀와 함께 나의 한 부분, 내게서 제일 좋은 한 부분도 함께 사라져 버렸다.

그래서 어느 날 톰이 우리 집에 와서 마당에 앉아 함께 얘기를 나누다가 자기의 제안은 아직 유효하다고, 내가 가고 싶다면 돈을 빌려 주겠다고 말했을 때, 나는 별 생각 없이 대답해 버렸다.

"그래 좋아, 가자."

지금 생각하면 그러지 말았어야 했는데.

이름 없는 너에게

오늘 침대에 앉아서 너에게 쓴 편지들을 늘어놓고 손에는 크리스의 사진을 들고 있는데 엄마가 방에 들어왔다. 엄마는 새로 빤 침대 시트를 한 팔에 걸치고 문간에 서서 나를 바라보고 있었다. 나는 내게 고정되어 있는 엄마의 시선을 느낄 수 있었다. '그 어미에 그 딸'이라고 한 할머니의 말이 자꾸 머릿속에 떠올랐다. 엄마에게 무슨 말인지 묻고 싶었지만 차마 그럴 수 없었다. 이제 크리스와 헤어졌다고, 엄마의 도움이 필요하다고도 말하고 싶었는데 그 말도 하지 못했다.

나는 크리스의 사진을 마지막으로 보고 있었다. 이제는 보이지 않는 곳에 치워 놓을 생각이었다. 눈에서 멀어지면 마음에서도 멀어지겠지. 엄마는 아무 말 없이 문간에 서 있다가 내 침대 쪽으로 다가왔다. 나는 엄마를 쳐다볼 수가 없었다. 엄마에게 손을 뻗고 말을 하고 싶은데…… 엄마가 금방 나가지 않는다면 말해야지, 나는 생각했다. 잠시 동안 엄마는 침대맡에서 머뭇거렸다. 크리스의 사진을 보면서 아마 침대 위에 널려 있는 편지들에 의아해하고 있는 게 분명했다. 아주 잠깐 동안 엄마는 무슨 말을 하려는 것 같았다. 우리는 마치 침묵의 거미줄에 갇혀 있고, 가느다란 실이 엄마와 나 사이를 연결하고 있는 듯했다. 그 실이 끊어질까 봐 나는 움직이는 것도, 숨쉬는 것도 조심스러웠다. 엄마는 아주 살짝 몸을 앞으로 기울여서 편지들과 크리스의 사진 위로 시트를 내려놓았다. 내가 머리를 들었을 때는 엄마는 이미 고개를 푹 숙이고 방을 나가서 문을 닫고 있었다.

헬렌과 헤어진 지 정확하게 20일이 된 7월 11일, 톰과 나는 아침 일찍 프랑스로 떠났다. 여행의 시작은 완전히 엉망이었다. 역으로 가는 길에 내 자전거 바퀴는 바람이 빠졌고, 차장은 우리가 돈을 미리 냈는데도 짐칸에 자전거를 실으라고 하는가 하면 중간에 기차가 고장이 나 버렸다. 그러는 바람에 런던에 도착했을 즈음에는 출근 시간이어서 길이 온통 꽉 막혀 있었다. 자전거를 타고 그 지독한 교통 체증 사이를 뚫고 빅토리아 역까지 가서 겨우 배를 탔는데 톰이 뱃멀미를 했다. 어쨌든 결국 우리는 프랑스에 도착했다. 루아르 계곡까지는 기차를 타고 간 다음 거기서 횡단 여행을 해서 알프스에 도착한 후에 그 달 말에 집으로 돌아올 계획이었다. 히피 해링턴 선생은 기말고사가 끝날 때쯤 내게 책을 몇 권 주었는데 자기에게는 성경이나 마찬가지라고 했다. 그 중 한 권이 『참선과 오토바이 관리의 기술』이라는 책이었다.

"무슨 사용 설명서 같은 거냐? 오토바이 설명서는 뭐하러 가지고 있는 건데?"

톰이 물었다.

"필요해, 일단 베개로도 쓸 수 있잖아. 이건 존재의 고통에 관한 책이야."

아마도 그 책이 있었기에 내가 제정신으로 여행을 계속할 수 있었던 것 같다. 톰은 정말이지 구제불능이었다. 장을 보고 요리를 하고 텐트 두 개를 자기가 다 칠지언정 자전거를 손보는 데는 아무 생각이 없어서 그 일은 고스란히 다 내 몫이었다. 그래도 그게 삶에 대해서 생각해 볼 수 있는 기회가 되었는지도 모른다. 생존의 문제에 직면하면 가장 기본적인 것에만 신경을 쓰게 되기 때문이다. 때때로 나는 정말 행복했다. 다시 행복해질 수 있을 거라고 생각도 못했는데 말이다. 우리는 노란 해바라기가 끝없이 피어 있는 들판 사이로 곧게 뻗은 도로를 자전거로 내달렸다. 들리는 소리는 새 소리와 간혹 톰이 크게 내지르는 탄성 소리뿐, 햇볕이 뜨겁게 내리쪼이는 여름날 자전거 질주를 하면서 나는 완벽한 행복감을 느끼곤 했다. 하지만 밤에 『참선…』을 읽다가 손전등을 끄고 어둠 속에서 올빼미 울음소리를 듣고 있으면 아픈 기억이 되살아났다.

"크리스, 자니?"

어느 날 밤 톰이 말을 걸었다. 그의 텐트는 내 텐트에서 2, 3미터 떨어진 곳에 있었다.

"아니."

"아직도 헬렌이 보고 싶어?"

"제발 그만 하라니까, 톰!"

"코를 안 골길래 아직 깨어 있는 줄 알았지."

톰은 자기 손전등을 켜고는 침낭 속에 엎드린 채로 기어서 내 텐트까지 왔다. 톰은 내 텐트의 지퍼를 열었고, 우리는 함께 텐트 입구에 앉았다. 별들은 정말 굉장했다. 근처에서 냇물이 흐르는 소리를 들을 수 있었다. 숲 속의 밤은 어둠 속에서 들려오는 온갖 소리로 가득 차 있었다.

"개 짖는 소리 들려?"

톰이 물었다.

"여우일걸, 분명."

내가 대답했다.

"그래, 여우 맞는 것 같다."

작은 산토끼 같은 것이 덫에 걸려서 아이 우는 듯한 소리를 내고 있었다.

"책은 다 읽었냐?"

"아니, 음미하며 읽는 중이야. 내용이 꽤 괜찮거든."

"나는 케로액이 쓴 『길 위에서』를 읽는 중이야."

"아, 잭 케로액, 미국 작가. 그것도 해링턴 선생이 추천해 주신 거로구나."

"이 책이 1957년에 씌어졌다는 게 믿기지 않아. 완전 역사책인 거잖아!"

"그때나 지금이나 젊은 애들은 모조리 어디론가 사라져 버리고 싶다고 생각하는지도 몰라. 그래서 아직도 그 책이 의미있게 다가오는 게 아닐까?"

"천팔백만 부나 팔렸대. 그건 뭔가 있다는 거지. 그러니까, 천팔백만 명의 애들이 이 책을 읽고 무작정 어딘가로 끝없는 여행을 하고 싶어했다는 거잖아. 그래서 다시 한번 자신에 대해 생각해 보기를 원했다는 거지."

우리는 침낭을 목까지 끌어올리고 팔베개를 하고는 마치 뒤집혀진 애벌레 한 쌍처럼 그 자리에 드러누워서 하늘을 올려다보았다.

"무작정 떠나고 싶다면, 뭔가를 좇고 있는 걸까 아니면 무언가에 쫓기고 있는 걸까?"

나는 한 바퀴를 떼구르르 굴렀다. 하늘의 별들은 계속 바라보고 있기에는 너무나 밝았다. 아니, 얼음같이 딱딱하고 싸늘했다.

"그냥 아무 데나 가고 있는 거지 뭐. 어디론가 가기 위해서 그냥."

"그럼 갈 곳이라도 있는 걸까? 어디로 가는 거지?"

톰과 나는 한참 동안 이 이야기를 계속했다. 그 책을 쓴 지 십년 후 잭 케로액은 세상을 떴다. 술을 너무 많이 마셔서 망각의 세계로 들어가고 말았다. 그 사실도 무언가를 말해 주는 것 같았다. 죽음도 또 다른 종류의 여행이라고 볼 수 있으니까. 우리가 한참을 떠들다가 잠들었다가 다시 깨서 이야기를 하는 내내 헬렌은 그곳에 있었다. 내 마음의 가장 가까운 곳에, 별보다도 더 빛나는 모습으로.

7월 17일
이름 없는 너에게

벌써 7월도 반이나 지나갔다는 걸, 그리고 너와 6개월이나 함께 있었다는 사실을 정말 믿을 수가 없다. 이제는 옷이 아무리 헐렁해도 너를 감출 수가 없다. 지금 너를 감추려고 하는 건 어김없이 밝아 오는 새벽을 멈추게 하는 것이나 마찬가지다. 너는 계속해서 팔이나 다리를 휘두르면서 "엄마 나 여기 있어요, 아는 척 좀 해 주세요!"라고 말하고 있는 것만 같다. 너는 내가 있다는 걸 알지 못하겠지만 나는 늘 너를 생각한단다. 잠시도 너를 잊을 수가 없어.

그리고 날씨가 정말이지 너무나 더워! 매일 찌는 듯 무더운 날의 연속이다. 난 마치 커다란 장바구니를 허리에 매달고 다니는 것만 같다. 시원한 바다 동굴에 둥지를 틀고 있는 너를 상상해 본다. 아가야, 내 심장 박동에 따라 이리저리 움직이는 파도 속에 떠다니는 건 뭐랄까, 마치 어두운 수영장에 있는 느낌이니? 그 안에서 너는 편안하게, 그리고 안전하게 웅크리고 있니? 너는 이제 진정한 하나의 인간이야. 네가 빨리 보고 싶구나.

하지만 이런 것들은 낮 시간에 드는 행복한 생각들이다. 요즈음은 밤마다 외로움과 두려움에 문득 잠을 깨곤 한다. 어젯밤에는 깨어나서 정원에 나갔다. 맑은 하늘에 떠 있는 별들이 거대해 보였다. 그 늦은 시간에도 멀리서 차들이 웅웅거리는 소리며, 도시의 숨죽인 소리가 들려왔다. 이 세상 구석구석, 모든 곳에서 사람들은 계속해서 움직이고 있었다. 누군가는 죽음을 맞고, 누군가는 태어나고 있었다. 정원은 그림자로 가득했다. 나무들과 달빛이 부드러운 은빛으로 외롭고 조용한, 속삭이며 노래하는 듯한 그림자를 만들었다. 나는 그 그림자에 대고 소리라도 지르고 싶은 심정이었다. 어떻게 해야 할까? 너와 난 어디에서 살고, 무엇을 해서 살아 나가야 할까. 너를 어떻게 돌봐야 할까. 내가 이 모든 것을 감당할 만큼 강한지, 아무것도 알 수가 없다. 나는 어둠이 무서웠다. 그러나 돌아서서 집 안으로 들어와 온갖 일상 도구들과 가전 기구들이 반짝이는 부엌에 들어갔을 때는 그 밝음이 두려웠다. 나는 정말 아무것도 알 수 없었다. 크리스가 나를 안아 주면서 괜찮다고, 우리 둘이서 잘할 수 있을 거라고 말해 주길 바랐다. 하지만 그 모든 것에 등을 돌려 버린 건 나다. 그 어떤 것도 새벽이 밝아 오는 것을, 네가 태어나는 것을 막을 수는 없다. 너는 어떻게 태어나는지를 알고 있을 테니 힘과 지혜를 가지고 당당하게 이 세상에 나오겠지. 그렇지만 나는 정말 아무것도 알 수 없구나.

하늘을 더 이상 바라보고 있을 수가 없어서 커튼을 쳐 버렸다. 하늘이 점점 밝아 오면서 새벽이 다가오고 있었다. 그 무엇으로도 막을 수 없는 새벽이……

다음날은 내가 밤새 코를 골아 잠을 제대로 자지 못했다는 톰의 핀잔과 함께 시작되었다. 우리는 둘 다 몹시 피곤했고, 그래서 아침을 먹고 텐트를 정리해 자전거에 다시 싣기까지 무려 두 시간이나 걸렸다.

"매번 이런 식으로 늑장 부릴 수는 없잖아."

내가 투덜거렸다. 나는 고개를 한껏 숙이고 자전거에 앉아 바람처럼 달리고 싶었다. 그것은 어쩌면 내가 나를 벌주는 방법이었다. 톰은 그저 빈둥거리고 있을 뿐이었다. 우리는 캠핑장에 몰래 숨어 들어가서 기분 좋게 샤워를 했고, 다음날 밤은 무슈 비엥브뉘라는 농부가 공짜로

농장에 묵게 해 주었다. 우리는 그가 소젖 짜는 것을 구경하며 한참 동안 이야기를 나눴다. 방금 짠 우유는 정말로 따뜻했고, 게다가 김까지 모락모락 났다! 본 적도, 냄새를 맡아 본 적도 없는 것이었다. 농부는 우유를 교유기에 넣고는 마셔 보라고 우리에게 한 국자 퍼 주었다. 우유에서 풀 냄새가 나는 것 같았다. 톰의 프랑스어는 형편없었지만 단어를 모르면 아무렇게나 지어서 프랑스식의 억양을 넣는 식으로 대강의 사소통을 해 내곤 했다. 내가 시제를 제대로 찾고 단어가 남성인지 여성인지 정확하게 맞추느라 시간을 들여 겨우 문장을 만들어서 이야기에 끼어들려고 하면 두 사람은 이미 다른 주제로 넘어가 버린 후였다. 그래서, 프랑스어를 졸업시험 과목으로 선택한 사람은 난데 이야기를 이끄는 것은 주로 톰이었다. 나는 그저 중간중간에 단어만 끼워 넣을 뿐이었다. 농부의 부인이 집에서 만든 오렌지술 비슷한 것을 내왔는데, 그 술을 마시고 나니 말하기가 좀 쉬워져서 우스갯소리도 할 정도였다. 아무래도 너무 빨리 마신 것 같았다.

　다음날 우리는 숙취로 인한 두통이 채 가라앉기도 전에 한 소도시를 통과했는데, 차가 다니는 방향이 영국과 정반대인 데다가 순환로가 너무 복잡해서 금방이라도 사고가 날 것 같았다. 나는 헬렌이 내가 프랑스에서 죽었다는 소식을 듣는 것을 상상했다. 그러면 넌 슬퍼할까, 헬렌? 밤에는 너무나 더워 잠을 설칠 정도였다. 햇볕에 화상을 입었고, 자전거에 오래 앉아 있어서 엉덩이도 아팠고, 입 속은 다 헐어 있었다. 지나가는 모든 여자애들이 다 헬렌처럼 보였다.

나는 엽서를 석 장 샀다. 한 장은 아버지, 한 장은 엄마에게 쓸 것이었다. 그리고 나머지 한 장은 — 질 이모에게 보낼 것이었다.

이름 없는 너에게

"할머니 어렸을 때 얘기 좀 해 주세요."

내가 말했다. 바깥 날씨는 너무 좋았지만 할머니 방은 어두컴컴했다. 할머니가 햇볕이 들어오지 않도록 커튼을 쳐 두었기 때문이다. 나는 할머니 방의 그 답답함이 견딜 수 없을 정도로 싫었다.

"내가 어렸을 때 말이냐? 알아서 뭐 하려고?"

아가야, 나는 모든 것을 알고 싶단다. 구석구석 다 들여다보고 거기에 무엇이 있는지 알고 싶어.

"할머니, 셰필드에 사셨었나요?"

할머니는 갑자기 쿡, 하고 짧은 웃음을 웃고는 대답했다.

"나는 서랍 속에 살았었지."

그것은 내가 이미 알고 있는 사실이었다. 오래 전에, 어렸을 때 할머니가 들려주곤 했으니까. 그렇지만 왜 그랬는지, 그게 무슨 의미인지 알려 준 적은 없었다. 나는 조용히 기다렸다. 바깥 정원에서는 할아버지가 휘파람을 불며 산울타리 나무들을 잘라 다듬고 있었다.

"그 시절에는 말이다, 요람이나 아기 침대를 살 형편이 안 되면 아기를 서랍 속에 두곤 했지. 그런 대로 쓸 만했어. 암, 그렇고말고."

그래, 그럴 수밖에 없다면 나도 그렇게 할 거야. 물론 부드러운 것을 서랍에 잘 깔고 나서 말이야. 할머니는 말을 이었다.

"게다가 그보다 나를 숨기기에 더 좋은 장소가 없었어. 내가 자지러지게 울거나 위층의 주인마님이 부엌에 내려올 일이 있으면 그냥 서랍만 닫으면 나를 안 보이게 할 수 있으니까 아주 편리했지."

할머니는 다시 낮은 목소리로 웃었는데, 70대 노인의 웃음이라기보다는 소녀의 웃음에 더 가까웠다.

"설마 정말 그러셨던 건 아니겠죠? 그렇죠, 할머니?"

할머니는 문득 나를 날카롭게 곁눈질했다.

"네 중조할머니가 미혼모였다고 생각하고 있는 거라면 그건 아니다. 네 중조할아버지는 어느 높은 분 댁의 집사였어. 하지만 당시에는 그런 시중을 드는 사람은 아이를 가질 수 없었지. 일자리를 잃을 수도 있었거든. 그래서 내가 있다는 사실은 비밀이었다."

"그렇지만 정말 서랍을 닫지는 않으셨겠죠?"

할머니는 눈을 감더니 손을 깍지 껴 가슴에 대고 고개를 푹 숙인 채 속삭이듯 말했다.

"지금도 기억이 나는 것 같구나. 내 머리 위로는 검은 냄비들이 쌓여 있는 선반들이 보였지. 치맛자락 스치는 소리와 발자국 소리, 그리고 사람들 목소리도 들렸어. 내 얼굴 위로 낮의 햇살이 지나고 점차 어둠으로 변하던 것, 그런 것들이."

그러면서 할머니는 손을 눈 쪽으로 가져갔지만 나는 할머니의 눈꺼

풀이 살짝 떨리는 것을 보았다. 할머니는 다시 가슴께에 손을 모아 쥐고는 말했다.

"서랍이 스르르 미끄러지던 것, 갑자기 덜컹거리던 것도 기억나고. 그 냄새도 기억난다. 메케하면서도 달콤한 그 냄새도."

"무섭지 않으셨어요?"

그러자 할머니는 마치 흐느끼는 듯, 작은 목소리로 말했다.

"무서운 걸 알기에는 너무 어렸지. 게다가, 나는 어두운 게 좋아."

나는 할아버지를 보려고 밖으로 나갔다. 할아버지가 잘라 낸 산울타리 잔가지들을 치우는 일을 돕고 싶었지만 할아버지가 못하게 했다. 나는 그냥 의자에 앉아 햇빛을 받으며 할아버지가 일하는 모습을 지켜만 보고 있었다. 할아버지는 허리를 굽힐 때마다 끙 소리를 냈다.

"할머니는 이제 잠드셨어요."

"그래, 그래, 아마 차 마시는 시간까지 계속 잘 게다."

"할머니도 여기 좀 나와 앉아 계시라고 그러세요."

"자기가 내키면 앉아 있기도 한단다. 내일은 또 참새처럼 재잘거리며 즐거워할지도 모르지. 그렇지만 기분이 안 좋으면 완전히 다른 사람이 돼."

"엄마는 여기 전혀 안 오시죠? 그렇죠?"

할아버지는 또 끙 하는 소리를 내며 허리를 굽혔다. 할아버지의 뺨이 약간 보랏빛으로 변했다. 내가 도와드리게 놔두시면 좋을 것을. 할아버지가 빗자루로 쓸어 내는 산울타리의 잔가지들에서는 풋풋하고 달콤한 냄새가 났다.

"오라고 해서 오지는 않아도, 네 어미도 오고 싶으면 가끔 온다."

"엄마가 우리 아빠랑 결혼한다고 하셨을 때 할아버지는 기뻐하셨어요?"

내가 어떤 기분이었는지 알 수 있겠니, 아가야? 나는 모든 것을 다 알고 싶었단다. 전에는 한 번도 감히 이런 질문을 하지 못했었는데. 할아버지는 입을 살짝 내밀면서 쓸고 있던 빗자루에 몸을 기대더니 손등으로 이마에 맺힌 땀을 닦으면서 말했다.

"우리는 말이다, 네 엄마 아빠가 좀 안 어울린다고 생각했단다. 너도 알다시피 네 아빠가 좀 내성적이잖니. 네 엄마는 아주 발랄하고 활동적이었지. 우리는 이 결혼이 앨리스에게 절대 어울리지 않는다고 생각했다. 네 엄마는 항상 공부를 잘하고 열심히 이것저것 자기 계발이랄까, 그런 걸 하는 타입이었으니 말이다. 네 엄마는 네 아빠가 대학도서관 사서인 것이 꽤 멋지다고 여겼던 것 같구나. 그런데 이제껏 살면서 네 아빠가 네 엄마의 기대에 좀 못 미쳤다고 할 수 있지."

"그건 왜요? 아빠가 엄마를 얼마나 좋아하는데요."

엄마와 아빠에 대해서 마치 낯선 사람처럼 이야기하고 있다는 것이 좀 미안하게 느껴졌지만 그보다는 호기심이 더 컸다.

"오, 그럼. 네 아빠는 엄마를 위해서라면 뭐든지 할 게다. 그저 아무 일 않고 조용히 산다면 말이지."

할아버지는 의미있는 미소를 지으며 덧붙였다.

"네 아빠는 네 엄마가 춤을 못 추게 했지."

"춤을 못 추게 해요?"

할아버지는 이제 빠른 동작으로 나뭇가지들을 길 가장자리로 쓸어내며 길을 따라 걸었다. 나는 앉아 있던 의자에서 미끄러져 내려와서 할아버지를 쫓아갔다.

"네 엄마는 춤추는 것을 정말 좋아했지. 몰랐니? 네 엄마는 어렸을 때, 온 집 안을 춤을 추며 돌아다녔어, 마치 요정처럼 말이다."

할아버지는 그 모습을 추억하며 고개를 절레절레 흔들더니 또 한 번 웃었다.

"온갖 리본이며 스카프, 아니면 끈 같은 것들, 하여간 뭐든지 손에 들고 원을 그리며 춤췄지. 심지어는 두루마리 휴지나 신문 조각을 리본처럼 흔들면서 춤을 추곤 했단다. 네 엄마는 아빠를 재즈클럽에서 만났어. 네 아빠는 저녁에만 일하는 아르바이트로 거기에서 피아노를 치고 있었는데, 네 엄마는 친구들과 함께 거길 자주 갔지. 춤을 추러 말이다. 정말 춤을 썩 잘 췄거든. 그래서 네 아빠가 엄마를 좋아하게 된 걸 게야."

나는 그 장면을 상상해 보려고 했다. 흐릿한 불빛에 담배 연기가 매캐한 클럽에서 아빠가 셔츠 차림으로 피아노 앞에 앉아서 래그타임을 연주하고 있다. 그런데 엄마는…… 엄마의 모습은 잘 상상이 되지 않았다.

"그런데 왜 아빠가 엄마에게 춤을 못 추게 했는데요?"

"글쎄다…… 나도 확실히는 모르겠지만 말이다, 결혼한 뒤로는 안정된 삶을 살고 싶었던 게지. 어쨌든 네 엄마에게 클럽에 가지 말라고 했으니 말이다. 네 아빠가 그런 고집을 부릴 줄은 몰랐지. 너도 알잖니, 네 아빠가 좀 내성적이란 거. 자기 아내가 사람들 앞에 나서는 것을 좋아하지 않았던 게지."

"그런 일이 있었던 건 전혀 몰랐어요."

한 쌍의 참새가 할아버지가 쓸어서 모아 놓은 흙더미에서 날개를 비비며 먼지 목욕을 하고 있었다. 할아버지가 말을 이었다.

"그래, 자식들이 알지 못하는 부모들의 얘기가 한두 가지겠니."

할아버지가 빗자루를 쳐들자 참새들은 반대쪽으로 날아갔다. 할아버지는 남은 산울타리 나무 잎사귀들을 쓸어 버리고는 바지에 손을 문질렀다.

"사람들은 결혼을 하면 앞길이 활짝 열릴 거라고 기대하지만 사실은 그렇지가 않단다. 결혼은 미래로 가는 문을 모조리 닫아 버리는 거나 마찬가지야."

할아버지는 쓰레기봉투를 끌고 뒤쪽으로 가서는 모닥불을 피우려고 쌓아 둔 더미 위에 올렸다.

"아직은 안 태울 거다, 잎이 너무 푸르잖니. 난 막 어둑어둑해지는 저녁에 모닥불 피우는 게 좋더라. 혼자 밖에 나와 앉아서 나무 타는 연기가 피어오르는 모습을 바라보면 마음이 평화로워지고 참 좋지. 이 세상에 나무 타는 냄새처럼 좋은 냄새는 없어. 여기 이렇게 혼자 고즈넉하게 앉아서 모닥불이 탁탁거리며 타는 것을 보고 있으면 어디선가 두꺼비가 거기, 바로 네가 서 있는 데쯤까지 와서 가만히 웅크리고 앉아 있는단다. 불꽃에 반사되어 노랗게 된 눈을 껌뻑이며, 턱을 부풀리면서 말이다. 글쎄, 아마 녀석도 나처럼 실없는 생각이나 하고 앉아 있는 건지도 모르지. 그렇게 불 옆에 앉아 있으면 뜨거울 텐데 말이야! 재미있지 않니?"

"할아버지, 저 이만 가 봐야 할 것 같아요."

나는 정말 가고 싶지 않았다. 할아버지와 함께 있는 게 좋으니까. 나에게 작별 키스를 하느라고 허리를 굽히면서 할아버지가 말했다.

"헬렌, 그 애 말이다. 그 애는 너랑 결혼할 생각이니?"

나는 외면한 채 대답했다.

"아뇨, 저 결혼하고 싶지 않아요."

"괜찮은 아이 같긴 하지만, 너무 어리다. 너도 애를 갖고, 결혼을 하고 그러기에는 너무 어려. 너희 둘 다 말이다."

"알아요. 우리 사이는 이제 끝났어요."

할아버지는 허리를 굽혀 쓰레기봉투에서 삐져 나온 산울타리 잔가지들을 신부 부케처럼 모아 쥐고는 나를 따라 나섰다.

"내가 네 엄마를 잘 알지. 이 일을 그냥 쉽게 넘어가 주진 않을 게야. 만약에 말이다, 헬렌. 만약에 네가, 아니 너와 네 아기가 있을 곳이 필요하면 말이다, 그렇다면 별로 훌륭한 곳은 못 된다만 여기서 지내거

라. 언제든지 환영할 테니."

나는 고개를 끄덕였다.

"잊지 마라, 여기 와 살아도 괜찮다는 것 말이다."

오늘은 정말 긴 하루였다. 온갖 이상한 곳을 몇 킬로미터고 걸어 다닌 것만 같다. 어쨌든 엄마가 좀더 가깝게 느껴지게 된 것이 수확이라면 수확일까. 하지만 아직 가야 할 길이 멀고 알고 싶은 게 너무 많다.

프랑스에서의 시간을 돌이켜 생각해 보면 그때 일어난 일들은 모두 주변 상황 때문이었다고 설명할 수밖에는 없다. 내 행동에 대한 변명을 하는 것이 아니다.

우리 여행이 2주째로 접어들었던 그날 내 자전거에 심각한 문제가 발생하고 있었다. 뒷바퀴가 휘어서 타이어가 바퀴 가장자리의 쇠 부분과 심한 마찰을 일으켰다. 기어는 계속 밀리는데 우리는 아주 가파른 언덕들을 올라야 했고, 나는 햇볕에 화상을 입은 데다가 하도 자전거에 오래 앉아 있어서 엉덩이가 뻐근했다. 한참 자전거 수리점을 찾아 헤매다가 겨우 한군데 발견했는데 월요일이라 쉬고 있었다. 우리는 길가에 앉아서 바게뜨 빵을 먹었는데 입 안이 너무 헐어서 빵 껍질 속의 부드러운 부분만 먹을 수 있었다. 자전거는 내가 손봐서 고칠 수 있는 정도의 고장이 아니었다. 바큇살들이 온통 삐져 나와 몇 개는 타이어에 구멍까지 냈다. 내 생각에 지난번 캠프장에서 누군가가 바퀴를 밟고 지나간 게 분명했다. 퍼시그는 그의 책 『참선…』에서 이러한 일들을 '불평 불만의 덫'이라고 불렀다. 나라면 더 멋진 말을 만들어 낼 수 있었을 것 같은데. 톰은 정말이지 쓸모가 없었다. 톰이 생각하는 거라고는 트럭을 잡아타고 집에 돌아가는 것뿐이었다. 어쨌든 우리는 가까스로 자갈투 성이인 캠프장에 도착했고, 두 시간이 걸려 먼저 내 텐트를 치고 난 다음 나는 본격적으로 자전거 뒷바퀴 고치는 일에 매달렸다. 바퀴 중심에 바큇살 하나가 걸려 있고 바큇살 세 개는 느슨하게 매달려 있었다. 다른 열 개도 금방 떨어져 나갈 것처럼 보였다. 이 바퀴를 고칠 때까지 2, 3일은 꼼짝없이 그곳에서 지내야 했다. 그래도 나는 이상하리만큼 차분히 이 모든 상황을 받아들이고 있었다.

톰이 자기 텐트를 세우기 시작했을 때 우리는 톰의 텐트 가방에 커다란 구멍이 하나 나 있고 텐트 겉에도 구멍이 여러 개 있는 것을 발견했다. 믿을 수가 없었다. 그 텐트는 내 자전거 뒤에 달린 짐바구니에 넣고 다녔는데 헐거워진 바큇살이 가방을 뚫고 들어간 모양이었다. 우리는 화가 나서 욕을 해 댔다. 톰은 더위에, 프랑스에, 그리고 무엇보다도 나에게 무척 화가 나 있었다. 하지만 그날의 불운은 거기서 끝나지 않았다. 톰이 좀 진정하기 위해 샤워를 하러 간 사이 다른 짐바구니를 비워 보니, 거기에 담겨 있던 내 침낭은 기름 범벅이 되어 있었다.

설상가상으로 저녁에는 비까지 내리기 시작했다. 톰은 내 텐트에서 자는 수밖에 없었고, 나는 침낭 없이 자야 했다. 발을 뻗어야 할 곳에는 내 자전거의 뒷바퀴가 분해된 채로 있었다. 그때 마침 여자애 둘이 우리 근처에 텐트를 세우려고 하다가 자갈 때문에 골머리를 앓고 있었다. 톰은 한껏 잘난 척하면서, 그리고 어차피 나와 별 얘기를 하지 않고 있었기 때문에 그 여자애들을 도와주러 갔다. 나는 부루퉁하게 앉아서 『우주 끝에 있는 식당』이라는 책을 읽었는데 별로 재미있지 않았다. 캠프장 옆에 있는 강 위의 섬에서는 사상 최악의 디스코 파티가 진행되고 있었다. 정말이지 그 DJ를 가시덤불에 던져 버리고 싶을 지경이었다. 톰은 여자애들과 함께 거기에 갔다. 나는 그 애들이 형편없는 음악에 신이 나서 깔깔거리며 내 옆을 지나가는 것을 못 본 척하고 앉아 있었다. 조금 있다가 도저히 책을 읽을 수가 없어서 나도 그곳에 가서 구경을 했다. 그러자 여자애 두 명 중 한 명이 나를 알아보고는 같이 춤추자고 손짓을 했다. 나는 무시했고, 그러고는 최악의 기분으로 텐트로 돌아왔다. 그 여자애가 웃는 모습은 마치 헬렌을 보는 것과 같았다.

자정이 한참 지나서야 톰은 내 텐트 속으로 기어 들어와서는 내가 2대 1로 이겼다고 놀려 댔다. 자기는 텐트만 형편없이 구멍 났지만 나는 자전거의 뒷바퀴가 산산조각 난 데다가 침낭까지 자전거 기름으로 뒤덮었으니 그렇다는 말이었다. 톰은 이 모든 상황에도 불구하고 놀라울 정도로 기분이 좋아 보였다. 내가 막 다시 잠에 빠져들려고 할 때 톰이 말했다.

"그리고 말야, 크리스. 나 사랑에 빠졌어."

다음날 나는 수리점에 가서 90프랑을 내고 자전거를 고쳤다. 자전거를 그곳에 맡기고 돌아와서 나는 하루 종일 책을 읽었다. 그 『…식당』 책을 끝내고 이제 『호밀밭의 파수꾼』을 읽기 시작했다. "네 인생을 바꿔 줄 거야."라고 해링턴 선생이 말했던 그 책이었다. 하긴 내 인생은 좀 바꿀 필요가 있었다. 톰과 여자애들은 캠프장에서 키우는 개들을 데리고 원반 던지기며 달리기 시합 같은 것을 하면서 놀고 있었는데 끊임없이 웃어 대는 소리가 정말 귀에 거슬렸다. 웨일즈에서 온 애들이었고, 한 명은 브린, 한 명은 메나이라고 했다. 히치하이킹으로 프랑스를 여행하고 있다고 했는데 여자애들끼리만 그런 여행을 한다는 것도 마음에 안 든다. 자기네끼리는 웨일즈 말로 대화를 했는데, 그것도 처음부터 못마땅했다. 둘 중에 키가 작은 쪽에 속하는 진갈색 머리의 브린은 정말 끊임없이 재잘거렸다. 나는 브린을 무시하려고 했지만 그 애는 책에 대해서 꽤 많이 아는 듯, 내가 어디쯤 읽고 있는지 계속 물어 댔다. 나는 책 읽는 데 누가 말 거는 것은 질색이다. 하지만 내가 고개를 들 때마다 그 애는 미소를 지으며 나를 보고 있었다.

6시가 되어 나는 내 자전거를 찾으러 다시 시내로 갔다. 자전거는 완벽하게 수리되어 있었다. 나는 오는 길에 와인을 좀 사 와서 여자애들을 불러 같이 저녁을 먹었다. 그날 저녁에도 섬에서 디스코 파티가 있었고 이번에는 우리 모두 다 함께 갔다.

정말 너무나 즐거웠다!

7월 23일
이름 없는 너에게

크리스와 헤어진 지 꼭 한 달이 지났지만 아직도 내 머릿속에서 크리스의 생각이 떠나지를 않는다. 집도 가까운데 어떻게 한 번도 마주치는 일이 없는지…… 마치 크리스가 이 세상에서 완전히 사라져 버린 것 같다. 크리스와 사귈 때 나는 내가 훨씬 더 나이가 많은 것처럼 느끼곤 했다. 너무 낭만적이거나 비현실적인 데가 있어서 화를 내곤 했지만 지금은 크리스의 그런 면이 제일 그립다. 지금도 크리스는 아마 내 어깨에 팔을 두르고 사랑한다고 말하기만 하면 모든 것이 다 해결될 거라고 생각하겠지. 요새는 나도 가끔 그렇게 믿어지기도 한다.

오늘 저녁 드디어 엄마에게 말을 꺼냈다. 쉽진 않았다. 아빠는 밴드 사람들이랑 외출했고, 로비는 이제는 환경에 신경을 써야 할 때라고 하면서 정원 뒤뜰에 연못을 만든다며 웅덩이를 파고 있었다. 오후의 햇살이 방 안을 노랗게 비추고 있었다. 내가 엄마에게 백포도주 한잔 하겠느냐고 물었더니 엄마는 다소 놀라는 눈치였지만 한 번 짧게 웃고는 그러겠다고 했다. 물론 내 것으로는 얼음을 많이 띄운 오렌지 주스를 준비했다. 네게 알코올은 금물이니까, 작은 올챙이야!

난 엄마에게 크리스와 이제 완전히 헤어졌다고 말했다. 그때, 엄마 앞에서 모든 걸 얘기할 때, 나는 내 마음의 상처를 숨김 없이 다 드러내 보였다. 엄마는 조용히 듣고만 있었다. 물론 날 안아 주거나 다독이지도 않았다. 엄마는 그런 표현을 할 줄 모른다. 그게 오히려 다행인지도 모르겠다. 나도 감정에 휩쓸려 버리고 싶지는 않았으니까.

나는 크리스와 결혼을 하거나 같이 살고 싶진 않다고, 우리가 서로에게 구속이 되는 것은 원치 않는다고 말했다. 무엇보다도 크리스가 그토록 가고 싶어 하는 대학을 나 때문에 포기하게 할 수는 없고, 내가 그 책임을 지고 싶지는 않다고도 했다. 그리고 어차피 헤어질 거라면 지금 헤어지는 것이 가장 좋다고 생각했노라고 이야기했다. 오랫동안 생각해 둔 터라 거침없이 말이 나왔다.

엄마는 마치 유리잔에 입을 맞추듯 포도주를 입술에 적시기만 하면서 한참 동안 아무 말도 없이 가만히 앉아 있었다. 그리고 나서 엄마는 널 입양시킬 생각은 없는지 또 다시 물었다. 난 늘 그래 왔듯이 단호하게, 그럴 순 없다고 대답했다. 바로 그때 네가 가볍게 발길질을 했다. 너도 내가 하는 말을 다 듣고 있는 게 분명해. 그러자 엄만 고개를 조금 끄덕이며 아무런 감정도 드러내지 않고 작게 한숨을 내쉬었다.

"그러면 넌 앞으로 어떻게 할 거니?"

엄마가 물었다. 난 네가 대학 부설 탁아소에 갈 수 있을 정도의 나이가 되면 셰필드에 있는 대학에서 음악을 공부하고 싶다고 했다. 어쩌면 맨체스터에 다시 지원해서 작곡 공부를 할 수 있을지도 모른다고도 말했다. 그 이야기를 듣고 엄마는 내가 말도 안 되는 소리를 하고 있다는 듯한 표정을 지었다. 하지만 난 그게 충분히 가능한 일이라는 것을 알고 있다. 아이가 있다고 해서 모든 게 끝나는 건 아니니까. 오히려 그건 다른 무언가의 새로운 시작이 될 수도 있다. 그리고 네가 태어난 후에 우리가 그대로 집에 머물러 있는 걸 엄마가 원치 않는다는 걸 알고 있다면서, 할아버지가 내가 원하면 할아버지 댁에서 살아도 좋다고 하셨다고 했다.

그러자 엄마가 놀란 듯, 눈을 크게 떴다. 엄마는 할아버지 댁에 거의 가지 않는다. 엄마는 할머니를 별로 좋아하지 않는 것 같다. 아니면 엄마는 지금의 할머니의 모습을, 원래 나이보다 더 나이를 먹은 듯, 그저 아무것도 안 하고 세월을 보내고 있는 할머니의 모습을 싫어하는 건지도 모른다. 그래, 그게 내 추측이었다. 하지만 나는 나중에 엄마가 할머니로부터 멀어진 데는 더 깊고 분명한 이유가 있다는 걸 알게 되었다.

"거긴 아이가 자랄 만한 곳이 못 된다."

엄마가 말했다. 그리고 난 그때 할머니가 내게 했던 얘기를 꺼냈다.

지난 며칠 동안 난 내 출생 증명서와 엄마 아빠의 결혼 증명서를 찾기 위해 서랍 속에 있는 서류들을 죄다 뒤졌다. 하지만 어디 숨어 있는지 도대체 찾을 수가 없었다. 금지된 것들에 손을 대는 도둑 같다는 생각이 자꾸 들었다. 아무리 찾아봐도 없다는 걸 알면서도 나는 같은 곳을 계속해서 뒤졌다. 마치 잃어버린 내 삶의 한 부분을 기어코 찾아내려는 듯 같은 장소들을 뒤지고 또 뒤졌다. 그리고 지금, 엄마가 내 말을 듣고 너무 놀라서, 아무 말도 없이 빈 포도주 잔을 입에 대고 앉아 있을 때 나는 그 질문을 했다. 용감하게, 엄마가 결혼 전에 나를 낳았는지 물었던 것이다. 엄마는 눈을 감고 갑자기 온몸에 한기를 느끼는 것처럼 부르르 떨었다. 밖에서는 로비가 땅을 파면서 부르는 노랫소리가 들려왔다. 바깥이 무척이나 더워서 로비가 금방이라도 씻으러 들어올지 몰랐다. 로비는 소파에 다리를 벌리고 털썩 주저앉아 우리를 번갈아 쳐다보면서 무언가가 벌어지고 있다는 것을 금세 알아채겠지. 방 안에서는 청파리가 윙윙거리는 소리가 났다. 커튼 어딘가에 갇혀 있는 모양이었다.

엄만 아니라고, 당연히 아니라고, 결혼 후 2년 뒤에 나를 낳았다고 했다. 그러고는 앞에 있는 탁자에서 편지 한 장을 집어 들고는 "정말 날씨가 지긋지긋하게 덥구나." 하면서 부채질을 했다.

나는 무슨 냄새를 맡은 사냥개처럼 끈질기게 물었다.

"그렇지만 아기는 있었죠, 그죠? 할머니가 '그 어미에 그 딸'이라고 말씀하셨어요. 그게 대체 무슨 뜻이에요?"

아가야, 난 널 위해서라도 알아내야만 했단다. 그건 네 과거의 일부이자 우리 미래의 일부이니까.

"그 아기가 내가 아니었다면 도대체 누구였어요? 그 아이는 지금 어디 있어요?"

엄만 내가 상관할 일이 아니라고 했다. 그러나 나는 너무나 침착하게, 나와도 상관있는 일이라고 대꾸했다. 나는 마음속 깊이, 네가 나와 같은 사람이듯이 나는 엄마와 같은 사람이고, 그리고 엄마도 결국 평생을 하루 종일 침실 커튼 틈을 내다보며 보내고 있는 할머니와 같은 사람이라고 느꼈다.

"헬렌, 도대체 뭘 알고 싶은 거니?"

드디어 엄마가 입을 열었고 난 할머니의 말씀으로 미루어 볼 때 내가 사생아로 태어난 것 같다고 했다. 할머니가 분명 그 뜻으로 말한 거라고 확신하고 있었으니까. 그러고서 나는 할머니가 말한 그대로를 옮겼다, "나쁜 피".

그 말을 꺼내는 건 쉽지 않았다, "그 어미에 그 딸". 나는 엄마뿐 아니라 내게도, 그리고 너에게도 상처를 주고 있었다.

"내가 그런 짓을 했을 거라고 생각하니? 그런 더러운 짓을?"

엄마의 차가운 목소리가 떨리고 있었다. 아니, 엄마가 그랬다는 것을 상상할 수가 없다. 엄마가 그걸 더럽다고 생각한다면 더더욱. 어떻게 사랑이 더러울 수가 있지? 만약 엄마가 죄악이라든가 어리석다든가, 아니면 경솔했다고 말했더라면 '더럽다'고 한 것보다는 좀 덜 아팠을 텐데…… 잠시 동안 나는 아무 생각도 할 수 없었다. 그러고는 혹시 엄마도 사랑에 빠져 본 적이 있느냐고 물었다. 좀 시건방진 질문이었는지 모르지만 엄마는 때때로 너무나 폐쇄적이어서 말을 붙이기조차 힘들다. 나는 엄마도 한때 내 나이 또래였다는 것을 상상도 할 수 없다, 절대로. 엄마는 나한테서 아무것도 바라지 않는 것처럼, 내게 아무것도 주려고 하지 않는다.

"아빠랑 결혼했을 때 엄마는 아빠를 사랑했나요?"

왜 이 질문에 대답을 못하는 걸까. 대신 엄마는 입을 꾹 다물고 내 앞에 앉아 부채질만 하고 있었다. 나는 엄마 속의 나, 열여덟 살의 소녀인 앨리스를 만나고 싶었다. 그러나 엄마는 그 질문에 대답하지 못하고 있었다. 아니, 대답하지 않고 있는 건지도 몰랐다. 그것은 무엇을 의미하는 걸까? 엄마는 아빠를 사랑했던 걸까, 아닐까? 어릴 적 본 엄마의 모습이 떠올랐다. 크리스마스 때, 엄마가 술을 한 잔쯤 했는지 부엌에서 엉덩이를 흔들며 춤추는 모습이 하도 어색해 나와 로비가 웃었던 적이 있다. 아빠는 반쯤은 자랑스럽게, 또 반쯤은 못마땅한 얼굴로 춤추는 엄마의 모습을 보고 있었고, 엄마는 아빠 앞으로 와서 어깨에 손을 얹고 눈을 맞추고는 아빠만을 위한 춤을 추었다. 엄마랑 아빠는 내가 민망하고 소외감을 느낄 만큼 어둔 밤처럼 고요하게 서로의 눈을 바라보곤 했다. 그렇지만 요새는 그런 일이 없다.

그때, 내가 그냥 포기하고 방에서 나오려는데 엄마가 말을 꺼냈다.

"네가 정 알기 원한다면, 헬렌, 내가 사생아였다. 네가 아니라."

청파리는 이제 웅웅 소리를 그치고 있었다. 로비조차도 그 이상한 노래를 부르지 않았다.

"난 소위 말하는 미혼모에게서 태어난 사생아였지, 죄 속에 태어난. 난 엄마를 절대 용서하지 않을 거다."

아가야, 그리고 그때 다시 우리의 대화가 시작되었단다.

"난 내 아버지가 누구인지도 몰라. 밤무대 댄서였다는 것밖에는. 이것도 네 아빠가 알아낸 사실이고."

정말 충격이었다. 난 창가로 걸어가 로비가 구덩이를 파는 것을 바라보았다. 친구 애가 한 명 더 와서 도와주고 있었다. 둘은 이미 윗도리를 벗어던졌고, 어깨가 분홍색으로 그을려 있는 게 꽤 따끔거릴 게 분명했다.

"그러니까…… 할아버지가 우리 친할아버지가 아니라는……"

나는 그 사실을 받아들일 수가 없었다. 내가 우리 가족들 중에서 가장 가깝게 느꼈던 사람이 할아버지였는데…… 늘 그래 왔었는데……

"네 할아버지는 내가 아홉 살 때 할머니랑 결혼하셨다. 그리고 그건 말이야, 아주 용감하고 이해심 많은 행동이었어. 그 당시 미혼모는 창녀나 다름없었거든. 미혼모의 자식은 수치였고. 네 할머니 가족들은 할머니와 의절했고 할머니는 버림받았어. 나도 함께 말이다. 사생아 ─ 아비가 없는 아이들은 그렇게 불렸고, 어렸을 때 학교 다니면서 나는 그 말을 지겹게 들었다. 난 내 인생을 그렇게 시작했어."

엄마는 온 가족의 수치와 죄의식을 혼자 다 짊어진 채 자신의 삶을 통해 조금씩 바로잡으려고 노력해 왔던 것이다. 난 그때 태어나서 처음으로 엄마를 이해했다. 엄마가 왜 '체면'이라는 말을 마치 보석처럼, 소중한 유산이라도 되는 양 애지중지했는지 알 수 있을 것 같았다. 만약 내가 생각했던 대로 결혼 전에 나를 낳았다거나 아니면 내 위로 아이가 하나 더 있었다든가 했다면 오히려 충격이 덜했을 것이다. 하지만 엄마는 엄마가 바라지도 않고 아무런 선택의 여지가 없는 일을 고스란히 당한 셈이었다. 아가야, 우리는 출생을 선택할 수는 없단다. 너도 내가 너를 대신해서 결정을 내려 준 거잖니.

하지만 이제 그건 더 이상 수치가 아니야. 엄마가 어렸을 때와는 달라. 아무도 너를 사생아라고 놀리지 않을 거야.

어쨌든, 그래도 네가 나를 용서해 주면 좋겠구나.

브린은 방금 다 읽었다며 배리 하인즈의 책을 내게 주었다. 나는 그 작가가 셰필드에 살고 있기 때문에 잘 알고 있다고 말해 줬다. 사실 잘 몰랐고, 『스타』 잡지에서 그의 사진을 본 적이 있을 뿐이었다. 그날 우리는 버건디로 떠나기로 했고 브린은 작별 선물이라면서 나에게 그 책을 준 것이었다.

"어쩌면 거기서 다시 만날지도 모르겠다. 그랬으면 좋겠어."

그 애가 말했다. 난 아무 말도 하지 않았다.

그날 우리는 하루 일정으로 도르도뉴를 떠나 오베르뉴로 향하면서 산을 둘러보고 사진을 찍었다. 그러는 내내 톰은 쉴 새 없이 메나이에 대해 이야기했다. 밤이 되어 우리는 바람 부는 언덕 꼭대기에 텐트를 쳤다. 날이 지독히도 추웠는데, 침낭도 없이 자야 하는 나는 더 추울 수밖에 없었다. 우리는 문명에서 한참 떨어져 있는 것만 같았다. 캠프장을 관리하는 여자의 눈은 꼭 대구 눈 같아서 톰은 그 여자에게 '우주 끝의 물고기'라는 별명을 붙였다. 톰은 계속해서 같은 말만 되풀이했다.

"메나이가 여기 있었으면 좋겠어! 난 이제 걔 없이 살 수가 없어."

"난 네가 사랑이란 걸 믿지 않는 줄 알았는데. 넌 항상 여자 친구 바꾸는 것은 양말 갈아 신는 것처럼 쉽다고 얘기했잖아."

나는 톰이 예전에 사랑에 대해서 어떤 생각을 가지고 있었는지 상기시켜 줬다.

"그건 내가 사랑에 상처 입기 전에 한 말이고, 지금은 사랑 때문에 피

흘리는 아픔을 겪고 있다고."

"말도 안 되는 소리 작작 해라! 사랑은 구멍 난 자전거 타이어처럼 소용없는 거야."

내가 말했다. 그때는 정말 그런 생각이 들었다.

7월 27일

이름 없는 너에게

오늘은 엄마랑 둘이 시내에 나갔다.

"헬렌, 네게 뭔가 좋은 걸 사 주고 싶구나."

엄마는 그냥 그렇게 말할 뿐이었다. 날은 너무 더웠고 아가야, 너도 전혀 도움이 되지 못했다. 손을 이리저리 흔들며 림보춤 같은 것을 추기라도 하는지 계속 움직여 댔으니까. 우리는 우선 콜즈 가게에 가서 옷감을 보았다.

"이건 어떠니?"

부드러운 촉감의 하늘색 옷감을 만지작거리며 엄마가 내게 물었다.

"아주 예뻐요, 엄마."

그게 바로 엄마와 나의 공통점이었다. 우리 둘 다 옷감과 색깔에 관심이 많다. 내가 어렸을 때 엄마는 내 옷을 모두 만들어 입혔었다.

"그럼 이걸로 하자. 네가 좀 시원하게 지낼 수 있는 헐렁한 옷을 만들어야겠어."

엄마는 기성복으로 임신복을 몇 벌이라도 사 줄 수 있었을 것이다. 그렇지만 그것은 엄마가 직접 만들어 주는 것과는 전혀 다르다.

그러고 나서 엄마와 나는 크리스와 내가 종종 함께 가던 앳킨슨 초콜 릿 바에 갔다. 한편으로는 거기서 크리스를 만날지도 모른다는 기대감 이 있었지만 또 한편으로는 그래서 들어가기 싫은 마음이 들기도 했다. 가게에 들어가 크리스가 그곳에 없다는 사실을 받아들이는 건 마치 여 전히 내 속에 남아 있는 크리스에 대한 환영을 쫓아 버리는 것과도 같 았다. 우린 생크림을 띄운 코코아와 구운 녹차 케이크를 먹었다.

"크리스와 여기 자주 왔었어요, 엄마."

그때 그 얘길 한 건 엄마가 아주 가깝게 느껴졌기 때문이었다. 내가 여덟 살쯤 됐을 땐 오늘처럼 엄마랑 자주 이런 다정한 시간을 가졌었 다. 엄만 아빠와 로비를 집에 두고 나를 데리고 시내에 나와 가게도 둘 러보고 내 무용 발표회 때 입을 옷을 만들 옷감도 사곤 했었다.

"그랬겠지. 역 근처에도 옛날에 네 아빠가 날 데리고 다니던 이런 곳 이 있었어. 거기에는 재즈 음악을 연주하는 트리오가 있었는데 우리는 코코아 한 잔을 시켜 놓고 손을 잡은 채로 오후 내내 앉아 있곤 했단 다."

크리스와 나는 내 워크맨에 헤드폰 두 개를 꽂고 락 음악을 듣곤 했다. 가끔 크리스는 헤드폰을 끼고 있다는 사실도 잊은 채 큰 소리로 노래를 따라 부르곤 했다. 어쩌면 나를 웃기려고 일부러 그랬는지도 모 르지만.

버스 정류장으로 가는 길에 질 아줌마를 만났다. 그녀는 처음에 날 알아보지 못했고 나도 사실 일부러 인사를 건네고 싶지는 않았다. 지난번에 마지막으로 만났던 때가 생각났으니까. 어떻게 네게 그렇게 잔인한 짓을 할 수 있었을까? 난 그때 약간은 제정신이 아니었고, 완전히 딴사람이었던 것 같다. 공포에 질린 어린 소녀, 아니, 어쩌면 덫에 걸린 짐승과도 같았다. 난 질 아줌마가 크리스와 내게 들려준 자신의 비밀 이야기에 당황스러웠다. 그녀에게 무척 소중하고 절대 남에게 알리고 싶지 않은 비밀이었을 테니까. 난 그녀에게 내가, 아니 우리가 산부인과에서 도망쳤다는 것을 이야기해 주고 싶었다. 하긴, 구태여 말해 줄 필요도 없었지. 내 모습을 보자마자 알아챌 수 있었을 테니까.

마지막으로 질 아줌마를 본 게 마치 수천 년 전의 일이라도 되는 것처럼 느껴졌다. 난 어떻게 질 아줌마를 엄마에게 소개해야 할지 난처했다. 그녀는 내 죄책감과 비밀의 많은 부분을 알고 있었고 나 또한 그녀의 비밀을 알고 있었기 때문이었다. 질 아줌마는 내가 당황하고 있다는 걸 눈치 챘는지 마구간의 말들에 대해서만 한참 이야기하더니 우리 버스가 와서 막 헤어지려고 할 때 문득 생각난 듯 말했다.

"참! 오늘 아침에 프랑스에서 온 엽서 받았어. 크리스는 잘 지내는 것 같더라. 그렇지?"

크리스가 프랑스에 있었구나! 우리에겐 관심도 없는 걸까? 우리를 까맣게 잊고 그렇게 휴가를 가도 되는 걸까?

난 온갖 생각으로 머릿속이 너무 복잡했다. 나 자신을 이해할 수 없었다. 혼자 어디론가 도망가서 잠겨진 방문을 열어 젖히듯 내 생각들을 활짝 열어서 하나하나 짚어 보고 싶었다. 그날 하루는 완전히 엉망이 돼 버렸다. 엄마와 나 사이에 느껴졌던 따뜻하고 다정한 느낌도 그만 다 사라져 버렸다. 오로지 나만의 생각에 사로잡혀서 엄마와 이야기를 나눌 수도 없었다. 혀는 얼어붙고 머리는 텅 비어 버려서 엄마가 묻는 말에 아무 대답도 할 수 없었다. 엄마는 많이 실망한 것 같았고, 그것은 나도 마찬가지였다. 난 내가 뭘 어떻게 해야 할지 알 수 없었다. 우리는 잠깐 정원에 같이 앉아 있다가 엄마가 내 옷을 재단하러 먼저 안으로 들어갔다. 나도 함께 했어야 하는 일이지만 마음이 내키지 않았다.

버건디에 도착했을 때 우리는 여행을 할 만큼 했다고 느끼기 시작했다. 캠프장에서는 바순처럼 저음의 목소리를 가진 취객이 내 텐트로 넘어지는 바람에 버팀 밧줄들이 다 뽑혀 버렸다. 난 어쩔 수 없이 톰의 텐트로 기어 들어갔다. 양말을 더 이상 바꿔 신지 않겠다는 톰의 말은 진짜였다. 양말 냄새가 얼마나 지독한지 참다 못해 양말을 공처럼 돌돌 말아서 텐트 바깥으로 집어 던져 버렸다. 다음날 나와 보니 양말은 웅덩이에 빠져 있었다.

"어쨌든 한 번 빤 셈이네."

내가 말했다.

우리는 드디어 하얀 젖소 떼가 가득 있는 들판으로 둘러싸인 작은 마을에 도착했고 그곳에서 하룻밤 묵을 야영지를 찾았다.

"침대에서 잘 수 있다면 얼마나 좋을까? 크리스, 너 이런 것들 기억 나냐?"

톰이 끙, 신음 소리를 내며 말했다.

"어떤 것들?"

바로 그때 나는 톰이 미처 보지 못한 걸 봤다. 눈에 익은 텐트였다. 여자애들 두 명이 배를 깔고 엎드려서 책을 보고 있었다.

"매트리스가 깔린 나무 침대, 침대보, 베개, 뭐 그런 것들 말야. 진흙 이나 자갈밭 위에 깔고 자는 캔버스천 대용으로 널리 쓰이지."

그 말을 마치자마자 톰도 텐트를 알아보고는 나를 향해 주먹을 불끈 쥐어 보였다. 나도 힘껏 주먹을 들어 올렸다. 우리 둘 다 얼굴에 함박웃 음이 떠올랐다.

그날 밤 우리 네 명은 어둠 속에 앉아 함께 와인을 마시며 별을 쳐다 보고 각각의 별에 이름을 지어 줬다. 반짝이는 해리, 불똥, 하늘빛 그리 고 브릴로표 수세미. 우린 그것들을 프랑스어로 번역해 보았고 다시 브 린이 웨일즈 말로 바꾸어 말해 주었다. 브린은 작가가 되는 것이 꿈이 고 내년에 리즈 대학에서 영문학을 공부할 예정이라고 했다. 어떻게 보 면 헬렌을 많이 닮은 것 같기도 하고 또 어떻게 보면 전혀 달랐다.

톰과 나는 원래 그 다음날 알프스까지 가기로 계획했었지만 우리 둘 다 그 계획에 대해서는 한 마디도 꺼내지 않았다. 이게 바로 톰이 말하 는 운명이었는지도 모른다. 우리가 다른 야영장에 텐트를 칠 수도 있었으니 말이다.

대신에 우린 푹푹 찌는 정오의 무더위 속에서 옥수수 밭을 지나 좁은 길을 함께 걸었다.

"정말 황금 같은 시간이다."

브린이 말했다. 그녀는 나를 한번 쳐다보더니 입술을 깨물고는 말을 이었다.

"오늘이 영영 끝나지 않았으면 좋겠어."

그러고는 웨일즈 말로 시를 한 편 낭송하고는 웨일즈 시의 복잡한 운율에 대해 설명하기 시작했다. 우린 깔깔 웃으며 영어로 같은 의미의 시를 지어 보다가 갑자기 톰과 메나이로부터 한참 떨어져 있다는 것을 깨달았다. 우리는 어딘지도 모를 외딴 곳에 와 있었다. 타는 듯한 햇볕에 마치 용광로 속을 헤매고 있는 것 같았다. 사방에서 울어 대는 귀뚜라미 소리로 공기가 꽉 찬 느낌이었다. 그늘을 찾아 나무 사이로 걸어 내려가니 마치 꿈처럼 갑작스레 눈앞에 강이 펼쳐졌다. 브린은 옷을 훌렁 벗더니 곧바로 물 속으로 뛰어들었다. 나는 내 눈을 믿을 수가 없었다. 아무리 더워도 헬렌은 그렇게 하지 못했을 것이다. 브린은 마치 세상에서 가장 자연스러운 행동을 하고 있다는 듯 스스럼없이 옷을 벗고는 뒤돌아 나를 보고 웃으며 물 속에 들어가 첨벙거리고 있었다. 주변에는 벌레들이 날아다니는 소리와 귀뚜라미 우는 소리만이 적막을 채우고 있을 뿐이었다.

"크리스, 너도 들어와."

브린이 소리쳤다. 좀더 아래쪽에는 소들이 한가로이 물 속에 서 있었고 뭔지 미심쩍은 갈색 물질들이 물 위에 떠다니고 있어서 그다지 내키지는 않았지만, 브린이 계속 물을 튀겨서 결국 나도 물 속에 뛰어들었다. 나란히 소들이 있는 곳까지 헤엄쳐 가자 소들은 일렬로 서서 고개를 돌려 그 크고 슬픈 눈으로 우리를 바라보았다. 아주 커다란 초록색과 파란색 잠자리들이 우리 주위를 날아다니고 있었는데 브린은 그것들이 기생잠자리라고 했다. 우리는 물 밖으로 나와 햇살을 받으며 누웠다. 나는 브린 쪽으로 눈을 돌리기가 두려웠다.

그곳에 누워서 브린은, 여행을 떠나기 전에 남자 친구와 헤어졌고, 그 후로 다시 행복해질 수 있을 거라고는 생각지도 못했지만 오늘은 정말 행복하다고 말했다. 나도 브린에게 헬렌 얘기를 했다.

"어떤 애인데?"

브린이 물었다.

한 편의 시 같기도 하고, 별 같기도 한 아이.

"정말로 반짝반짝 빛이 나는 애."

내가 대답했다.

"아! 그럼 너무 똑똑해서 네가 감당할 수 없었구나?"

브린이 웃으며 말했다.

나는 아기에 관해서도 이야기하고 싶었지만 그럴 수가 없었다. 단지 헬렌이 나를 더 이상 만나고 싶지 않다고 했다고 하자 브린은 상처를 많이 받았느냐고 물었다. 당연히, 너무나 많이 받았다고 이야기하는 내 목소리는 약간 갈라졌다. 우리는 아무 말 없이 그냥 그렇게 누워 있었고 주변의 풀밭은 양귀비꽃과 나비들, 그리고 그 거대한 초록색 기생잠자리들로 가득 차 있었다. 내 속에서 지금 막 일어나고 있는 감정을 어떻게 처리해야 할지 생각하고 있는데 브린이 갑자기 몸을 돌리고는 나를 감싸 안더니 키스하기 시작했다.

아, 헬렌, 난 네가 정말 보고 싶었어.

8월

8월 8일

이름 없는 너에게

정말 너무 덥다. 나는 이제 둥근 돛을 단, 기우뚱거리는 커다란 범선
이 되어 버렸다. 지금보다 조금만 더 커지면 언제라도 터져 버릴지 모

른다. 예전에 어떤 남자가 미친 듯이 계속 먹어 대다가 결국 식당 안에서 뻥 터져 버리는 영화를 보았었다. 그때는 그저 막 웃어 댔을 뿐이었는데.

그리고 너는 정말이지 전혀 도움이 안 되고 있다. 계속해서 나를 찌르고 팔꿈치로 치고. 아마도 그 안이 점점 더 비좁아지고 있나 보다. 가끔 난 네가 저 바다에서 거대한 등을 구부리고 수면 위로 오르는 고래처럼 느껴지곤 한다. 언젠가 고래가 우는 소리를 녹음한 테이프를 들은 적이 있다. 고래들은 60킬로미터나 떨어져 있어도 서로의 소리를 들을 수 있다더구나. 아가야, 너도 거기서 울고 있는 거니?

바다는 조용한 곳이라고 생각했는데, 고래들이 모두 울어 댄다면 고속도로만큼이나 시끄럽겠지?

의사들이랑 조산원들, 그리고 간호사들이 나를 빙 둘러싸고는 내 몸무게랑 너의 키, 맥박 그리고 내 혈압을 체크한다. 난 내가 사람이 아니라 무슨 로봇처럼 느껴지고, 그들이 나를 점령하고 있다는 생각이 든다. 나는 그들이 너까지 점령해 버릴까 봐 두렵다. 난 내가 병원 침대에 누워 있고 어떤 사람이 유모차를 끌고 내 옆을 지나가는 꿈을 꾸곤 한다. 난 그 안에 있는 아기가 너라는 것도, 널 내게서 멀리 데리고 가 버린다는 것도 알지만 아무리 일어나려고 몸부림을 쳐도 꼼짝할 수가 없다. 소리를 질러 보려고 하지만 내 입에 붕대가 감겨 있어서 아무 소리도 낼 수가 없고, 엄마는 침대 곁에 앉아서 날 물끄러미 내려다보며 웃고만 있지.

호흡법과 이완 체조를 연습해야 하는데 그걸 시작하기만 하면 몸이 막 떨려 온단다. 아가야, 널 낳는다는 것은 어떤 경험일까? 그날 아무리 많은 사람들이 내 곁을 지킨다 해도 결국 그 고통은 나 혼자서 감당하게 되겠지. 지금도 나는 머릿속에서 소리소리 지르고 있지만 아무도 듣지 못한다. 다들 내가 침착하게, 아무 걱정도 하지 않고 있다고 생각한다. 집에서 로비와 함께 텔레비전 앞에 앉아 있을 때 내 얼굴은 평온하지만 머릿속에서는 마구 울부짖고 있다.

루슬린이 오늘 임산부 교실에 함께 가 주었다. 거기는 정말 가기 싫다. 나보다 훨씬 나이 많은 사람들 틈에 동반자도 없이 혼자 있다는 것, 정말이지 소외감 느끼고 싫다. 그래도 루슬린은 어떤 상황에서든 재미있는 면을 발견하곤 한다. 우리는 병원에 가는 내내 버스 안에서 킥킥거렸다. 사람들은 우리의 웃음이 자기들의 사생활을 침해하고 있기라도 한 것처럼 흘깃거리다가는 나를 쳐다보고 그럼 그렇지, 하는 회심의 미소를 지었다. 사실 그들이 본 것은 내가 아니라 너였지.

아가야, 난 그때 내가 열두 살의 소녀로 돌아간 것만 같았단다. 막 버스에서 내리려는데 어떤 아주머니는 내 배를 툭툭 치기까지 했다. 정말 너무 뻔뻔스러워! 만약에 내가 그 아주머니 배를 만졌으면 어떤 반응을 보였을까? "아주 좋아 보이는데."라면서 내 불룩한 배, 그러니까 너를 툭툭 친 거야. 마치 나에게 마법이라도 거는 맘씨 좋은 마녀처럼. 하지만 나는 전혀 '좋을' 수가 없는 상태였다. 허리는 계속 끊어질 것같이 아프고 너는 너무 무겁고 내 머릿속에서는 늘 비명을 지르고 있는데……

산전 클리닉에 가서 마룻바닥에 등을 대고 누워 숨을 들이마시고 내
쉬는 동작과 몸을 반쯤 일으켜 다리를 조심스럽게 들었다 내렸다 하는
동작을 천천히, 규칙적으로 반복했다. 그때, 내 안에 네가 있다는 사실
이 실제로 느껴졌다. 남편과 함께 온 산모들도 있었다. 하나같이 배가
불룩한 여자들이 자리에 누워 남편이나 친구에게 발목을 잡힌 채로 진
통에 대비한 연습을 하고 있었다. 루슬린은 엄숙하고 숙련돼 보이려고
애쓰면서 나름대로 최선을 다하고 있었지만, 나와 눈이 마주칠 때마다
웃음을 터뜨렸다. 사실 우리들 중 아무도 그 연습을 심각하게 받아들이
지는 않았다. 실제 상황이 아니니까. 우린 학교에 갓 입학한 아이들처
럼 눈이 마주칠 때마다 쑥스러운 미소를 지어 보였다. 나는 그들과 함
께 있는 것이 부끄럽기도 했지만 동시에 그들이 있어서 마음 든든하기
도 했다. 나중에 각자의 아기가 언제쯤 태어나는지를 얘기할 기회가 있
었는데 그 순간 갑자기 모든 일이 끔찍하리만큼 현실로 다가왔다. 예정
일이 고작 몇 주 후라니! 이제 정말 네가 곧 이 세상에 나올 거라는 사
실이 믿기지 않아.

그래도 아가야, 너를 조금이라도 더 빨리 보고 싶다.

산전 클리닉에서 나올 때쯤엔 몸이 어찌나 나른하던지 눕기만 하면
바로 잠이 들 정도였다. 너도 오랜만에 잠을 자는지 기척이 없었고. 버
스에서 루슬린과 나는 어떤 젊은 아기 엄마 뒷좌석에 앉았다. 아기가
엄마에게 안긴 채 버스 좌석 등받이 너머로 우리를 바라보고 있기에,
웃겨 보려고 웃어 보이기도 하고 까꿍도 해 보았지만 아기는 마치 쪼끄

만 늙은 교수처럼 엄숙한 표정으로 우리를 물끄러미 보고 있기만 했다. 그 아기는 도대체 무슨 생각을 하고 있었던 걸까? 아기들도 생각을 할 줄 알까? 아가야, 너도 그 안에서 생각을 하고 있는 거니? 아니면 생각은 경험이 있어야만 할 수 있는 걸까?

어느 순간, 아기는 나와 루슬린의 장난에 싫증이 난 모양이었다. 아니면 버스 여행이 싫증이 났든지, 또 아니면 삶 자체가 싫증이 났는지도 모른다. 어쨌든 모든 게 지겹다는 듯이 갑자기 울기 시작했다. 이마를 잔뜩 찌푸리고 볼을 빨간 풍선처럼 부풀린 채, 입은 새까만 네모 동굴처럼 커다랗게 벌리고 마치 폭죽이라도 터지는 듯한 큰 소리로 마구 울어 댔다. 서투른 아기 엄마가 입을 맞추기도 하고, 달래 보기도 하고, 아이를 일으켜 세워 꽉 안아 보기도 하고, 손가락을 굽혀 아이의 입에 대 보기도 하고, 이런저런 시도를 다 해 봤지만 아기는 막무가내였고, 결국엔 엄마 얼굴이 아기보다 더 빨개졌다. 버스 안에 있던 사람들이 모두 다 더운 날씨에 짜증난다는 듯 힐끗거렸다. 모르긴 몰라도 그 엄만 분명 원래 목적지보다 한두 정류장 미리 내렸을 거다. 갑자기 벌떡 일어나더니 빽빽대는 골칫덩이를 안고 쇼핑백 두 개를 힘껏 끌어당기는데 접이식 유모차가 다른 짐들에 얽혀 빠져나올 생각을 않았다. 내가 도우려고 자리에서 일어났더니 아기 엄마는 참 안됐다는, 앞으로 희망이라고는 없다는 듯, 측은한 눈빛으로 나를 보았다. 그 여자도 결혼반지를 끼고 있지 않았다. 그녀도 남편 없이 아기와 단둘이 살아가고 있다는 뜻일까? 아기는 원래 늘 그렇게 울어 대는 걸까? 아직도 그 소리가 들리는 것 같다. 너도 들었니, 아가야? 너희들끼리 통하는, 바다 속 깊숙한 곳에서 나오는 언어로 아까 그 아기에게 대답이라도 해 주었니?

내가 다시 자리에 앉자 루슬린이 속삭였다.

"꼬마 말썽쟁이 같으니라고! 네 아기는 저렇지 않을 거야, 헬렌."

하지만 그때 내 마음은 루슬린과 멀리 떨어졌다. 아주 멀리.

졸업시험 결과가 나올 즈음에는 프랑스에 갔던 일이 아주 오래 전인 것만 같았다. 나는 자전거를 타고 톰에게 들러 함께 학교로 갔다. 성적표를 우편으로 받아볼 수도 있지만 솔직히 내 손으로 편지 봉투를 열어볼 자신이 없었다. 우리는 교학과 사무실 문밖에서 시험 첫날 아침에처럼 악수를 나누었다. 비서인 미세스 프라이스는 내게 웃어 보이더니 작게 접힌 성적표들이 널려 있는 테이블을 가리키며 고갯짓을 했다. 내 이름이 안 보여 한참 헤매다가 겨우 찾았더니 이번에는 이것저것 너무 많은 글씨가 빽빽이 적혀 있어서 어디에 성적이 씌어 있는지 알 수가 없었다. 그러다가 마침내 영어 점수를 찾았다. A였다! 내가 기뻐서 소리를 질러 대자 미세스 프라이스가 짧게 웃었다. 내 심장이 다시 뛰기 시작했다. 나도 모르게 심장이 멎어 있었던 모양이다. 프랑스어 C. 심장이 다시 멎었다. 일반상식 F. F라니! 어떻게 F가! 점수에 무슨 착오가 있는 게 분명했다! 머릿속으로 재빨리 점수들을 계산해 보고, 한 과목이 빠져 있다는 걸 알았다. 그 점수가 어디에 있지? 과목 이름조차 기억이 나질 않았다. 나는 진정하기 위해 잠깐 자리에 앉았다. 교과과정을 수료하려면 세 개 과목 평균이 B 이상이어야 하는데 지금으로는 성적이 부족했다. 그제야 나는 영문학을 전공한다는 것이 내게 얼마나 큰 의미가 있는지 깨달았다. 그때까지는 그것에 대해 심각하게 생각해 볼 여유도 없었거니와 뭔가에 집중을 한다는 것 자체가 거의 불가능했다. 여행을 떠났던 것이 도움이 되었는지도 모른다. 아니면, 브린을 알게 된 것이 거꾸로, 희한한 방법으로 그것을 깨닫게 해 주었는지도 모른다. 그리고 이제 나는 그 기회를 영원히 잃어버린 것처럼 보였다. 또다시 운명의 수레바퀴가 돌기 시작한 것이다. 운명은 늘 제멋대로 삶을 앗아가 버리는 역할을 착오 없이 수행한다.

미세스 프라이스가 타이핑을 하다 말고 나를 쳐다보았다.

"그래, 괜찮아요?"

"잘 모르겠어요. 아무래도 다 망쳐 버린 것 같아요."

그녀는 내 곁으로 와 성적표를 살펴보았다.

"B 세 개를 받아야 하는데 제가 받은 점수는 A와 C 그리고 F예요. 한 과목은 점수조차 안 나와 있고요."

나는 목청을 가다듬고는 말을 이었다.

"아, 맞다. 사회학, 사회학이 점수가 안 나왔어요."

"크리스의 사회학 점수는 B예요."

그녀는 윗입술 위에 수염처럼 솜털이 나 있지만 참 좋은 분이다. 가끔은 그녀와 같은 어머니가 있다면 그것도 멋진 일이라는 생각이 들었다. 그녀의 분 냄새를 맡을 수 있었다.

"해링턴 선생님께 가면 알아서 해 주실 거예요."

톰은 내 표정을 보고 뭔가 잘못되었다는 것을 눈치 챘겠지만 마치 모르는 사람처럼 고개를 숙인 채 그냥 지나쳤다. 나는 히피 해링턴 선생의 사무실 앞에서 얼마간 서성거렸다. 어쩌면 그를 보지 않는 게 나을지도 몰랐다. 내 점수에 문제가 있다면 야단법석을 떠는 것이 일을 더 힘들게 만들지도 몰랐다. 나는 애써 미소를 지으려 노력했지만 입술이 서로 떨어지질 않았다. 내가 들어가자 그는 휘파람을 불고 있다가 벌떡 일어났다. 마치 반가워 날뛰는 강아지 꼬리처럼 그의 팔이 탁자를 휙 훑는 바람에 위에 있던 온갖 문서들이 사방으로 흩어졌다.

"훌륭해, 크리스! 영어 시험에서 A를 받았더구나! 내 그럴 줄 알았다니까!"

그가 너무나 기뻐하는 모습에 내 입술도 절로 벌어지면서 웃음을 지었다. 순간, 나는 내가 순전히 그를 위해 A를 받은 것처럼 느껴졌다. 그가 보여 준 문학에 대한 열정과 사랑에 대한 일종의 보답으로. 자신의 교과목에 대한 열정과 사랑에 있어 해링턴 선생을 따를 만한 사람은 없었다. "언어가 곧 힘이다. 문학은 사랑이고 시는 영혼을 위한 양식이야."라고 그는 종종 말했다. 그 말뜻을 다 이해한다고 할 수는 없지만 나는 항상 그 말을 기억할 것이다. 시 감상 수업에서 예이츠의 시를 읽어 주던 날 책장을 열던 선생님의 손이 떨리고 있던 것을 나는 기억한다. 그는 마치 우리에게 아주 소중한 것, 아니 자신의 일부를 나눠 주는 듯 아주 경건한 어조로 그 시를 낭송했다. 그래, 어쩌면 난 그를 위해 A를 받은 것인지도 모른다. 책을 읽고, 연필로 밑줄을 긋고, 방 안을 이리저리 걸으며 중요 구절들을 외웠던 그 모든 일들이 이제는 아주 먼 옛날처럼 느껴졌다. 그 모든 게 다 저 착한 히피 해링턴 선생을 행복하게 해 드리기 위한 일이었는지도 모른다.

"그래, 이젠 뉴캐슬 대학으로 갈 모든 준비를 마쳤냐, 크리스?"

내가 시험 결과에 대해 말했더니 그는 아마 별 문제 없을 거라며, 전화를 걸어 무슨 조치를 취할 수 있다면 그렇게 하겠다고 말했다.

"잘될 테니 걱정 말아라."

내게 고갯짓을 해 주는 그의 모습은 동굴 속의 산타클로스 같았다.

나는 좀 어색한 기분으로 그냥 그곳에 서 있었다. 뭐라 작별 인사를 해야 좋을지 알 수 없었다. "안녕히 계세요." 아니면 그런 비슷한 말? 아니면 "두루두루 다 감사합니다. 특히 예이츠의 시를 가르쳐 주신 거요."라고 할까? 내가 바닥에 널린 종이들을 집으려고 몸을 숙일 때 선생님도 동시에 허리를 굽혔다. 그러고는 책상 밑에서 엉거주춤한 채로 물었다.

"네 여자 친구는 어느 대학으로 갈 예정이지? 음악을 하지 않았었나? 맨체스터로 가나?"

"헬렌은 아기를 낳을 거예요. 지금은 헤어진 상태고요."

그는 일어나려다 말고 책상 너머로 나를 바라보았다. 나는 천천히 일어났다. 그렇게 난처하고 비참한 감정이 든 것은 태어나서 처음이었다.

"가엾기도 하지."

분명 그는 헬렌 또는 아기를 두고 한 말이었을 것이다. 그러나 선생님의 눈빛은 내 마음을 너무나 아프게 했다. 마치 내가 어떤 기분인지 정확히 안다는 듯한, 그런 눈빛이기도 했기 때문이다.

나는 아무 말도 할 수가 없었다. 그냥 종이들을 책상 위에 얹어 놓고는 집으로 향하고 말았다.

그날 저녁 나는 루슬린에게 전화를 걸었다. 코럴 아주머니는 루슬린이 기분이 언짢아서 전화를 받기가 곤란하다고 했다.

"전과목 모두 B를 받았어. 아주 똑똑이야, 우리 딸. 근데 그게 잘 못한 거래."

"안됐네요. 그럼 의대가 힘들어진 건가요?"

코럴 아주머니의 한숨 소리가 수화기를 타고 전해져 왔다. 아주머니의 커다랗고 푸근한 얼굴이 수심으로 가득 차 있는 모습을 상상할 수 있었다.

"너무 많이 울어서 나랑 얘기할 수도 없어. 내가 괜찮다고, 집에서 날 도와서 애들을 돌보면 된다고 했는데, 울고, 울고, 또 울고⋯⋯"

"아주머니, 혹시 헬렌은 어떻게 됐는지 소식 들으셨어요?"

"지금 루슬린하고 같이 있어. 전과목 A를 받았대."

나는 수화기에 대고 웃음을 지었다.

"제가 소식 듣고 기뻐한다고 전해 주세요. 루슬린에게는 너무 걱정 말라고, 재시험을 보면 될 거라고 해 주시고요. 그리고 헬렌에게 제가

A, B, C를 받았다고 전해 주세요."

나는 아주머니가 열심히 종이에 받아 적는 소리를 들을 수 있었다.

"A, B, C? 직접 얘기할래? 헬렌이 바로 옆에 있는데."

"네, 그럴게요!"

순간 나는 내 위장 속의 온갖 내용물들이 미세한 덩어리가 되어 이리 저리 요동치는 듯한 느낌이 들었다.

"헬렌."

내가 말했다. 언제나처럼 고개를 약간 뒤로 젖히고 이마에서 머리카락을 쓸어 넘겼다가 다시 흘러내리도록 놔두는 헬렌의 모습이 떠올랐다. 지난 몇 주 동안은 헬렌의 얼굴조차 제대로 떠올릴 수 없었다.

"헬렌?"

코릴 아주머니에게 무슨 말인가 짧게 속삭이는 헬렌의 목소리가 들려왔다.

"이번에는 얘가 기분이 언짢아서 전화 못 받겠다는걸. 크리스, 얘들을 워쩌지? 방법을 알면 말해 줘. 그렇게 헐게."

아주머니가 측은하다는 듯, 다정다감하게 말하는 소리가 전화기를 통해 들려왔다. 하지만 난 아무 대답도 하지 않았다. 아주 작은 소음이라도 짧게나마 들었던 헬렌의 가느다란 목소리를 지워 버릴까 두려워, 마치 얇은 조개껍데기로 만들어진 양, 수화기를 천천히, 그리고 조심스럽게 내려놓았다. "받을 수 없어요." 나는 헬렌의 이 한마디를 마음속 깊이 새기며 내 방으로 올라갔다. 그리고 창밖으로 바람에 일렁이는 나무들과 그 위로 내려앉는 그물망 같은 안개비를 바라보며 한동안 앉아 있었다. 고양이가 살짝 문을 밀고 살금살금 들어오더니 소리도 없이 내 무릎 위로 뛰어 올라와서 꼼짝 않고 엎드렸다. 고드름의 뾰족한 끝에서 똑, 똑 떨어져 내리는 물방울처럼 내 머릿속에서는 헬렌의 목소리가 끊임없이 나타났다가 사라지기를 반복했다.

　며칠 뒤에 엄마에게서 전화가 걸려 왔다. 엄마의 목소리를 듣고 나서야 갑자기 엄마라는 존재를 다시 의식하게 된 것 같아 기분이 이상했다. 나는 책들로 가득하고 벽에 사진들이 줄지어 붙어 있는 엄마의 방을 떠올렸다.
　"며칠 휴가를 받았단다."
　엄마가 담배를 피우면서 전화를 하고 있다는 것을 알 수 있었다.
　"그동안 와서 같이 등산이나 가지 않을래?"
　등산에 대해서는 거의 잊어버리고 있던 터였다. 인공 암벽 위에서 줄곧 떨어지고 미끄러지고 하면서 가망 없는 시도를 해 대던 사람은 내가 아닌, 아주 오래 전에 살던 다른 사람인 것 같았다. 그때 내가 무엇을 증명해 보이려고 그렇게 애썼는지조차 기억할 수가 없었다.
　"지금은 대학 문제로 좀 정신이 없어서요. 다음 달에 가면 안 될까요?"
　아버지는 내게 방해될까 봐 조용히 그릇들을 옮기고 있었다. 무심히 내 통화 내용을 듣고 있는지도 몰랐다. 만약에 엄마가 바꿔 달라고 한다면 아버진 뭐라고 할까?

"언제든 너 편할 때 오려무나. 물론 헬렌도 함께 말이야. 헬렌도 잘 지내지?"

"네, 헬렌도 잘 있어요."

그 말에 아버지가 내 쪽으로 고개를 돌렸다.

"그래, 앞으로 너희들 계획은 어떠니?"

혀가 입천장에 붙어 버린 듯, 말이 잘 나오지 않았다.

"지금은 좀 복잡해요."

"그래. 그럼 올 때 연락 주렴. 그래도 가능한 한 빨리 왔으면 좋겠다. 던도 나도 너희들을 얼른 다시 보고 싶으니까."

"네, 그럴게요. 고맙습니다."

전화란 참 이상야릇한 물건이다. 사람을 바보로 만들기도 하고 거짓말쟁이로 만들기도 한다. 서로 얼굴도 맞대지 않은 상황에서 어떻게 진실을 얘기할 수 있는가. 난 영 기분이 개운치 않았다. 영어 선생님에게는 헬렌과 헤어졌다고 말했으면서 어떻게 엄마에겐 말하지 않을 수가 있을까. 어떻게 아버지와 몇 걸음 떨어지지도 않은 곳에서 전화를 하면서 마치 아버지가 존재하지 않는 것처럼 행동할 수 있었을까. 마음이 어지러웠다. 내 머릿속에서 거미줄처럼 엮이고 꼬여 있는 문제들을 풀어야만 했다.

나는 부엌으로 가서 아버지를 보고 한동안 서 있었다. 아버지는 오믈렛을 만드는 중이었는데, 계란을 하나씩 깨서 신선한지 냄새를 맡고 나서는 껍질을 기울여 그릇에 쏟았다. 흰자가 맑게 흔들리는 줄기가 되어 흘러내렸고, 노른자는 마치 고정쇠 없는 등반가처럼 쭈르르 그 위에 미끄러져 내렸다. 아버지가 포크로 노른자를 찌르자 노란 액체가 퍼져 나갔다. 그때 도대체 무엇 때문에 내가 그 말을 꺼냈는지 모르겠다. 아마 아버지가 포크로 계란을 휘젓지 않고 다만 노른자가 퍼지는 것을 묵묵히 바라보고만 있었기 때문인지도 모르겠다. 오믈렛을 만드는 것에는 별로 관심이 없는 게 분명했다.

"엄마가 전화한 거 신경 쓰이세요?"

"별로."

"그럼 괜찮은 거죠? 그냥, 그래도 되는 거죠?"

아버지는 마치 그렇게 하면 누가 상이라도 준다는 듯, 포크와 그릇을 연결하는 계란 흰자의 팽팽한 긴장을 유지한 채로 여전히 내게 등을 돌리고 서 있었다.

"글쎄. 꼭 그렇지만도 않다."

아버지가 말했다. 순간 계란 흰자의 흐름이 툭 끊어졌다.

누군가가 문을 열었다가 다시 쾅 닫아 버렸는데, 나는 그 사이에 문 안쪽에 있는 비밀의 방 하나를 훔쳐본 것 같은 느낌이었다. 부모들이란 정말 알 수 없는 사람들이다.

또 한 차례 전화가 걸려왔다. 이번에는 히피 해링턴 선생님이었다. 내가 뉴캐슬 대학에 가는 데 아무 문제가 없다는 소식이었다.

"다행이네요."

내 목구멍은 바싹 말라 있었다.

"실컷 즐겨라. 대학이라는 곳을 잘 활용해라. 네 인생에서 가장 멋진 시절을 만드는 거야, 크리스."

무슨 일을 어떻게 하겠다고 결심하는 일은 애당초 어리석은 일인지도 모른다. 어떤 일이든 그냥 일어나 나름대로 제자리를 찾아가는 것만 같다.

다음날 아침, 술을 마시지도 않았지만 숙취 비슷한 두통 때문에 침대에서 못 일어나고 있는데 가이가 문 안으로 고개를 들이밀고는 밖에 손님이 찾아왔다고 했다.

"그 녀석한테 나 죽었다고 해."

나는 신음 섞인 목소리로 말했다.

"'녀석'이 아니야, 여자라고."

가이는 곧 사라졌고 나는 마치 총알이 튀듯 침대에서 일어났다. 남들에게 보일 만한 차림새가 아니었기 때문에 창문까지 기어가서 밖을 내다보았지만 어디에도 '여자'는 보이지 않았다. 가이의 장난이로군. 다시 침대로 돌아와 풀썩 쓰러지려는 순간 아버지의 목소리와 여자아이의 가벼운 웃음소리가 들려왔다. 나는 깨끗한 양말을 뒤져 찾고 지난밤 벗어 놓은 바지와 티셔츠 더미 위에 앉아 있는 고양이를 쫓아내고는 계단을 구르다시피 해서 아래층으로 내려갔다. 아버지는 복도에 서서 이상야릇한 표정으로 나를 올려다보더니 한 발짝 뒤로 물러났다. 그제야 아버지와 이야기를 나누고 있는 사람이 누구인지 알 수 있었다. 브린이었다. 아주 멋지고 예쁘게 보였다.

나는 그대로 층계 중간쯤에 주저앉아서 양말을 끌어올리며, 머릿속으로는 갖가지 생각들을 끌어내고 있었다.

"안녕, 늦잠꾸러기! 아직도 한밤중인 거야?"

브린이 계단 위의 나를 쳐다보며 인사했다.

"여긴 무슨 일이야?"

"널 만나러 온 것 같구나."

그 말을 하고 아버지는 다시 부엌으로 들어갔다. 안에 누가 있는 것 같았다.

"내년에 리즈에 가서 살 곳을 알아보러 가던 길인데, 신기하게도 기차가 셰필드에서 멈춰 서는 거 있지. 그래서 너를 보고 가려고 내렸어."

"믿을 수가 없네."

난 일어서려고 하다가 도로 주저앉았다. 아버지가 부엌에서 누군가에게 고개를 젓고 있었고, 그제야 한 손에 커피잔을 들고 브린을 바라보는 질 이모를 볼 수 있었다. 가이는 자기 운동복의 지퍼를 가지고 장난을 치면서 브린과 주방 사이에 엉거주춤 서 있었다. 나는 계단 중간쯤에 앉아 한쪽은 양말을 신고 한쪽은 벗은 채 난간 사이로 브린을 바라보았다. 점차 브린의 얼굴에서 미소가 사라졌다.

"내가 온 게 반갑지 않은가 봐?"

"그런 거 아냐, 다시 보게 돼서 좋아."

질 이모는 몸을 앞으로 기울여 소리 안 나게 부엌문을 닫았고, 가이는 비밀 얘기를 엿듣다가 들킨 사람처럼 나를 쳐다보더니 내 머리 위를 뛰어넘다시피 해서 위층으로 올라가 버렸다.

나는 브린에게로 내려갔다. 몸집이 작은 브린은 햇볕에 많이 그을려 있었다.

"잘 지냈어?"

다른 말은 생각이 나지 않았다.

"커피 한 잔 줘도 사양하지는 않을 텐데……"

갑자기 조금 쑥스러운 표정으로 브린이 말했다. 나는 부엌으로 가서 나를 바라보는 아버지와 이모의 얼굴을 마주한 채 브린을 소개하고 어떻게 만나게 됐는지 따위를 설명할 엄두가 나지 않았다.

"톰네 집에 가서 마시자. 어차피 나도 거기 가려던 참이었어."

"그러자, 그럼."

톰이 어디 나가지 않고 집에 있기를 바랄 뿐이었다. 브린을 데리고 갈 다른 마땅한 장소가 생각나지 않았다. 나는 신발을 가지러 다시 위층으로 뛰어 올라갔다. 신경이 온통 곤두서 있었다. 빗은 어디에 뒀는지 찾을 수가 없었고 면도도 해야 했다. 그렇게 따지자면 세수도 해야겠지만 지금은 조금이라도 빨리 집을 빠져나가는 게 상책이란 생각이 들었다. 아래층으로 뛰어 내려갔다가 열쇠를 가지러 다시 위층으로 올라갔다. 나는 기차 시간에라도 쫓기는 사람처럼 계속해서 허둥댔다. 집을 나서며 복도에 놓인 브린의 작은 배낭을 보고 그것도 갖고 나오라고 했더니 브린은 적이 실망한 눈치였다. 내 기분도 최악이었다.

집에서 나와 길 끝에 다다랐을 즈음 비가 내리기 시작했다.

"다시 집으로 가는 게 좋을 것 같은데."

흠뻑 젖은 채 내가 말했다. 나는 티셔츠 위에 아무것도 입지 않고 있었다.

"안 돼. 오늘 오후까지 리즈에 도착해야 돼."

브린이 높은 톤의 목소리로 말했다.

"이런……"

"그리고 난 톰도 보고 갔으면 좋겠어."

"어, 그래. 톰도 그럴 거야. 널 보고 싶어 할 거라고."

우린 기차역에서 처음 만난 낯선 사람들처럼 서로에게 깍듯이 대하고 있었다. 나로서는 어쩔 수가 없었다. 우리가 프랑스에서 마치 몇 년 동안 서로 알고 지내던 사이처럼 함께 캠프장에서 웃고 떠들며 즐겼던 게 고작 한 달 전이었다는 걸 믿을 수가 없었다. 내 머릿속은 온통 그 강둑, 귀뚜라미 울음소리 요란하고 벌레들 윙윙대던 그 강둑에 관한 생각들로 가득 찼다. 작열하는 태양이 마치 와인처럼 바로 내 머릿속으로 들어가 나를 취하게 했던 것일까.

"시험 결과는 어때?"

브린이 물었다. 나는 얼굴을 찡그렸다.

"겨우 턱걸이야. 몇 과목은 포기했고."

"나도 마찬가지야. 우리 학교는 다들 점수가 너무 안 나와서 다시 채점해 달라고 난리야."

그러면서 브린은 싱긋 웃음 지었다.

"그래도 넌 합격했지?"

"응, 난 합격했어. 그게 중요한 거지."

떨어지는 빗방울은 마치 벌레들이 목을 타고 내려오는 듯했고, 내 머리카락은 이마에 찰싹 달라붙었다. 나는 티셔츠에 그려진 그림이 마음에 걸렸다. 내가 직접 그려 넣었는데 아직 한 번도 세탁한 적이 없었다. 이 와중에 티셔츠 그림까지 번져서 흘러내리기라도 한다면 얼마나 민망스럽고 창피할까. 하지만 사실 난 그런 것 따위를 걱정할 처지가 못 되었다.

"왜 그래?"

"아무것도 아니야. 그냥 네가 갑자기 나타나서 좀 놀란 것뿐이야. 생각도 못했었으니까."

"그렇구나, 너 갑자기 만나는 거 별로 안 좋아하나 보네. 뭐 그럴 수도 있지."

우리는 아무 말 없이 계속 걸어갔다. 늘 톰네 집이 우리 집에서 가깝다고 생각했었는데 오늘따라 무척 멀게만 느껴졌다. 어쨌든 다행스럽게도 톰은 집에 있었다. 나의 믿음직한 친구 톰, 기대했던 대로 해결사 역할을 해 주었다.

"와, 믿을 수가 없는데. 브린을 셰필드에서 보게 되다니 말이야."

톰은 연신 웃어 댔다. 톰은 프랑스에서 찍었던 사진들을 가져와 카펫 위에 흩어 놓았고, 브린도 배낭에서 자기 사진들을 꺼내 놓았다. 우리는 곧 사진들을 돌려 보며 깔깔 웃어 댔고 캠프장에서 만났던 사람들, 무슈 비엥브뉘를 비롯한 다른 사람들, 예컨대 '우주 끝의 물고기 부인', '바순 같은 음성을 가진 남자' 등등의 사람들에 관해 침을 튀겨 가며 이야기했다. 이야기가 너무나 신이 나서 우리는 많이 흥분한 상태였다.

톰이 기차역까지 브린을 배웅해 주러 가는 길에 뭐 좀 먹자고 했다. 톰의 집을 떠날 때 해는 이미 중천에 떠 있었다. 우리는 여전히 아까의 그 흥분된 분위기 속에 빠져 있었다. 그리고 운명의 여신은 다시 한번 제 몫을 단단히 해 냈다. 만일 우리가 톰의 집에서 그렇게 정신 나간 사람들처럼 시간을 보내지 않았더라면 그런 일은 벌어지지 않았을지도 모른다. 내가 신발 끈을 다시 매려고 허리를 굽히는데, 톰이 난데없이 브린을 들어 올리더니 내 어깨 위에 앉혔다. 브린은 소리를 지르며 양손으로 내 머리카락을 움켜쥐었고 나는 브린이 떨어지지 않도록 조심스럽게 등을 펴며 일어섰다. 우리 모두 장난치며 소리를 질렀고, 웃음소리는 떠나갈 듯했다. 브린이 손으로 눈을 가리고 있어서 앞을 볼 수 없었지만 나는 양팔을 뻗고 균형을 잡으며 마치 서커스 단원처럼 앞으로 걸어가기 시작했다. 그때, 톰이 갑자기 웃음을 멈추고 내 팔을 쿡 찔렀다.

나는 내 눈을 가리고 있는 브린의 손을 잡아 깍지를 낀 다음 내게서 떨어지지 않도록 옆구리에 꼈다. 순간 톰이 본 것을 나도 봤다. 차라리 보지 말았어야 했는데…… 두 명의 소녀가 길모퉁이에 멈춰서 있다가 막 돌아서고 있었다. 마치 또 하나의 문이 열렸다가 다시 꽝 닫혀 버린 것 같았다. 지난번과 다른 점은 이번에는 그 사이에 비밀의 방 따위는 존재하지 않았다는 것이다. 둘 중 한쪽은 흑인 여자애였고, 또 다른 한 명은 몸집이 작고 얼굴이 희었다. 너무나 변한 모습에 나는 단번에 누군지 알아보지 못했다.

이름 없는 너에게
그가 미워! 미워! 너무 미워!

9월

이름 없는 너에게

이제 2주밖에 남지 않았다니 꿈만 같다. 내 안의 저 깊은 곳에서는 여전히 두려움에 가득 찬 비명 소리가 맴돌고 있다. 그렇지만 또 동시에 잔잔한 고요함도 자리잡고 있다. 아가야, 어서 빨리 너를 만나고 싶어. 그냥 네가 마술처럼 어디선가 나타났으면 좋겠다. 옛날 이야기처럼 양배추 속에서 네가 나온다면 어떨까. 마침 우리 정원에 양배추도 있으니까. 나는 고통이 두렵단다. 그건 나도 어쩔 수가 없어. 우리가 서로의 마음에 들었으면 좋겠다. 서로 정말 좋아하는 사이가 되었으면 좋겠어. 엄마는 날 처음 봤을 때 무슨 생각을 했을까.

아빠가 작은 아기 침대를 사 오셨다. 아빠는 차 안에서 힘들여 침대를 꺼내 들고 들어오면서 엄마의 눈치를 살폈다. 엄마는 그냥 무표정하게 바라보고 있었고, 그걸 보는 나는 뭐랄까, 좀 이상야릇한 느낌이었다. 엄마는 아직도 아기를 입양시키기를 원한다. 엄마는 입을 꼭 다문 채로 아빠를 따라 위층으로 올라갔고, 곧이어 쿵쿵거리며 가구 옮기는 소리가 들렸다. 엄마 아빠가 네 침대를 놓을 공간을 내느라고 내 침대를 옮기는 소리였다. 나도 곧 뒤따라 올라갔다.

"그럼 나 여기서 계속 지내도 돼요?"

"물론 헬렌은 여기서 지낼 거요."

아빠가 내게 대답하는 대신 엄마에게 말했다.

"다른 데 갈 곳도 없잖니? 안 그래?"

엄마가 날카로운 목소리로 내게 말하더니 아빠를 향해 덧붙였다.

"이 방 구조를 영원히 이렇게 두지는 않을 거예요. 알았죠? 이 침대도 애가 태어날 때까지는 조립하지 말아요."

그렇게 말하고 나서 엄마는 자기 방으로 들어가 문을 닫았다. 난 엄마를 쫓아가고 싶었지만 아빠가 고갯짓으로 그러지 말라고 했다.

"네 엄마도 엄마 나름의 문제 해결 방식이 있는 거란다. 그냥 둬라."

아빠는 엄마를 진정으로 이해하고 있는 것 같았다.

나는 침대 위에 털썩 주저앉았다. 아기 침대의 옆면들이 맞은편 벽에 기대어져 있었다. 옅은 레몬 빛깔이었는데, 하늘색과 핑크색 아기옷을 입은 토끼들이 뛰는 모습이 침대 난간을 따라 그려져 있었다.

"엄마가 내가 여기 있는 걸 원치 않으시면 어떻게 여기서 살아요?"

아빠는 길고 마른 손가락을 허벅지에 올려놓으며 내 앞에 쭈그리고 앉아서 목청을 가다듬고 말했다.

"그럴 리가 있니, 엄마도 당연히 네가 여기서 지내기를 바라지. 그런 생각일랑은 지워 버려라. 너는 우리 딸이잖니, 그걸 잊지 마라. 다만 이 집에서 아기를 기르는 것이 우리 계획에 포함되어 있지 않았을 뿐이야."

"그렇게 따지면 제 계획에도 없었어요."

"우린 널 잃고 싶지 않아. 너도 알지?"

내가 고개를 끄덕이자 아빠는 한 손을 들어올려 내 볼을 만졌다. 아빠로서는 익숙하지 않은, 조금은 어색한 손짓이었다.

"넌 네가 원하는 한 이 집에서 지내게 될 거다. 아빠가 약속하마. 그리고 헬렌, 너도 내게 약속해 다오. 절대 음악을 포기하지 않겠다고. 언젠가 꼭 다시 춤을 추게 될 날이 올 거야. 우리 약속하자."

내 머릿속의 비명 소리는 우리 모두를 익사시킬 수 있을 만큼 시끄럽게 차올랐지만 난 약속을 했다. 어쩌면 그 소음들은 내 안의 저 깊은 곳에서 네가 내고 있는 고래 소리였는지도 모른다. 난 아빠가 내 방에서 나가 부부 침실로 돌아간 후에도 한참 동안 그 자리에 앉아서 비명 소리를 들으며, 아기 침대 옆면을 끊임없이 돌면서 기쁨에 차 뛰어다니는 토끼들을 세고 앉아 있었다. 나는 침실에서 엄마와 아빠가 결혼한 사람들이 하는 식으로 서로를 위로하는 소리를 들을 수 있었다. 두 분은 사랑을 나누고 있는 건지도 몰랐다.

그러고 나서 할아버지와 할머니를 뵈러 갔다. 새삼 생각해 보니, 할아버지 댁에 엄마랑 같이 갔던 게 언제였는지, 할머니가 우리 집에 온 적이 있었는지 기억해 낼 수가 없었다. 시간이 지난다고 그런 상처가 아물 수 있는 걸까. 슬픔을 겪을 때 용서를 택하는 것이 상처의 고통보다 쉽다고 느껴지는 순간이 올 수 있을까. 어쨌든 확실한 것은 내가 할머니와 함께 살게 되지 않으리라는 것이다. 할머니의 그 끝없는 침묵을 어떻게 감당할 수 있을까. 언젠가는 할머니의 마음속으로 살며시 들어가 이야기를 나눠 보고 싶다. 할머니와 나는 비슷한 점을 많이 가지고 있으니까. 밤무대 댄서였다는 내 진짜 할아버지에 대해서도 물어보고 싶고. 적당한 때를 기다리며 지금은 그냥 작은 약속처럼 기억만 하고 있어야지. 젊은 사람들이 늙은 사람들에게 정말 중요한 문제에 대해서 이야기하는 건 왜 그리 어려울까? 하긴 할머니에게는 중요한 일이 아니더라도 무슨 이야기든 꺼내기 힘들지만.

그날 내가 방으로 들어서자 할머니의 눈이 아주 잠깐 반짝 빛나더니 이내 다시 사그라져 들어 백일몽으로 돌아갔다. 할머니, 저 이제 알아요. 할머니의 비밀을 알고 있다고요. 나는 다가가 팔로 할머니를 감싸 안았다. 할머니에게서는 약한 비누 향기가 났다.

"네게 줄 선물이 있다."

할머니가 말했다. 바로 아기들이 쓰는 숄이었다. 할아버지는 그 숄을 찾느라고 다락방에서 상자들을 모두 꺼내 왔고, 할머니가 몇 시간 동안이나 과거의 기억들을 뒤졌다고 했다. 아마도 엄마가 아기였을 때 썼던 거였을 게다. 어쩌면 서랍 속의 아기였던 할머니 자신의 것이었는지도 모르고. 내가 만져볼 수 있도록 숄을 앞에 펼쳐 놓았다. 그러더니 숄을 내게 건네주지 않고 돌돌 말아서는 무릎에 놓고 내려다보며 앉아 계셨다.

"너무 예뻐요, 할머니."

할머니는 다시 꿈속으로 빠져들고 있었다. 나는 종이처럼 메마른 할머니의 손을 만졌다.

"네게 주기 전에 세탁을 하고 싶은 모양이다. 정말 오래된 숄이거든."

할아버지가 말씀하시자 할머니는 마치 우주선에서 걸어 나온 외계인이라도 되는 듯한 눈길로 할아버지를 쳐다보면서 말했다.

"아기가 태어나지도 않았는데 어떻게 이걸 줄 수가 있어요? 죽을 수도 있는데……"

아, 그래. 아가야, 제발 살아 주렴. 건강해야 해. 날 위해 아무 탈 없이 태어나 줘.

아니, 우린 외할머니 댁에서 살 수 없어. 난 네가 원할 땐 정말 시끄럽게, 세상이 떠나가라 울어 대도 괜찮은 곳이면 좋겠어. 너도, 그리고 나도 이 세상이 떠나가라 크게 소리 지를 수 있는 곳.

9월 21일
헬렌에게
난 네가 당면하는 모든 문제들에 대해서 네 스스로 결정을 내릴 수 있는 능력을 가진 독립적이고 똑똑한 아이라는 것을 잘 알고 있단다. 그런 네가 나는 무척 대견스럽다. 미래에 대해 어떤 계획을 가지고 있든지, 네가 잘해 나가리라고 믿기 때문이야. 넌 어떤 일이 닥쳐도 잘 헤쳐 나갈 수 있을 거야. 넌 그럴 만한 능력을 가지고 있어. 그렇지만 너와 아기는 돈이 필요하게 될 거고, 크리스가 능력이 생길 때까지는 내가 좀 돕고 싶구나. 크리스나 그 애의 아버지에게는 비밀로 했으면 좋겠다. 아이를 위해서 매달 조금씩 돈을 부칠 테니 받아 주려무나. 그리고 헬렌, 언젠가 나도 내 손자를 만날 수 있게 해 주겠지?
조운으로부터

그녀는 정말이지 악필이었다. 그녀의 편지를 읽는 내내 엉망으로 얽혀 버린 잉크 실을 풀어 내는 것 같은 기분이었다. 글자를 알아보기는 힘들었지만 어쨌든 그 내용은 깊은 밤에 누군가가 포근하게 덮어 준 담요처럼 따뜻해서 나는 눈물이 났다.
요즘 내가 신경 쓰이는 건 너 하나뿐이야. 요즘 계속해서 내 안에서 밀치고 뒤척여 대고 있는 너. 어제 조산사의 말로는, 네가 이제 밖으로 나오기 위해서 몸을 바로잡고 있다는구나. 이제 곧 너는 길고, 어둡고, 무서운 여행을 하게 되겠지. 아가야, 두려워하지 마. 우린 어떻게든 함께 잘해 낼 수 있을 거야.

9월 중순이 다 되어서야, 뉴캐슬 대학에서 보내온 독서 목록에 적힌 책들을 사러 돌아다녔다. 학생들이 잘 가는 헌책방에서 여러 사람의 손때가 묻은 가죽 장정의 밀튼 시집과 셸리 시집, 대충 이름만 들어 본 적 있는 다른 시인들의 낡은 시집들을 뒤적거리는 일은 무척 즐거운 일이었다. 책에는 페이지마다 서로 다른 필체의 밑줄과 연필로 쓴 메모가 가득했고, 그것을 보자 갑자기 다른 세계, 다른 시대의 학자들의 계보에 내가 합류한 것 같은 흥분이 느껴졌다. 어둠침침한 작은 방에서 허리를 잔뜩 굽히고 양피지 위에 깃펜으로 무언가 열심히 쓰고 있는 수도사를 상상할 수 있었다. 나는 빨간 가죽 커버로 된 고대 시집 『베어울프』를 샀다. 그 시집은 앵글로—색슨어로 씌어 있어서 한마디도 이해할 수 없었다.

그러고 나서 집에 들어갔는데, 정말 사상 최대의 놀라운 일이 벌어지고 있었다. 엄마가 와 있는 것이었다. 도대체 무슨 말을 해야 할지 알 수가 없었다. 문을 열고 막 내 방으로 올라가려 하는데 부엌에서 엄마의 목소리가 들렸다. 갑자기 뱃속이 싸늘해지는 느낌이었다. 충격 때문인 듯했다. 난 우선 위층으로 뛰어 올라가서 엄마를 마주하기 전에 뒤죽박죽된 머릿속을 정리했다. 아래층 부엌에서는 엄마의 웃음소리가 들려왔다. 엄마가 왜 왔는지, 그리고 엄마가 여기, 우리 집에 왔다는 것 때문에 내가 왜 이렇게 안절부절못하고 있는 건지, 도저히 이해할 수가 없었다. 무슨 말을 어떻게 꺼내면서 엄마를 볼까. 어쩌면, 정말 어쩌면, 엄마가 돌아와서 우리와 함께 살려고 하는 게 아닐까. 마음속에서 나는 그러기를 원하고 있었던 걸까? 아니, 예전에는 그랬다 하더라도 지금은 아니다. 가슴속에 슬픔과 좌절과 분노가 섞인 복잡한 감정이 차올랐다. 이미 너무 늦었다. 열 살의 나는 엄마가 돌아오기를 간절히 원했었다. 누가 그 이유를 물었다면, 엄마가 있다면 수요일마다 가져가는 내 운동복을 항상 깨끗이 빨아 놓았을 것이고, 비를 맞으며 보이스카웃에 갈 필요도 없었을 것이며, 코피가 난다고 꾸중을 듣는 일도 없었을 거라고 대답했을 것이다. 아버지가 밤마다 머리를 감싸 쥐고 몇 시간이고 앉아 있을 필요도 없었을 것이고, 가이가 울다 지쳐 잠드는 일도 없었을 것이었다. 하지만 이제는 너무 늦었다. 어떻게 한다 해도 그 아픈 기억들을 돌이킬 수는 없었다.

나 자신을 이해할 수가 없었다. 엄마에게 편지를 쓰고 전화를 하고 내가 편리한 시간에 들러 엄마를 보는 것은 좋아했으면서, 우리 집 부엌에서 양파를 썰고 소파에 발을 올리고 앉아 텔레비전을 보거나, 나이트가운 차림으로 아버지의 방에서 나오는 엄마의 모습을 떠올리기는 싫었다.

세수를 하고 나서 그런 대로 깔끔한 티셔츠를 하나 꺼내 갈아입고 아래층으로 내려갔다. 부엌의 식탁 주변은 웃고 떠드는 목소리들로 왁자지껄했는데 내가 들어서는 순간 갑자기 쥐죽은 듯 조용해졌다. 마치 내가 문을 열면서 그 목소리들을 한꺼번에 문 뒤로 밀어낸 것 같았다. 멋지게 옷을 차려입은 엄마가 있었고, 그 옆에 엄마의 남자 친구가 서 있었다. 아버지도 가이와 망원경에 관한 무슨 이야기를 하다가 말꼬리를 흐린 채 그곳에 있었다. 난 그들 모두를 둘러보았다. 질 이모도 아버지 옆에 서 있었다. 난 질 이모가 엄마와 자매간이라는 것도 잊고 있었던 것 같다. 가이는 걸상에 앉아 눈을 끔벅거리며 고양이를 바라보고 있었다.

"안녕하세요."

내가 말했다. 어른들의 파티에 불쑥 나타난 여섯 살짜리 아이처럼 어색하기 짝이 없었다.

던이 거품으로 가득 찬 잔 하나를 내밀었다. 아마 샴페인인 듯했다. 모두의 시선이 나를 향해 있었고 나는 잔을 받아들고 한 모금 마셨다.

"무엇을 위해 건배할까요?"

그 어색한 침묵을 메우기 위해서 나는 무슨 말이든 해야 했다.

"우리의 이혼을 위해."

엄마가 대답했다.

"네? 이혼요? 무슨 말씀이세요?"

"형은 알면서 왜 그래?"

작고 진지한 올빼미 같은 표정으로 가이가 말했다. 반짝이는 눈에 몹시 창백한 얼굴이었다.

난 정말 알 수 없었다. 그런 얘기를 하면서 왜 그렇게 웃고 있는지, 게다가 왜 나까지 웃기려고 노력하는지 도저히 이해할 수가 없었다. 나는 농담도 이해하지 못하고 한구석에서 파티의 분위기나 망치고 있는 한심한 존재였다. 그렇지만 규칙도 모르는 게임에 참여하고 싶은 생각은 추호도 없었다.

"네 아빠와 이혼하려고."

엄마가 말했다.

"아, 잘됐네요. 그런데 두 분 벌써 이혼하신 걸로 알았는데요."

탁한 목소리로 내가 말했다.

"우리의 결혼을 위해 건배하자꾸나, 크리스토퍼."

던이 손을 내밀었다. 나는 내가 그와 결혼할 만큼 그를 좋아하지 않는다는 식의 멋쩍은 농담을 한마디 해 주려다가 그만두었다. 어차피 아무도 알아듣지 못할 테니까.

"두 분 벌써 결혼하신 줄 알았는데요. 아니면, 그냥 연습 기간이었던 건가요?"

난 그의 손을 무시하며 말했다. 그들은 한꺼번에 와르르 웃어 젖혔다. 모두 이제껏 나 같은 어릿광대가 나타나기를 기다리고 있었던 것 같았다.

"던과 나는 결혼과 그에 따르는 여러 가지 부차적인 문제들에 대해

심사숙고해 왔단다. 그리고 이젠 준비가 되었다고 생각하는 거고."

엄마의 말에 난 아버지 쪽으로 고개를 돌렸다.

"나도 네 엄마와 던이 잘 어울린다고 생각한다."

그제야 난 이해할 수 있었다. 이제 아버지는 엄마를 정식으로 보내주려는 것이었다.

나는 잔을 들어서 단숨에 들이켜고는 트림이 올라오는 것을 삼켰다. 조금 취기가 올라오는 것 같긴 했지만, 그들처럼 무방비로 헤헤거리는 식으로 취하고 싶지 않았다. 난 거기 모여 있는 사람들 모두와, 하물며 가이까지 차례로 악수를 했다. 그러고는 그들을 지나쳐서 뒤뜰로 나와 들고 있던 유리잔을 벽에 던졌다.

미끈한 모양의 잔이 폭발하듯 산산조각 나면서, 별과 같은 유리 조각들이 빛을 반사하며 하늘로 솟구쳤다가 떨어지는 장면은 아름답기 짝이 없었다.

어떻게 그렇게 오랜 시간 동안 생각하고 옷 입고 밥 먹는 방식, 무엇을 배우고 말하는 습성까지 다른 사람의 영향을 받고 살다가 어느 순간 갑자기 그 모든 보호의 그물을 벗어던지고 자유로워질 수 있는 걸까.

그 후 며칠 동안 나는 엄마와 던과 꽤 많은 시간을 함께할 수 있었다. 두 사람이 더비서 호텔에 묵고 있었기 때문에 나는 자전거를 타고 가서 함께 산책을 하곤 했다. 그리고 놀랍게도 나는 던을 꽤 좋아하게 되었다.

"자, 크리스토퍼, 네가 가장 좋아하는 곳으로 우릴 안내해 보렴."

가이드를 하는 일은 즐거웠지만 예전에 내가 오르려고 애썼던 스토니지 엣지 근처나 헬렌과의 추억이 있는 장소에는 가지 않았다. 그런 곳에는 늘 나 혼자만 간다. 하지만 버베이지의 정상에는 같이 올라서, 다리 밑에 있는 커다란 바위에 앉아 계곡을 내려다보았다. 계곡 아래의 세상은 이제 막 단풍이 들기 시작하고 있었고, 양떼의 등이 9월 햇살에 아련하게 빛나고 있었다.

"이곳이 바로 어린 시절을 보낸 곳이에요, 엄마."

감상적으로 들려도 상관없었다. 나는 엄마를 무척 좋아하게 되었고 그렇게 엄마와 시간을 보내는 게 정말 행복했다. 전에는 가끔씩 어색하게 '어머니'라는 말이 입에서 튀어나왔지만, 이젠 편하고 친근하게 느껴져 '엄마'라고만 부른다.

하지만 엄마가 앞으로의 계획을 물었을 때 나는 말문이 막혀 버렸다. 내 미래를 나 혼자 결정할 수 있는 게 아니기 때문이다.

"지난 6월 말 이후로 헬렌과 얘기해 본 적도 없어요."

"그런 것 같더라. 그렇게 아무렇지도 않게 모두 다 잊을 수 있겠니?"

"아뇨, 절대로 그럴 수가 없어요."

나는 그냥 뉴캐슬에 안 가 버릴까 보다고 말했다. 배낭 하나를 짊어지고, 길을 따라 자유롭게 세계 일주나 하면 어떻겠냐고. 얼마나 멀리 떨어져 있어야 헬렌을 잊을 수 있을까? 빛이 지구를 도는 데 1초도 걸리지 않는다면, 지구 반대편에서 헬렌은 나를 볼 수 있을까? 소리는 얼마나 걸릴까? 아이레스 바위 옆에 서서 "헬렌," 하고 속삭이면 그녀가 꿈속에서 들을 수 있을까? 중간에 차 소리나 기계 소리, 웃음소리, 외침소리, 울음소리 같은 방해물이 없다면 들을 수 있을지도 모른다. 유럽, 아프리카, 인도, 일본, 호주. 자전거를 타고 전 세계를 끝없이 돌아다니며 그녀의 이름을 외쳐 보면, 그러면 내 마음이 좀 나아질까?

"시간이 필요하단다."

엄마가 말했다.

며칠 후, 던과 엄마는 북부로 돌아가고 나는 브린에게서 편지 한 통을 받았다. 우스운 농담들과 재미있는 그림들, 그리고 짧은 시 구절들이 담긴 편지는 몇 장에 걸쳐 계속되었다. 브린은 편지 끝에 자기가 리즈에 있는 동안 한번 보러 오라고 했다. 그러면서 "네가 많이 보고 싶어."라는 말로 편지를 끝내고 있었다. 편지를 읽으면서 나는 마음이 아팠다. 프랑스에서 함께 있을 때, 그리고 우리 집에 왔을 때 나를 보던 브린의 눈빛이 무슨 의미였는지 나는 확실하게 알 수 있었다. 길에서 루슬린과 헬렌을 마주친 뒤의 그녀의 모습도 떠올랐다. 나는 몸을 숙여 그녀가 내 등에서 내려올 수 있도록 했고, 양손을 주머니에 찔러 넣고 집으로 향했었다. 마치 머릿속에서 기관총이 난사되고 있는 느낌이었다. 브린은 내 걸음을 따라잡으려고 거의 뛰다시피 해야 했고, 나는 귀찮은 말벌을 쫓듯이 그 애를 떨쳐 내려 하고 있었다. 그 애의 잘못이 아니었는데. 내가 그 말을 하려고 돌아섰을 때 브린은 당혹스럽고 미안한 얼굴로 미소 지으며 얼굴을 쳐들고 나를 올려다보면서 서 있었다. 왜 그랬는지는 모르겠지만, 나는 몸을 굽혀 그녀에게 키스했다. 그것은 단지 친구 사이의 키스였고, 네 탓으로 돌리지 말라는 위로의 키스였다. 그리고 나서 우리는 간단하게 간식을 사 먹고 브린을 배웅하러 역으로 갔다. 작별의 미소를 건네는 품으로 보아 브린은 여전히 자기 잘못이라고 생각하는 게 분명했고, 그리고 그녀가 그렇게 걱정하는 한 우리는 친구보다 훨씬 더 깊은 사이라는 것을 의미했다. 그래도 난 그녀에게 편지를 쓰지 않았고 그녀에게서도 편지가 오지 않았다. 난 이제 다 끝난 거라고 생각했었다.

그런데 편지가 온 것이다. 브린답게, 활기와 장난기가 넘치는 편지였다. 편지를 읽는 내내 그녀의 목소리와 웃음소리가 들리는 듯했다. 난 브린과 내가 결코 그녀가 바라는 관계가 되지 못하리라는 걸 알고 있었다. 아직은 내 안에 상처가 너무 크고, 얽히고설키어 절대 끊어지지 않을 거미줄 안에 꼼짝없이 갇혀 다시는 헤쳐 나올 수 없을 것 같았기 때문이다.

그래서 나는 답장을 썼다. 많이 좋아하지만 이제 다시는 만나지 않았으면 좋겠다고. 그녀가 상처 받으리라는 걸 알고 있었고, 편지를 쓰는 내 마음도 편치 않았다. 기분이 너무 언짢았다. 그렇지만 그렇게 해야만 했다.

9월 30일
이름 없는 너에게

오늘 밤은 기분이 좀 이상하다. 아니, 끔찍하다는 게 더 맞는 말일 것 같다. 제대로 걸을 수도 없다. 네가 밑으로 움직여 내려간 듯해. 조산사는 밑으로 '떨어졌다'는 말을 썼다. 이제 네가 행동 개시를 하려고 몸을 돌리는 거라는구나. 나도 행동 개시 준비가 되어 있으면 좋을 텐데. 지금은 그냥 아주 오랜 시간 동안 잠이나 잤으면 좋겠다는 생각뿐이다. 네가 시간을 잘 지켜 준다면, 이제 며칠만 지나면 너를 볼 수 있겠지.

난 보기에도 끔찍하다. 너무 뚱뚱해서 커다란 버터 통을 보는 것 같다. 요즘은 나도 날 잘 알아볼 수가 없다. 옛날, 아주 먼 옛날, 춤을 잘 추던 헬렌이란 소녀가 살았다. 그 아이는 허리를 굽힐 수도 있었다. 허리—그게 뭔데? 그런데 곧 뚱뚱한 애벌레같이 변하더니 곧 다시 번데기가 되고, 그러고는 의식 불명 상태로 들어갔다. 그러자 '조산사'라는 요정 할머니가 와선 이렇게 말했지. "신데헬렌, 넌 곧 병원으로 갈 거야. 그리고 그 고치 속에서 나오게 될 거다." 그렇지만 아가야, 멋진 일은, 날개를 조심스럽게 팔랑이며 나오게 될 나비가 한 마리가 아니라는 거란다. 너와 나, 두 마리의 나비가 날아오를 거야. 잘생긴 왕자님이 없는 건 슬프지만. 아니, 잘생겼든 못 생겼든, 왕자님은 아예 없어.

빨리 모든 게 끝났으면 좋겠다.

정말이지 기다림이 지겹다.

뉴캐슬로 떠나기 전날 나는 새 청바지를 몇 벌 샀다. 무릎 부분에 구멍이 나지 않은 바지를 입으니 정말 어색했다. 엄마가 이불을 사라고 (왜 하필이면 이불인지) 돈을 줬지만 사지 않았다. 그래도 윈도우 쇼핑은 좀 했는데, 아주 하늘하늘한 하늘색 옷감이 있었다. 함께 마지막으로 춤을 추었을 때 헬렌이 입었던 옷과 비슷했다. 내 머리에는 시 한 편이 계속 떠올랐다. 「그는 천상의 천을 소망했다」라는 제목의 시였는데, 바로 아일랜드 시인 예이츠의 작품으로 히피 해링턴 선생이 읽어 주었던 시였다. 난 그 시를 외우고 있었다. 히피 선생님이 옳았다. 시는 외워야 한다. 그러면 꼬집어 어떻게라고 말할 수 없지만, 그 시를 자신의 것으로 만들 수 있다.

금빛 은빛으로 수놓인
천상의 천이 내게 있다면
빛과 어두움, 그리고 어스름으로 물들인
푸르고 어렴풋하고 검은 천이 내게 있다면
그대의 발 아래에 깔아 드리리.
가난한 내가 가진 건 오직 꿈뿐,
내 꿈을 그대 발 아래 깔아 드리리.
살포시 즈려 밟으소서

그대 밟는 것 내 꿈이니.

난 엽서 하나를 사서 이 시를 적었다. 내 이름을 서명할 필요는 없었다. 헬렌의 집으로 향하는 내내 그 단어들이 머릿속에서 음악같이 울려 퍼지고 있었다. 어쩌면 만나서 자연스럽게 작별 인사를 할 수 있을지도 모른다고 생각했다. 전화를 걸었다가 일방적으로 끊기는 수모를 다시 당하고 싶지는 않았다. 헬렌의 가족들이 헬렌 주위에 쌓아 놓은 벽은 너무 높고 두껍고 뿌리 깊어서 그 벽을 넘을 수도, 부술 수도, 땅굴을 팔 수도 없었다. 그 모든 게 다 그녀를 사랑해서라고 했다. 이해할 수는 있지만, 그 사랑은 뭔가 이상한 사랑이다. 나는 보는 듯 안 보는 듯, 흘긋 쳐다보고는 그 집을 그냥 지나쳤다. 여전히 깔끔하고 예쁜 집이었다. 돈이 있는 집안이다. 지금 돌이켜보면 이상하게도, 전에는 그런 생각을 해 본 적도 없었다.

이런 침묵은 정말 싫다. 내 귀와 입을 동여매 놓은 붕대와도 같았다. 침묵이여, 무엇이든 이야기해 보라.

나는 헬렌의 아버지가 일하는 도서관으로 갔다. 가튼 씨는 날 보고 씨익 웃더니 뒷짐을 지고는 발소리를 죽여 걸어왔다.

"기타 연주는 좀 어떠냐?"

예측대로 가튼 씨는 그 말을 꺼냈다.

"그냥 그렇죠, 뭐."

내가 말했다. 난 한동안 창밖을 내다보다가, 다시 자기 자리로 가려는지 아저씨가 움직이자 얼른 물었다.

"아저씨, 헬렌은 어때요?"

그는 당황하는 듯했다. 그는 참 좋은 사람이다. 다른 사람의 감정을 상하게 하는 말을 잘 못하는 사람이다. 그것에 대해 말하는 것은 금기라고 생각하지만 어쩔 수 없이 말해야 하는 상황에 처해 버린 것이다.

"배가 어찌나 나왔는지 꼭 감자 같아."

그가 말했다. 난 가까스로 침을 삼켰다.

"저 내일 모레면 떠나요, 아저씨. 이거…… 이걸 좀 전해 주시겠어요?"

난 아저씨에게 엽서를 내밀었다. 그는 꼭 내가 주머니에서 뱀이라도 꺼내 그의 손에 올려놓은 듯, 그 뱀을 밟아 죽여야 할지 아니면 보이지 않게 슬쩍 주머니에 넣어야 할지, 또 아니면 희귀한 것이라고 들고 찬사를 해야 할지 어쩔 줄 몰라 했다. 어쨌든, 난 엽서를 남겨 두고 집으로 돌아왔다. 우리는 헤어질 때 늘 악수를 하곤 했는데 이번에는 그러지 않았다. 아저씨에게도 아마 그쪽이 더 마음 편했을 것이다. 어른이니까 뱀 한 마리쯤이야 잘 다룰 수 있겠지.

9월 30일

어제, 널 맞을 준비를 하기 위해 깨끗이 방 청소를 했다.

책꽂이에서 책들을 치우고, 어려서부터 모아 온 유리나 사기로 된 동

278

물 인형들도 치우고, 벽에 붙은 도자기 가면이랑 부채도 떼어서 씻고 먼지를 털어 냈다. 하늘거리는 천으로 만들어진 내 스카프들도 빨고 커튼까지 떼어 빨아서 빨랫줄에 널어 말렸다. 커튼을 널 때 엄마가 집게로 집는 것을 도와주었고, 난 엄마가 부엌으로 돌아간 뒤에 그것들을 바라보고 서 있었다. 널린 빨래들은 자유를 향해 퍼덕이는 새의 날개와도 같았다. 나도 날개를 달고 높이, 더 높이 날아오르는 것 같은 기분이 들었다. 그러고 나서 난 다시 부엌으로 들어가서 엄마와 함께 점심을 먹었다. 둘 다 창가에 앉아 그 큰 날개들이 퍼덕거리는 걸 바라보았다. 서로 아무 말도 하지 않았지만 엄마와 나는 마음을 나누고 있었다. 이제는 서로를 밀어내고 문을 잠그는 일 따위는 없다.

9월 30일

몇 분 전에 심한 통증이 있었다. 허리께에서 일어난 그 지독한 통증은 곧장 내 등뼈를 타고 올라와서 순식간에 온몸에 퍼졌다. 내 온몸을 쥐고 흔들어 고통으로 내 몸이 터져 나갈 것 같다는 생각이 들 때 갑자기 씻은 듯이 사라졌다.

나는 두렵지 않다. 그게 무엇인지 정확히 알고 있으니까.

네가 나오는 거야.

난 침대를 정리하고 출산용품 가방을 챙겨서 문 옆에 두었다.

한 번 더 진통이 오기 전까지는 엄마에게 말하지 않을 거야. 진통은 몇 시간에서 길게는 며칠 동안 계속될 수도 있다고 조산사가 알려 줬다. 너와 나, 우리 둘 다 준비를 잘했으면 좋겠다. 너도 나도 침착하자.

천천히 숨을 쉬자. 내 혈관 깊은 곳에서 너의 심장 박동 소리가 들려오는 것 같아.

진통이 또 온다. 점점 더 심해진다. 거대한 파도가 하얗게 솟구쳐 오르고, 나는 그 밑으로 휩쓸려 들어간다. 거기에 빠지면 안 돼, 정신 차려. 빠지면 안 돼!

네가 나오는 거야.

나도 모르게 비명이 터져 나왔다. "엄마! 엄마!" 엄마가 방으로 뛰어들어왔고 나는 엄마 쪽으로 걸어가려고 했다. 순간 밑에서 무언가가 터져 나오는 듯한 느낌이 들었다. 엄마는 나를 안고 다음 진통을 견딜 수 있게 도와주었다. 우리는 함께 그 지독한 진통의 파도를 탔다. 마치 내가 다시 태어나는 기분이었다. 난 크게 비명을 질렀고 엄마는 그런 날 꼭 껴안고 고통을 나누었다.

지금 엄마는 아래층에서 응급차를 부르고 있다. 내 몸의 떨림이 멈추질 않는다.

아빠는 피아노를 치고 있다. 아빠가 나름대로 이 상황에 대처하는 방식이다. 아가야, 그 소리를 들었니? 너를 환영하는 노래란다. 하지만 엄마가 아빠에게 소리를 질렀고, 아빠는 곧 연주를 멈추었다. 아빠는 내 방으로 올라와서 문가에 섰다. 나는 침대에 기대서 조산사든 앰뷸런스든 아무나 빨리 와 주기만을 기다리고 있었다. 아빠를 보자 내 몸이 다시 떨려 왔다. 아빠는 내 쪽으로 오더니 주머니에서 뭔가를 꺼내 주면서 말했다.

"네가 지금 이걸 봐야 할 것 같구나. 크리스가 준 거야."

아빠가 다시 피아노 앞으로 돌아가고 난 후, 난 그걸 읽었다. 편지를 창가로 가져가서 가로등 불빛에 비추어 보았다. 약간 주저하는 듯한 목소리로 나에게 시를 읽어 주는 크리스의 목소리가 들리는 듯했다. 뒤에서 무슨 소리가 들려 돌아보니, 로비가 문가에 서 있었다. 아주 점잖고 어른스러운 표정으로, 그러면서도 조금 겁먹고 수줍은 얼굴로.

"뭔가 내가 도와줄 게 없나 해서."

조금만 덜 아팠다면 웃음이 나올 뻔했다. 그러다가 갑자기 로비가 정말 도와줄 수 있는 일이 생각났다.

"너 그럼 크리스한테 뭘 좀 전해 줄래?"

로비가 내 머큐리가 있는 차고에서 자기 자전거를 꺼내러 간 사이 나는 이 꾸러미를 만들고 있다. 아가야, 이게 너에게 쓰는 마지막 편지가 될 거야.

IO월

난 꾸러미를 내 방에 가져와서 풀었다. 그냥 편지 뭉치였다. 헬렌의 편지들은 모두 같은 말로 시작하고 있었다.

'이름 없는 너에게.'

내가 이젠 그녀에게 겨우 '이름 없는' 존재밖에는 되지 않는다는 말인가?

나는 치밀어 오르는 눈물을 억누르며 침대에 앉아 편지를 순서대로 읽기 시작했다. 그것은 내 기억을 다시 지난 1월로 이끌었다.

편지를 다 읽고 난 후 나는 마치 공중에 붕 떠 있는 것만 같았다. 차갑고 공허하고 광활한 어둠만이 나를 둘러싸고 있고 진공 상태인 듯, 숨을 쉴 수가 없었다.

나는 쿵쾅거리며 아래층으로 걸어 내려갔다. 아버지와 질 이모가 함께 앉아 텔레비전 심야 영화를 보고 있었고 벽에는 내가 뉴캐슬에 가져가기 위해 싸 놓은 배낭이 기대어져 있었다. 거의 자정이 다 된 시간이었다.

"아기가 나오고 있대요."

그렇게 말한 후 놀라서 물고기처럼 입을 벌리고 있는 두 사람을 뒤로한 채 나는 마당으로 나갔다. 공기를 마시자 퍼뜩 정신이 들었다.

나는 사다리와 감자 포대, 페인트 깡통들 사이를 비집고 들어가 창고에서 내 자전거를 끌어냈다. 요란한 소리가 났지만 개의치 않았다. 그러고는 마치 자석에 끌리듯, 곧장 병원으로 질주했다. 자전거로 그렇게 빨리 달려 본 건 태어나서 처음이었다.

병원에 도착해서 나는 자전거를 덤불에 던져 놓고는 로비로 뛰어 들어갔다.

"헬렌은 어디 있죠?"

나는 접수 창구의 여자에게 물어보았다. 그런데 아무리 애를 써도 헬렌의 성을 기억할 수가 없는 게 아닌가. 그러나 마침내 기억이 났고 병실 호수를 알아낼 수 있었다.

나는 미로 같은 복도를 냅다 달렸다. 복도는 휠체어와 들것을 위한 전용도로 같았다. 병원의 측면 병동에 들어서자 나는 복도 벽에 기대서서 가슴 깊숙이 숨을 들이마셨다. 헬렌이 무사해야 할 텐데. 제발 헬렌이 무사하게 해 주세요.

문을 밀어 젖혔다. 침대 주변에 헬렌의 부모님이 서 있었다. 갑자기 내가 나타나자 두 사람은 돌아서서 나를 쳐다보았다. 방이 괘종시계의 추처럼 흔들리기 시작했다. 다리가 너무 무거워서 움직일 수가 없었다. 숨이 막혀 왔다.

가튼 씨는 내가 다가설 수 있도록 뒤로 물러났다. 내가 어떻게 침대까지 걸어갔는지 기억이 나지 않는다. 헬렌은 창백했고 탈진한 모습이었지만 미소를 띠고 있었다.

"크리스."

헬렌이 입을 떼었다.

"아기 좀 봐."

나는 조그맣고 빨갛고 쭈글쭈글한 무언가가 자고 있는 것을 보았다. 쌕쌕 숨도 쉬고 있었다. 방 안의 모든 시선이 조용히 아기에게 머물러 있었다.

그렇게 해서, 나는 지금 뉴캐슬 대학의 기숙사에서 네게 편지를 쓰고 있는 거란다, 에이미. 네 이름은 '사랑 받는 사람, 친구'라는 뜻이고, 나와 헬렌이 함께 골랐다. 네가 알고 있어야 할 것 같아서, 이제껏 나는 너에 대해 이야기했다.

언젠가 오랜 시간이 지난 후 네가 이것을 보게 되면, 네가 태어나기까지 함께했던 사람들의 마음속 조각들을 모아 하나의 그림을 만들 수 있겠지.

언젠가 너를 정말로 잘 알게 되었으면 좋겠다. 난 네 삶에 관한 이야기의 처음 부분만을 알고 있으니까.

그날 병원에서 너를 처음 봤을 때, 헬렌과 떨어져 있던 그 긴 시간 동안 난 너에 대해서는 단 한 번도 생각해 본 적이 없다는 것을 깨달았다. 너는 정말 내게 '이름 없는 존재'였던 것이다. 낮이면 낮마다 밤이면 밤마다 내가 생각한 것은 헬렌뿐이었다. 난 헬렌과 함께 있고 싶었고, 헬렌을 안고 싶었을 뿐이었다. 난 단지 모든 것이 예전으로 돌아가기만을 바랐을 뿐이었다.

그러나 마침내 헬렌을 다시 보게 되었을 때, 헬렌은 너와 함께였다. 그때 난 네가 너무나 소중하고, 또 너무나 많은 보호를 필요로 한다는 사실을 깨닫고 새삼 놀랐다. 넌 너무 작고 약해서 널 안는 것도, 아니 만지는 것조차 겁났다. 난 너를 보면서 '이 아인 우리 아이야.'라고 말하려 해 보았지만, 그렇게 할 수가 없었다. 나는 어쩔 줄을 몰랐고, 너로부터 숨고만 싶었다.

헬렌이 옳다. 나는 아직 너나, 헬렌을 위한 준비가 되어 있지 않은 것 같다. 나 자신을 위한 준비조차도.

11월

크리스에게

지금 나는 내 인생의 이 시점에서 내가 원하는 바로 그 자리에 와 있는 것 같아. 너에 대한 생각도 종종 하곤 해. 사랑하는 마음으로 말이야. 너도 행복했으면 좋겠어.

오늘 할머니가 오셨어. 아마 오시는 게 쉽지 않으셨을 거야. 우리는 거실에 앉아 있었어. 할머니는 딱딱한 의자에, 엄마는 창문 옆에, 그리고 나는 에이미를 안고 수유용 낮은 의자에 앉아 있었지. 할머니는 말을 많이 하지 않으셨지만, 원래 그러시잖아. 그저 할머니 특유의 슬프면서도 이해할 수 있다는 듯한, 그런 눈으로 날 물끄러미 보고만 계셨어. 내가 에이미에게 젖을 다 먹이고 눕히려는데, 엄마가 와서 아기를 받아 안았어. 달착지근한 젖 냄새가 나고 졸음에 겨워하는 에이미를 말이야. 엄마는 늘 하듯이 에이미에게 입을 맞추고, 그러고는 방을 가로질러 가서 할머니 품에 에이미를 안겨 주었어.

그것은 마치 에이미라는 곱고 가느다란 실이 찢어진 옷을 다시 꿰매 주는 것 같은, 그런 모습이었어.

'더 아름답게 사랑하는 법'을 위하여

『이름 없는 너에게』는 영국에 사는 두 명의 하이틴 학생들 — 헬렌과 크리스에 관한 이야기이다. 그들은 서로 사랑하는 사이라는 것 외에는 아무런 특기할 만한 점이 없는, 언제 어디에서나 맞닥뜨릴 수 있는 보통의 젊은이들이다. 다른 고등학교 졸업반 학생들처럼 이들은 대학 입시를 준비하며, 조금 있으면 각기 집을 떠나 크리스는 영문학을, 헬렌은 음악을 전공할 계획이다. 다른 젊은이들처럼 그들도 미래에 대한 꿈과 야망, 두려움과 불안을 동시에 갖고 있다.

그러나 단 한 번의 순간적인 실수로 이들의 삶의 경로는 완전히 바뀌어 버린다. 어느 날 둘이만 집에 남아 공부를 하던 크리스와 헬렌은 단

한 번 관계를 갖고, 이로 인해 헬렌이 임신을 하게 된다. 불가피하게 아기를 어떻게 할 것인가라는 문제가 발생하면서 자연히 두 사람의 관계는 새로운 국면에 들어선다. 아직 태어나지 않은 아기의 존재를 실감하지 못하고 헬렌과의 사랑만을 고집하는 이상주의자 크리스와 실제로 하나의 생명을 몸 속에서 키우며 현실을 받아들여야 하는 헬렌 사이에는 갈등이 생기고, 두 사람의 대학 진학 문제, 그리고 이제껏 숨겨져 있던 모든 가족 문제까지도 불거지게 된다. 크리스는 어렸을 때 엄마가 가출하고 동생과 함께 홀아버지 밑에서 자라게 되는데, 내색은 안 하지만 마음 저편에 늘 어머니에 대한 그리움이 자리잡고 있다. 헬렌은 부유한 가정이지만 차가운 성격의 엄마, 그리고 엄마와 외할머니 사이의 알 수 없는 긴장감 때문에 스트레스를 받는다. 헬렌의 임신과 함께 이 모든 가족 문제들은 새로운 방향으로 진전되며 헬렌과 크리스는 심한 내적 갈등을 겪는다.

크리스의 회상 속에서 1월에서 11월까지 연대기적으로 기록되어 있는 이 소설은 크리스의 1인칭 서술과 '이름 없는 너에게'로 시작하는 편지 형식의 헬렌의 일기가 서로 교차되면서 크리스의 내적 고백과 헬렌이 임신 초기부터 아기를 낳을 때까지 갖는 감정을 번갈아 소개하고 있다. 헬렌은 임신에 대한 두려움, 자신의 몸의 변화에 대한 혼동, 크리스와의 관계, 그리고 엄마와 외할머니와의 관계 등을 때로는 담담하게, 때로는 흥분된 목소리로 서술하고 있고, 크리스는 헬렌의 임신에 대한 놀라움과 헬렌으로부터의 소외감에 대한 자신의 느낌을 솔직하게 고백하고 있다. 병행되는 두 가지 시점의 이야기를 통해 독자는 어느 한쪽에 치우치지 않고 양쪽 이야기를 다 들을 수 있는 기회를 갖게 된다.

크리스는 책머리에서 "이 책은 일종의 여행과 같은 이야기이다. 어디에서 끝날지 모르는 여행."이라고 말하고 있는데 물론 여기서 여행은 육체적인 것이라기보다 정신적인 것이고, 그런 의미에서 이 소설은 일종의 성장소설이다. 아직 세상 밖으로 나가지 않고 학교와 가족이라는 보호막 속에서 생활하던 크리스와 헬렌이 새로운 세계로 발을 내딛는 과정은 이들이 함께하는 정신적 여행이기 때문이다. 불과 1년도 안 되는 기간 동안 헬렌과 크리스는 학교, 공부, 시험, 학점, 친구만이 전부인 소년과 소녀의 세계에서 한 아이의 엄마와 아빠가 되어 더욱 성숙한 눈으로 세상을 보고 책임을 져야 하는 어른으로 성장하게 되는 것이다.

문학을 좋아하고 낭만적인 것을 사랑하는 크리스는 헬렌과의 관계를 통해 엄마를 이해하고 자신의 삶의 행로를 결정하는 능력을 키우며, 아기를 잉태하고 자신의 몸의 일부로 키워 가는 헬렌은 생명의 소중함과 가족의 사랑을 배워 간다. 아기의 존재조차 부정하며 시작하는 헬렌의 편지들은 헬렌이 아기를 하나의 사물로 보다가 이 세상에서 제일 소중하고 아름다운 존재로 받아들이게 되는 섬세한 감정 변화를 설득력 있게 묘사한다. 무생물과 다름없는 '이름 없는 너'가 '에이미'라는 이름을 가진 하나의 인간으로 변화하는 과정인 것이다.

그러나 작가가 한국 독자들을 위해 특별히 쓴 서문에서 밝히고 있듯이 이 소설은 단지 십대 소년 소녀의 위험한 사랑 이야기만은 아니다.

헬렌의 출산은 결국 이제껏 피상적으로는 아무런 문제가 없던 두 가정 속에 뿌리 깊이 존재하던 문제를 표면화시켜 해결하는 계기가 된다. 임신한 헬렌을 동반하고 크리스는 10년 동안 보지 못한 엄마를 찾아가고, 그곳에서 엄마와의 화해의 길이 열리기 시작한다. 헬렌은 아기가 계기가 되어 엄마의 출생의 비밀을 알게 되고, 이는 다시 헬렌과 엄마, 엄마와 외할머니 사이의 다리 역할을 하게 된다. 헬렌과 크리스는 가족의 소중함과 사랑을 새롭게 배우게 되고, 그래서 헬렌의 아기는 소설을 통해 불협화음과 갈등의 상징에서 일치와 통합의 상징으로 변화한다. "곱고 가느다란 실이 찢어진 옷을 다시 꿰매 주는" 것 같은 에이미는 가족간의 몰이해와, 사랑하면서도 미워하는 역설적인 가족관계가 다시 제자리를 찾게 하는 계기가 되는 것이다.

그러나 이 소설을 해피엔딩이라고 말하는 것은 좀 무리가 있다. 크리스는 결국 자신의 계획대로 영문학을 공부하기 위해 대학으로 떠나고 헬렌은 아기를 양육하기 위해 대학 진학을 포기하고 집에 남는다. 간접적이기는 하지만, 여기서 작가 도허티는 어쩌면 이러한 상황에 처한 여학생들에 대한 경고를 함축하고 있는지 모른다. 헬렌이 임신을 하고 아무에게도 도움을 청할 수 없어 '이름 없는 너에게' 편지를 쓰는 동안 크리스는 미친 듯이 헬렌을 보고 싶어하고 아파하지만, 다른 여자에 대한 관심을 갖고 '잊기 위해서' 여행을 하는 등 다분히 이기적인 성격을 보여 아기에 대한 정당한 책임 분담이 제대로 되지 않는다. 책의 마지막에서 "나는 아직 너, 헬렌을 위한 준비가 되어 있지 않은 것 같다. 나

자신을 위한 준비조차도."라고 말하는 크리스는 아마도 이제부터 과거의 일을 접고 새로운 삶을 시작할 준비가 되어 있는 듯하다. 결국 아기를 떠맡고 고스란히 책임을 지는 쪽은 헬렌이다.

그래서 이 책은 크리스의 고백록이되, 죄의식의 짐을 덜어 놓는 개인적인 치유 수단이기도 하다. 책의 제목이 '이름 없는 너에게'로 헬렌의 입장에서 주어진 것처럼, 이 책은 헬렌이 아기와 함께하는 미래를 꿈꾸는 데서 끝난다. 아픈 만큼 성숙한다는 말이 있듯이 이들은 두려움과 불신, 혼동, 슬픔을 통해 좀더 크고 깊은 사람으로 자라고, 이제 더 넓고 다양한 세상으로 조심스럽게 발을 내딛는다. 한 가지 확실한 것은 둘 다 이제는 한층 성숙한 사랑을 할 수 있는 자격을 갖추었다는 것이다.

이 책은 2년 전 서강대학교 영미문화 전공 수업으로 개설한 '번역 연습'이라는 과목의 텍스트로 사용되었다. 그 수업을 시작하기 전에 나는 우리 학생들과 함께 번역할 수 있는 책을 고르느라 꽤 많은 시간을 보냈다. 나의 선택 기준은 첫째 영어가 대학교 2, 3학년에 맞는, 그리 어렵지도 쉽지도 않으면서 표준어로 씌어진 책, 두 번째가 재미있으면서도 문학성이 있는 책, 세 번째가 우리 학생들이 공감할 수 있는 소재를 다루고 교육적 가치가 있는 것이었다. 하지만 이런 까다로운 조건들을 모두 만족하는 책을 구하기가 여간 어렵지 않았다. 그래서 창비에서 『이름 없는 너에게』의 번역을 의뢰해 왔을 때 나는 이런 조건들을 완벽하게 갖춘 책을 발견한 셈이었다. 우선 주인공들의 나이가 우리 학생들과 비슷하고, 젊은이로서의 그들의 생활, 그들이 생각하고 느끼는 것이 영국과 한국이라는 지역적 차이를 떠나 공유하는 것이 많았다. 물론 크리스나 헬렌처럼 임신이라는 특별한 문제가 아니더라도 나이가 젊다는 이유로 그들은 사랑의 문제, 가족 문제, 장래 문제에 대해 고뇌하며 외로운 갈등을 겪고 있는 세대이기 때문이다.

그래서 『이름 없는 너에게』를 교과서로 결정한 후, 수업은 같은 부분을 각기 그룹별로, 또는 개인별로 번역하여 서로 비교해 보고 어느 표현이 적합한지 토론, 수정하고 재번역하는 절차로 진행했다. 물론 영어 문장을 제대로 파악하지 못하거나 문화적 차이로 오는 오역이 눈에 많이 띄었지만, 학생들의 생기 있는 언어와 열정적인 참여로 늘 수업시간이 활발하고 재미있었다. 그들의 언어적 순발력 외에도 같은 젊은이들로서 작품의 인물을 분석하며 그들과 동감하는 점, 문제점 등을 토론하기도 했다. 학기말에 낸 페이퍼에서 한 학생은 이 책을 가리켜 "다시 한번 나를, 그리고 내 삶을 생각하게 하는 책, 그리고 더욱 아름답게 사랑하는 방법을 가르쳐 주는 책"이었다고 말했다. 더욱 아름다운 사랑을 위해서는 누구나 자격을 필요로 하는데, 그 자격 요건을 갖추기 위해서는 기다리는 법을 우선 배워야 한다는 것이었다. 아직은 본격적으로 삶을 살지 않은 상태에서 순간적인 실수가 영원히 삶의 행로를 바꿔 놓는 경우를 보며 학생들은 헬렌과 크리스의 딜레마를 공유하고 함께 마음 아파했고, 그래서 2002년 가을 학기는 우리 모두에게 좋은 추억거리를 선사했다.

학기가 끝날 때 나는 학생들에게 두 가지 약속을 했다. 학생들의 이름을 '옮긴이의 말'에 모두 넣겠다는 것, 그리고 책이 출판되면 모두에게 한 권씩 선물하겠다는 것이었다. 그러나 나의 게으름으로 인해 벌써 2년이라는 세월이 흘렀고, 박소현, 고현, 오재화, 박상현, 권보성, 최재훈, 정병권, 조윤정, 노병만, 이형석, 송현영, 안명숙, 박혜윤, 김훈, 김여진, 박수정, 이은구, 이지현, 김주영, 박지윤, 김유라, 양지연, 여지현, 심승희, 정호진, 이영주, 엄준식, 시진관, 이수경, 이지연, 최수홍, 김가영, 김부성, 류승희, 윤솔, 한병채 ─ 이 모든 나의 사랑하는 제자들은 아마 지금쯤 모두 졸업해서 사회 어디에선가 각자의 재능과 실력을 발휘하며 맡은 분야에서 활약하고 있을 것이다. 어디선가 '좀더 아름답게 사랑하는 법'을 전파하고 있을 것이다.

그들이 지금 삶의 어느 자리에 있든, 자신들의 꿈과 희망의 열렬한 응원자가 늘 지켜보고 있는 걸 기억해 주었으면 좋겠다. 그리고 우리 모두의 합작품인 『이름 없는 너에게』가 이 세상 모든 젊은이들에게 '좀더 아름답게 사랑하는 법'을 알리는 데 작은 도움이 되었으면 하는 소망을 가져 본다.

2004년 9월
장영희

이름 없는 너에게

2004년 10월 7일 초판 1쇄 발행
2014년 5월 8일 초판 12쇄 발행

지은이 ● 벌리 도허티
옮긴이 ● 장영희
그린이 ● 김진이

펴낸이 ● 강일우
편 집 ● 김이구 신수진 김민경 박상육 김세희 홍연미
미술·조판 ● 김성미 신혜원
펴낸곳 ● (주)창비
등록 1986. 8. 5. 제85호
주소 413-120 경기도 파주시 회동길 184
전화 031-955-3333
팩스 031-955-3399(영업), 3400(편집)
홈페이지 www.changbikids.com
전자우편 enfant@changbi.com

한국어판 ⓒ (주)창비 2004
ISBN 978-89-364-7096-8 03840

* 이 책 내용의 일부 또는 전부를 재사용하려면
  반드시 저작권자와 창비 양측의 동의를 받아야 합니다.
* 책값은 뒤표지에 표시되어 있습니다.